NEWS

現代新聞編輯學

陳萬達◎著

Markets Summary

Dow Jones Industrial Avera

What's

【推薦序】
新媒體與新編輯

　　在新聞媒體的工作職場中，編輯經常被視為是無名英雄，他們在報面上不掛名，在廣播或電視新聞的播報過程中也從不被提及，經年累月默默耕耘，讓其他的工作夥伴——記者們發光發亮，引領風騷。

　　或許就是這種觀念作祟，在二十世紀初世界報業之都的紐約市，曾有一群大牌記者集資合辦了一份PM報，他們不用編輯，認為只要報導或評論寫得好，金字招牌，隨便排一排，讀者自然識貨，有沒有編輯無關宏旨。結果，試行了幾天，實在不行，趕緊禮聘編輯高手，PM報在日後反而成為紐約市編輯人數用得最多、編輯素質也最高的一份報紙，而風行一時。

　　事實上，編輯在媒體組織中和新聞製作流程中，扮演承先（記者）啓後（各種後製作）的角色，有如美式足球的四分衛（quarter-back），是靈魂人物。他們是記者與閱聽人之間的橋樑，一方面代表全體讀者來事先檢驗新聞品質，做好品管（quality control）的任務，是第一個讀者；另方面，對讀者來說，他們又是最佳的「新聞推銷員」，把記者的傑作做最適切而有力的推銷。從社會事件演變為新聞事件的過程中，必經編輯的取捨與處理，其質與量都可能發生重大變化，而媒體品質的優劣高下，亦據而判斷。

所以，編輯絕非「編輯匠」，編輯流程的研究也有必要從「編輯學」的層次作學理與實務的綜合透視。一位稱職的編輯，除了要具備新聞專業涵養之外，還必須涉獵下列領域：一、邏輯學：編輯工作的根本，是如何將新聞作最符合邏輯的安排。二、心理學：探討閱聽大眾的心理，讓傳播產生感動的效果。三、社會學：社會的變遷及人與社群的關係，在在影響編輯學的原理和法則。四、修辭學：編輯工作講究以最精簡的文字表達最具體的意涵，需有修辭學的訓練。五、美學：運用美學原理來美化版面或節目內容。

　　以上陳述看似傳統，而我卻視之為編輯工作的基礎訓練。它能不能在新世紀、新媒體時代，與新科技結合，設計出新版面，全面提高讀者閱讀的興趣呢？答案是肯定的。為了因應分眾媒介、電子媒體和網路新媒體的勃興，導致報紙閱讀率下降的趨勢，影響力依然強大的「美國報紙編輯人協會」成立一個「未來報業委員會」，糾集報業菁英設計更能吸引未來讀者的「樣板報」。委員會稍早提出了對策：內容上深入淺出──新聞或特稿寫作必須深入淺出、活潑易懂，符合新聞需求。版面編輯上一目瞭然──最好全部彩色，有圖有表，高度系統化，有索引、有提示，標題扼要，一目瞭然，能打動讀者心弦，讓讀者樂於閱讀，讀完還有收穫。也許，不是每個報人或編輯人都同意如此設計的「樣板報」，但這樣的「對策」，是充分運用了美學、邏輯學、修辭學、心理學和社會學的原理和法則。

　　我的老朋友、資深編輯陳萬達先生，在他這本《現代新聞編輯學》的新著中，也運用了這些原理、法則，融入編輯實務的探討，為初學編輯的朋友，提供了一個一目瞭然的學習架構。尤其難得的是，本書對進入網路時代之後，報紙、雜誌、書刊、廣播

新聞、電視新聞的編輯工作究竟應有怎樣的變革，才能適應傳媒新時代廣大閱聽人迅速取得資訊和消化資訊的需求，作了深入淺出而實用的分析。

傳媒新時代也就是具有速度驚人、能量嚇人、選擇駭人等特質的資訊時代。儘管面臨新科技的衝擊，媒體的價值依然建立在它的專業品質和精神內涵，媒體依然要靠它最珍貴的資產──記者、編輯、主筆、製作人或導播努力提升專業水平，提供高品質的資訊，才能得到閱聽大眾的支持。資訊社會的資訊生產能量極大，但是，沒有經過處理的膚淺化資訊不叫知識，大量的資訊也不等於大量的知識，甚至還可能因重複資訊太多，導致資訊氾濫，造成社會大眾的資訊焦慮（information anxiety），而陷入詭譎的資訊八陣圖中。

只有知識才能塑造力量，發揮影響，促進社會的進步和文明的昌盛，在以往的時代如此，在資訊時代更是如此。如何將資訊整理焠煉成知識，編輯扮演著重要的角色，而如何扮演好這個角色，本書提供了相當完整的答案。分享好書及分享新知，乃人生樂事，特撰文推介。

中國時報社長　

自　序

　　為什麼要編纂這本《現代新聞編輯學》？其實這個想法已在心中醞釀十年以上。我在民國七十年考進《中國時報》，開啟了我的編輯生涯，經過了這麼多年，從編輯台到行政單位，從採訪中心又回到編務崗位，至今二十年令我無法忘懷的，還是當一名編輯。

　　悠游在編輯的領域，實在很有意思。做新聞，就是跟自己挑戰，如何精進，如何突破，只有自己最清楚。我常被認為，也自認是個新聞的好戰份子，因為，只要編到了大新聞，就會興奮不已。近年來，將多年的新聞編輯實務經驗，在學校和同學們交換心得，討論到時代的快速變遷，編輯的觀念、做法也有了很大的變革，可是，在編輯學的實務部分，似乎仍有些許落差，於是，藏在心中多年的想法又油然而生。

　　從民國七十七年解除報禁，大小報社一時風起雲湧，接著有線電視蔚為狂潮，到了九〇年代網際網路的席捲全球，不但把世界變小了，平面媒體、電子媒體對於新聞的編播，也有了不同於以往的做法。從實務觀點來看，新聞編輯的概念與做法，的確有重新檢討的必要，以免學生所學與職場的實際狀況脫鉤。因此，本書不僅詳述平面媒體中報紙的編輯部分，也連帶提及雜誌及書；在電子媒體的電視及廣播部分，雖在市面上另有專書，但在新聞編輯邏輯的一致性上，也提供同學參考。值得一提的是，由

於網際網路的發達，網路新聞編輯如何作業，也有詳盡的探討。總的來說，無論是廣電媒體或報紙雜誌，甚至是最新的網路媒體，「編輯」的角色在內容的產製過程中，均隨著時代求新求變，而平面媒體的編輯觀念與原理原則，又可視爲是各個媒體的基礎。認識編輯的角色與實務，也可作爲窺知傳播媒體新聞部或編輯部運作的參考。

能夠寫完這本書，真的是要誠心謝謝我的好朋友淑純、毅民、嘉彰，沒有他們的鼓勵、催促和幫忙，這本書可能還只是我的夢想。也要謝謝嘉慶兄、肅民兄和其他的好朋友們，在他們的專業領域中提供很多資料，使我們都能受惠。最要感謝的是我的師父──《中國時報》董事王篤學先生，對我嚴格的教誨，還有《中國時報》社長黃肇松先生對我的提攜，都讓我銘感五內。

謹以此書獻給我的母親，祝她老人家八十五歲生日快樂。

 敬誌

目　錄

第一篇　認識媒體與編輯

❋ 第一章　認識編輯 ❋

第一節　編輯的角色與分工

在我們的生活中，各式各樣的消息、報導、資訊、新聞等訊息，正透過報紙、廣播、無線或有線電視等新聞媒體的各種頻道、時段、版面，不斷地充塞在我們的生活四周，而我們——也就是一般大眾，也正消費或者消化著這些巨量的資訊。無庸置疑，這些我們所看到的資訊，都是由「新聞記者」這一類職業的人採集來的，所以新聞記者也被稱為採訪記者，但是經過記者採訪、記錄的「消息」，卻不一定都是「新聞」，充其量只能說這些消息是「準新聞」——經由記者採訪而具備成為新聞的條件，但卻不一定成為我們所看到的「新聞」。

一件真實發生的事情，被記者採訪而撰寫成新聞稿，到成為平面、廣電媒體上的新聞，其間的過程猶如「黑箱作業」，平常人只看到新聞記者這個角色，卻無從知道消息變成新聞的過程，也未必知道在這個堪稱黑箱的新聞產製過程中，正存在著一個「新聞編輯」的角色。

一、編輯的角色

有人把新聞的產製過程比喻成「菜」轉變成「菜餚」的過程：新聞記者就像是採買作菜材料的人，他們必須到市場上採買各式青蔬、果、肉，就其所能，在眾多的素材中精挑細選，再把採買的菜帶回交給新聞編輯；而編輯此時就好像廚師的角色，就記者所採集的材料做出一道道的菜餚，除了記者取回的素材之

外，編輯也必須就菜餚的特性，添加蔥蒜調味，或加上紅椒配色等。普通的編輯只能把菜作成一道可以食用的菜餚，而高明的廚師卻能製作出色香味俱全的菜餚，但是巧婦難為無米之炊，沒有記者採買多樣的素材，也是作不出好料的。而這裡所比喻的添加物，並非對新聞素材本身加油添醋，而是經過編輯專業的處理，使新聞能完整呈現，版面搭配合宜，讓大眾能有邏輯的、有層次的視讀新聞，不會覺得索然無味，毫無特色，甚至不解其意。

因此以採買與製作的角色來看記者與編輯，只有記者與編輯搭配得宜，合作無間，才能呈現新聞。當然，新聞再好，誤了時效，猶如過了吃飯時間，也是不宜。所以記者與編輯必須在一定時間之內，迅速把新發生的消息製作成新聞，才是最佳組合。

二、編輯的分工

如果把新聞的產製看成一條工廠的生產線，新聞記者的工作就是備齊生產用的原物料，當這些原物料進入生產線的輸送帶之後，就開始進入後端的新聞產製流程，經過一站站的加工與一層層的篩選，即製作出成品，而編輯就是扮演這些製作流程的各個關卡，類似品質檢查員一般，讓適當的新聞過關，刪除不良品或不適合的新聞。同樣的，這些作業過程都有時效的限制，也還有新聞版面等限制，並非沒有刊登出來的新聞就是屬於不良品，所以新聞編輯篩選的標準就顯得相當複雜了。

一般大眾多由報紙版面上新聞記者的署名、廣播媒體記者的聲音、電視媒體記者的影像，而認識了新聞記者這項職業，但是新聞背後卻必須有新聞編輯的角色，才能共同完成新聞的編製與呈現。所以，如果將新聞作業過程看成一個看不見的黑箱作業，

新聞編輯無疑就是新聞作業中那隻操控但卻無形的手。

第二節　編輯的定義

　　編輯和記者一樣也是一項職業，但是因為工作特性的關係，一般人比較無法了解編輯都在做些什麼？扮演什麼角色？需要有什麼經驗或背景？其實編輯可算是人類最古老的行業之一，因為古代的「史官」執掌歷史的編纂，做的工作內容很類似現代的編輯工作，所以編輯這項工作給人的感覺，似乎也有文人的味道在裡面。

　　編輯一詞包括英、美新聞學術語：news editing 與 news gathering二項意義，所以就「編輯」這兩個字的字義上來分析，可以分成「輯」和「編」兩方面來闡述。就編輯的工作順序而言，應該是先輯而後編，因為必須先收集資料才能加以編排。以此而言，編輯做的是資料的整理工作，必須先把資料彙集在一起，再加以鑑別、選擇、分類、整理、排列和組織等。

一、廣義與狹義的分野

　　不過編輯的定義在資料的收集上，似乎又和記者的採集新聞有所重複，所以編輯一詞在層次和範圍上稍有不同。廣義來說，編輯是包括新聞的蒐集和編排。所以一般報社的編輯部組織分成編輯中心和採訪中心，即依此廣義的定義。而以前的雜誌社編制並沒有「記者」的職稱，而是以「採訪編輯」取代，也是因為雜誌社的採訪編輯的工作性質是涵蓋了新聞的採訪和編輯兩項範

圍。就狹義的編輯定義而言，只是指新聞的編排工作，例如編輯部之下的編輯中心的業務，也就是由一群編輯組成的工作團隊，分別擔任各版的編輯工作。

目前一般所稱的編輯，多是指狹義的編輯，與記者的角色分得很清楚，而許多雜誌社也以記者和編輯來指稱兩種不同的工作角色，僅有小型雜誌社是編輯仍需身兼採訪的任務，所以仍維持採訪編輯的職稱。

二、合一與分立的體制

因為新聞媒體的體制與特性不同，因而有所謂「編採合一」和「編採分立」的體制，我國報社均採用「編採分立」的制度，記者和編輯有清楚的分工而分別擔任不同的任務，而例如《今日美國報》（*USA Today*）的編輯部就是採用「編採合一」的體制，此兩種體制各有不同的優缺點與適用性，此部分留待後續章節討論。

第三節　編輯的任務

編輯和記者的工作分工，可以視為上游和下游的作業關係，各地的記者將採訪的新聞稿傳進報社編輯部，後續的作業即由編輯接手，因此編輯的工作任務，就是把新聞稿彙整之後到印製完成的這一連續的過程。所以編輯的任務是透過層層的新聞程序，經由選擇、綜合、整理和剪裁新聞的過程，將各種新聞編成一張報紙，使讀者能夠更容易的了解和掌握最新發生的新聞事件。如圖1-1，這一個連續的新聞製作過程，必須憑藉編輯的各項專業

| 記者採集訊息 | → | 編輯編制加工 | → | 媒體上的新聞 |

圖1-1　記者和編輯分屬新聞產製過程的上下游關係

和團隊的協同和分工，才能由一個消息或事件而成為媒體上的新聞。

　　新聞編輯要編製新聞，簡單來說，有以下幾項主要任務：

一、從眾多的新聞來源中做適當的選擇

　　每天發生的各種消息或事件，經由記者衡量其新聞價值而決定採訪撰寫之後，即將新聞稿傳回報社，而編輯也必須在眾多的新聞當中，衡量新聞價值與專業判斷，再一次篩選出適合讀者閱讀的新聞。所以編輯必須善加利用珍貴的篇幅刊登必要的新聞，以免浪費時間與報紙版面，同時不遺漏掉任何應該刊登的新聞，或無故抹殺新聞。被刊登出來的新聞都必須符合新聞學的新聞報導原則。

二、用適當的方法處理新聞，以適合讀者閱讀

　　編輯必須從眾多的採訪記者傳回報社的各式各樣的新聞材料中，挑選出合於刊登的新聞之後，再經過適當的處理與剪裁，提供讀者完整而清楚的新聞資訊，使讀者能容易的找到想要閱讀的新聞，而且能了解新聞內容。

三、用容易被讀者接受的方式報導新聞，使讀者易於接受

有些新聞事件有複雜的事件背景，或新聞事件牽涉過多專業，雖然新聞事件具有新聞價值，但事件本身卻可能不易被一般大眾理解，編輯必須彙整相關新聞資料，或補充背景說明，或以清晰的方式編排，以增加新聞事件的易讀性，使讀者易於接受，所以編輯必須提供大眾看得懂的新聞。

四、尋求最佳意見，反映社會現象與輿論

有些新聞事件能夠反映大眾民意，或某些新聞輔以專家意見，更能清楚呈現新聞事件的輪廓，並提供大眾意見的參考時，編輯必須彙整資訊，提供能夠反映大眾輿論的新聞。

編輯的工作任務看似簡單，但因新聞事件的變化無常，而新聞事件本身又時常融合許多領域的專業背景，如同一般記者被稱作是「外行中的內行，內行中的外行」，同樣的，編輯也必須具備許多相關的專業知識，時時關心新聞事件的發展，才能製作出具可看性的新聞。

第四節　編輯的工作內容概述

新聞編輯可說是一個與新聞稿為伍的工作，所以工作內容一言以蔽之就是處理新聞稿，但處理新聞稿的過程卻相當複雜，除

具備相關的專業背景與工作技能之外，尤其必須有許多實務經驗的累積，唯有專業、經驗與學養俱足，才能稱得上是一位優秀的編輯人員。

　　編輯工作過程是實務取向的，學校的教育比較無法有完備的實務訓練，所以有賴於進入媒體實戰，通常在編輯的養成過程中，也會有一段「師徒制」的過程，由有經驗的編輯帶領資淺的編輯，藉由實際的學習過程補充學校訓練的不足，師徒制的好處是可以在每天的工作中，作為帶領者角色的師父，可以將自己的實務經驗，透過每天的編輯內容，來加以印證，因為以編輯工作來說，實在很難以條列的方式，來告訴學生，什麼新聞要用什麼方式來處理，因為每一則新聞的時空背景都不一樣，每天的新聞質量也不相同，很難用同一的標準去加以判斷，所以以師徒制的方式，可以使得學生在每天的實戰過程中去學習如何處理新聞。以報紙的編輯為例，簡單來說，如圖1-2的工作步驟，可以大略的分成以下四個部分，而詳細的編輯流程則於後續章節中詳述。

圖1-2　編輯的工作內容

一、理稿

　　理稿即是審閱及整理文稿。新聞稿必須逐則過目，對沒有新聞價值的稿件、真實性有待查證的稿件、足以損害讀者利益的稿件等，予以棄置或再予查證。挑選出可以刊登的稿件後，還必須逐字審閱、修正錯別字、標點符號、潤飾不通順的文句，並刪改不妥當或錯誤的文字，如有疑問，立即找記者查證。

　　理稿可以說是文字編輯上陣會碰到的第一項工作，報紙的編輯每天會看到的稿量，遠超過版面上所呈現的數量，換言之，一個文字編輯如果一天見報的稿量是一萬字的話，那他每天所會看到的稿量至少會超過兩成，也就是說，至少會有一萬兩千字的新聞稿，會要經過他，而文字編輯的首要工作，便是必須理稿。

　　在理稿的同時，文字編輯必須同時考量新聞的重要性，這則新聞重不重要？重要的話，在版面上要如何處理？如果在當時的比較新聞性較弱，那麼是不是先放在一邊，等一下視新聞來稿狀況再行處理。由於新聞是比較的，在剛開始發稿的時候，這一則新聞可能是很重要的，也許可以當成頭條，可是隨之而來的新聞，其重要性已經取代了這則新聞，可能這則新聞變成二題，甚至三題，也許時間再晚一點，這則新聞會被編輯扔進垃圾桶也不一定。

　　如同我們前面提到的，新聞是必須經過嚴苛的比較才能脫穎而出，而且，從實務的運作經驗來看，反而是越後來的新聞，重要性通常更勝於前者。

二、製作標題

　　編輯必須分析新聞內容、判定新聞價值，並根據一則新聞的內容與特性製作出相稱的新聞標題。在編輯理稿完畢後，對於所有新聞的輕重緩急都已了然於胸，那些絕對會用的新聞便可以先行製作標題。對於會用的新聞，但是在排比上沒有那麼重要的新聞，在製作標題的順序上，就可以暫往後推，不必急著作標題，但是在心理層面卻不能沒有準備，對於這則新聞標題要如何下，心中則一定要有譜，所謂的譜就是對新聞的梗概一定要有所掌握，如果一旦這則新聞要排上版面時，對時間與新聞的處理，便不能有半點時間的浪費。

　　前面提及，編輯每天要做的例行工作就是比報，如果白天已參考了各家的晚報的話，相信對於日間所發生的事也有一定程度的了解，同時現在有線電視台的新聞頻道全天都在報導新聞，除非是不用功的編輯，否則對於自己負責版面的新聞，都應該已有八成的把握才對。

三、組版

　　編輯必須指揮美術編輯或自行進行組版的工作，也就是將新聞稿與標題結合成一則新聞，數則新聞再結合成一個版面。編輯在發稿時，應該對各條新聞的布置已有設計想法，以作為拼版時的依據，有些編輯會在舊報紙上畫出版樣。有些版面會比較需要美術編輯的協助，有些版面甚至由美術編輯來主導，文字編輯只是在旁告訴美術編輯要放什麼新聞，而如何走文或圖片的放置，

則交由美術編輯依據設計與美觀的專業判斷來處理，這時文字編輯所要做的，除了要放什麼新聞之外，另一項工作就是幫美術編輯刪文，因為新聞內容只有文字編輯清楚，所以走文如果有不順或是文字有多餘的時候，就要幫助美術編輯處理。在有些版面則是由文字編輯主控，在這種情況下，美術編輯所要做的工作就比較單純，通常是幫文字編輯處理圖片，做一些需要特殊處理的標題以及在完成組版作業後幫忙修版，使版面的呈現較為整齊，因為文字編輯縱有美學觀念，但究竟不是美術科班出身，尊重彼此的專業，不僅是應有的態度，也是一種美德。

四、看大樣

拼好版之後會先印樣張，交由編輯審閱，排字錯誤另有校對人員負責校正，編輯在看大樣時，應該把每一個標題都讀過一遍，如有差錯或不妥，仍可修改。另外，編輯要注意各欄轉接處是否有拼版的錯誤，每一條新聞的導言部分也要閱讀一下，避免文不對題的錯誤，此一部分完成後即可「落版」付印。

一般來說，看大樣是整個編輯過程的最後一步，往往編輯同仁在這個時候，由於經過了一段時間的新聞奮戰多已精疲力盡，心中的警戒與敏感度也呈現較鬆懈的狀況，或是說得更白一些，也許編輯已經感覺疲憊而早已心不在焉，但是，在此必須提出最嚴重的告誡，所有在編報過程中最容易犯的錯誤，在這個時間最容易出現，原因就是由於鬆懈而導致注意力不集中，於是，讀者常常在報面上會看到的錯誤，諸如：圖片的說明和圖片不符合、標題中有錯別字，在組版過程中，有些新聞稿的尾巴沒有刪得乾淨，讀者唸到一半新聞就沒頭沒腦地不見了……，這些可以避免

卻沒有避免的錯誤，百分之九十的出錯機會，就是在看大樣的時候大意沒有發現，所以說，當編輯在看大樣的時候，他的工作結束了嗎？請記住「行百里者半九十」這句話。

第五節　編輯的條件與特質

如前所述，編輯是一份與新聞稿為伍的工作，所以對新聞事件和文字必須比一般人更為敏銳。如以編輯的工作性質分析其工作條件，可以分為新聞專業素養和文字素養兩方面；如以編輯人的人格特質，相較於記者，編輯可能有截然不同的特質。

由於編輯在新聞的生產線上，如同新聞的品質檢核員，以新聞學的術語而言，即編輯具有新聞的「守門人」角色，所以必須具備新聞專業，才能勝任新聞編輯的工作。簡單的說，一位新聞編輯必須具備新聞的專業素養、良好的編輯工作能力，以及適合於從事編輯的個人特質，才算是粗具從事新聞編輯工作的條件。

一、新聞專業素養

從事新聞行業，必須具備新聞專業是無庸置疑的，因為新聞無遠弗屆，影響深遠，所以相較於一般職業，新聞從業人員更被要求具有新聞專業精神，而專業精神必須含括以下四點：

（一）專業智能

即一般性和特殊技能，能勝任編輯工作的能力。例如一位編輯必須具備判斷新聞價值的能力、熟諳版面設計的技能、須了解

新聞工作的特性，才能勝任新聞工作的挑戰。

（二）專業道德

　　由於媒體的影響力不容小覷，所以編輯對新聞的處理必須謹守新聞道德規範與新聞法規，不能侵害個人隱私、立場偏頗、違背事實等。例如我國在民國44年由報紙事業協會通過的「新聞記者信條」，以及「中華民國報業道德規範」、「中華民國電視道德規範」、「新聞倫理公約」等，雖有部分條文規定已經不合時宜，但是道德規範部分仍可作為新聞從業人員的準繩。

（三）專業意理

　　編輯必須謹守新聞專業意理，不偏不倚，維持中立客觀的角色，尤其是敏感性較高的新聞事件，不能偏於媒體老闆的立場、新聞來源或利益團體等角度，一切尺度以謹守中立的專業意理為優先。

（四）專業精神

　　新聞編輯必須秉持為公眾服務的精神，在思考及價值判斷上能自立自主，並應嚴守專業分際。

二、編輯專業技能

（一）判斷是非的能力

　　新聞業是與時間賽跑的行業，必須求快求準，在短時間迅速做出正確的是非判斷；尤其新聞事業也有教育與教化人心的功

能，所以判斷是非的能力更為重要。

（二）廣博的知識

編輯和記者一樣，都是「外行中的內行，內行中的外行」，因此必須具備廣博的知識，至少也應該對自己編輯的版面具備充分的知識，例如財經版的編輯理解財經領域的專門術語，政治版編輯了解掌握政治現狀，編輯對其所負責版面應有充分的了解。

（三）良好的文字修養

編輯要負責修改來稿或潤飾文稿，並需對新聞製作適當的標題，因此編輯必須有良好的文字素養，才能勝任工作。

（四）掌握熟練的編輯技巧

編輯的技巧包括改稿技巧、稿件配置技巧、製作標題技巧、拼版、版面設計等，即使是同樣的新聞材料，由於技巧不同，新聞呈現的效果也會有所不同。而熟練的編輯技巧，也才能適應變化多端的新聞，在截稿壓力下編出新聞版面。

（五）了解報紙的政策

了解報紙的政策，才能知道哪一類的新聞應該強化、明顯或作多，或者哪一類新聞是簡單、少量，例如一份以財經新聞為重，或以影劇新聞為主的報紙，兩者所採取與重視的新聞性質與比重必然不同。

雖然新聞編輯是以其專業和能力為處事標準，但是身處激烈競爭的媒體行業中，編輯仍然免不了的受到許多組織內外的限

制，例如客觀的時間壓力、版面限制等；此外，還有來自於組織內部的壓力，如媒介的偏見、政治立場、編輯政策等，而組織外部的來源則如新聞來源、廣告主、閱聽人的口味、市場競爭對手的壓力，幾乎所有的新聞消息來源都企圖控制新聞內容的呈現，所以新聞編輯面臨的挑戰，並不只是工作專業上的，還包括環境內外各個層面，所以一位編輯的養成，並非一蹴可幾，期間的壓力，一般人事實上是難以想像的。

三、適於從事編輯的個人特質

如果你告訴別人，你在新聞媒體工作，通常對方直覺的反應多是以為你是一位記者。由這個反應可以知道，多數人對媒體的印象主要還是從「記者」這個職稱建立起來的，大家都知道新聞媒體一定要有記者的編制，卻未必曉得還有「編輯」這種職位。因為聚光燈的焦點，是很容易的就停留在記者身上，所以享有媒體光環的，主要還是記者。的確，新聞記者因為採訪需要，時常暴露於鎂光燈之下，或署名披露於報紙版面上，所以新聞記者通常予人光鮮亮麗的面貌，但是和記者比較之下，新聞編輯就只能稱為「幕後英雄」，隱身於媒體幕後，所以編輯需有願當無名英雄的精神，尤其性質也屬於內勤工作，很少有人知道，不像記者可能有當新聞明星的機會，所以編輯的名利之心應該比較淡薄。

四、記者與編輯工作的差異

記者和編輯雖然同在編輯部任職，但是除了工作的內容、性質的不同之外，編輯和記者還有許多方面是不一樣的，兩相比

較，仍有以下幾點差異：

（一）工作時間

以早報為例，編輯是在晚間工作，但記者為因應採訪需要，通常是在白天跑新聞的。不過為了追蹤新聞，或唯恐漏掉新聞，記者通常處於隨時待命的狀態，但是這並不表示編輯在白天便完全沒有事情可以做，通常編輯在不上班的時候，也要注意收看電視新聞或收聽廣播，以便掌握每則新聞的來源與動向，不至於到班的時候，對於白天的新聞，完全處於狀況外的窘境。

當然，各家早報及晚報都是最好的參考材料，早上先看各家早報，可以了解昨天晚上的新聞處理與別報有何異同，有無缺失，這就是我們所謂的比報。比報的功效是很大的，從比報的過程中，編輯可以很清楚的發現彼此的優勝劣敗，別人對新聞的處理好在哪裡，而我們的處理與別報又有什麼不同，同樣的，別報的標題為什麼用這個角度切入，道理又在哪裡。我們可以這麼說，比報的目的就是要知己知彼，如此才能百戰百勝，更重要的是，師夷長技以制夷，才是在兩軍對陣時很重要的精神指標。能虛心的比報，能誠實的比報，也才是編輯進步的原動力。

（二）工作關係

記者和編輯是屬於工作的上下游關係，採訪記者是上游，新聞編輯是銜接記者的下一階段作業，兩者必須是合作的關係。但在工作的職場中，記者與編輯的工作常被認為是對立的，是彼此相互抗衡的，這話說得對但也說得不對，對的部分是由於工作內容與性質的不同，記者與編輯兩者之間本來就是一種既合作又對立的模式，編輯之所以被稱為新聞的守門人，就是因為編輯不會

與採訪對象接觸，所以可以有較客觀的立場來處理新聞，當然，這樣有時會引來記者的不快或抱怨，認為編輯沒有重視自己採訪的新聞，可是當你換個角度來看，這何嘗不是替記者提供了一張保護傘，如此可以免除記者在面對採訪對象的壓力，自然，前提必須是編輯要得是用功的編輯才成，如果編輯不用功，認不清好新聞，而失去新聞戰的先機，這個責任可是不小的。所以，我們應該將記者與編輯之間的關係稱為良性互動，這樣才可創造出新聞與版面雙贏的局面。

（三）工作特性

編輯的工作是屬於比較靜態的內勤工作，是獨立作業的，與文字為伍的，工作地點必定是在報社內部；而記者採訪新聞必須和採訪對象互動、到新聞地點採訪等，時常接觸人群，採訪和寫稿的地點很不一定，屬於機動性很強的動態工作。和編輯比較起來，記者的工作似乎是多彩多姿、變化豐富的。

（四）工作的延續性

編輯編完當日的新聞版面後，大致上一天的工作就可以告一段落，但是記者必須追蹤相關事件的發展，或主跑新聞路線的性質，即使已經超過截稿時間，仍然必須在自己的工作崗位上待命，密切注意相關事件的發展。

編輯與記者的角色看起來似乎是兩種截然不同的角色，不過，記者要採訪、蒐集、查證、撰寫新聞，編輯也不盡然只是編新聞，有時因應工作需要，仍是需要蒐集資料、查證消息、改寫新聞稿，甚至是撰寫評論、製作新聞專題等。而不同的傳播媒

體，其新聞編輯所扮演的角色、工作的時間、性質也都略有差異，但是對新聞的專業精神、編輯的專業技能都是大同小異的。

綜合言之，編輯的條件除了在知識領域上能夠獨立判斷、獨立作業，平時要多看、多聽，隨時學習與自我訓練，具備新聞的專業素養與技能之外，另一項不可或缺的是對新聞的熱忱，這種熱忱可以視為一種對新聞編輯工作的態度，因為編輯工作是一種榮譽取向，理想上必須達到零缺點的境界，尤其新聞編輯的工作有時難免是寂寞與孤獨的，所以唯有對新聞編輯維持工作的熱忱，才能對新聞編務、對己身的職業認同，對新聞抱持著熱情與信念，才能堅信自己手中送出的作品都是傑作，也是對讀者的尊重。

五、編輯的三心與二意

對編務工作如何抱持著不滅的熱情與信念，簡單來說就是秉持「三心二意」的精神：「三心」就是用心、虛心、企圖心；「二意」就是意志與意思。

（一）三心

◆用心

對編輯工作用心，也就是認真，如此才能在處理新聞時小心謹慎、避免錯誤，對版面盡最大的能力，用心編出來的新聞版面才是最好的。前面曾經提到，在看大樣時如果不用心的話，出錯的機會是相當大的，同樣的，如果編排不用心，版面的呈現必然毫無張力，編者的努力與構思不能讓讀者看到，必然讓讀者也不會有閱報的熱忱，如此說來，編輯的用心程度與熱度，相較於版

面的表現，其重要性不言可喻。

◆虛心

　　編輯必須廣泛閱讀各項知識，對各種領域都有涉獵，才能處理各式各樣的新聞事件，而且學無止境，編輯應該體認己身也有侷限性，所以應對新聞事業抱著虛心的精神，對各種事物虛心學習與求證。

　　做為一個媒體工作者，尤其是編輯，如何才能夠進步，誰能夠幫助你進步，答案就是你自己！也就是說，要進步是自己要和自己挑戰，昨天好，今天還要更好，趕上了截稿時間，今天能不能更快一點，標題作得不錯了，用字遣詞能不能更上一層樓，都得要自己跟自己要求，否則，版面的好壞並無一定的標準，如果自己不虛心求進步，別人也很難幫忙。

◆企圖心

　　編輯是一份需要隨時進修與面臨挑戰的工作，如果只是具備編輯的能力，充其量只是一名「編輯匠」而已。一位編輯必須隨時抱持著精益求精的企圖心，唯有時時要求自己進步的企圖心，才堪稱是一位優秀的新聞編輯。企圖心可以是對新聞品質的要求，也可以是對自己編輯品質的要求，更可以是對自身新聞修養的要求，很多編輯在主編了一段時間之後便變得懶散，變得敷衍了事，只求把每天的工作做完，至於好不好，完全不放在心上，這也就是我們所說的「編輯匠」。版面是會說話的，一個沒有企圖心的編輯，不只讓他報看不起，更會讓自己的報紙蒙羞，雙重的損失不可謂不重。

（二）二意

◆意志

　　新聞編輯面臨的是一個隨時變化的新聞環境，與分秒必爭的截稿壓力，所以作為一名編輯，必須有一以貫之且堅強的意志力，才能勝任編輯變動不居的作業環境。在編輯實務上，新聞編輯工作之所以富挑戰，就是在於其多變與刁鑽，如同一匹野馬不易馴服，一旦編輯憑著堅強的意志力，克服了所有在新聞來源上、版面上、時間上的壓力，成功而準時的完成了工作之後，那種成就感恐怕就是所有新聞人日夜追求的了。

◆意思

　　這裡的意思可以解釋成一種興味或樂趣，編輯如果覺得自己的工作很有趣，覺得玩文字遊戲很有意思、版面規劃很有意思，也覺得讀者的反應很有意思時，就不會覺得編輯工作是孤獨而沈悶的工作，如此就能夠寓工作於樂。能夠體悟出編輯的樂趣時，在心態上就很適合擔任編輯了。

　　一位新聞編輯如果具備了新聞的專業精神、工作技能、個人特質之外，也有「三心二意」的熱忱，再輔以不斷的實務訓練，那麼絕對可以預見他必定會成為一位優秀的編輯。

習題：

1.你認爲編輯的工作是一項「專業」的工作嗎？請說明你的理由。

2.你認爲一位新聞編輯必須接受哪些專業職能才是一位稱職的編輯？反觀自己，是否已經具備這些能力了？

3.你認爲新聞編輯一定要由新聞相關科系背景的人擔任嗎？請說明你的看法。

4.你認爲新聞科系的學生在學校必須接受哪些編輯的專業訓練？這些專業訓練是否足夠讓你成爲一名新聞編輯？

5.你認爲國內的報紙編輯所編出來的新聞版面已經夠好了嗎？是否仍然有待改進的地方？

6.試著分析自己的個性，就你對編輯和記者工作的認識而言，你覺得自己比較適合擔任哪一項角色？

☀ 第二章　編輯在組織中的角色 ☀

第一節　編輯部在組織中的定位

　　傳播媒體業可說是工業、服務業、文化出版業、廣告發行等行業的集合體，這樣一個龐大的科層體系也是資金和人力的集合，所以傳播業是資金密集和勞力密集的產業。編輯部只是此龐大體系中的一個部門，而置身在編輯部中的編輯，究竟是處在這個組織的什麼位置？透過認識編輯在編輯部中的定位，可以了解編輯部中誰對誰負責的上下層級關係，也可以一窺編輯在編輯部中的未來可能發展方向。

　　各報社的內部組織或有不同，但不脫管理部、廣告部、發行部、編輯部、印務部等五大部門。管理部負責報社的財務、人事等行政事務；廣告部是報社的主要收入來源之一，通常分為分類廣告與商業廣告兩大部分；發行部負責的是報紙的行銷體系，自報紙印刷之後至最終的讀者手上的派送過程，即是發行部的業務範圍；印務部負責報紙的印刷；而編輯部包括編輯和採訪兩大部分，是報社展現其言論態度、類型等之產出的主要部門。所以在層級上，編輯部和行政、廣告、發行、印務等部門並列，編輯部是傳播媒體的部門之一。新聞媒體的編輯部組織不一定都是相同的，因為組織規模、管理方式、媒體特性等，都會使編輯部的組織圖有所差異。

一、組織與規模有關

　　由組織圖可以認識一家報社的基本型態，以及編輯在組織中

的位置、地位與層級。由國內各報社的編輯部組織圖可以發現，每一家報社的組織都不盡相同，而且規模大小和組織圖的複雜程度很有相關。以聯合報系而言，《聯合報》的組織圖除了編輯、管理、發行、廣告、印務這報社五大部門之外，還有其他十數個部、處、室的單位。而《經濟日報》、《民生報》、《聯合晚報》和《星報》都是以編輯部和業務部為主，但組織規模就不似《聯合報》龐大。（見圖2-1至圖2-5）

　　以國內的《中國時報》編輯部組織而言，報社的最高指導者是董事長，接下來是發行人、社長及副社長，而總主筆則有獨立的地位，直屬於社長，不受總編輯管轄。以編輯部門來看，最高的指導者是總編輯，總編輯之下有各地方編輯部和總社的各新聞

圖2-1　聯合報系總管理處組織圖

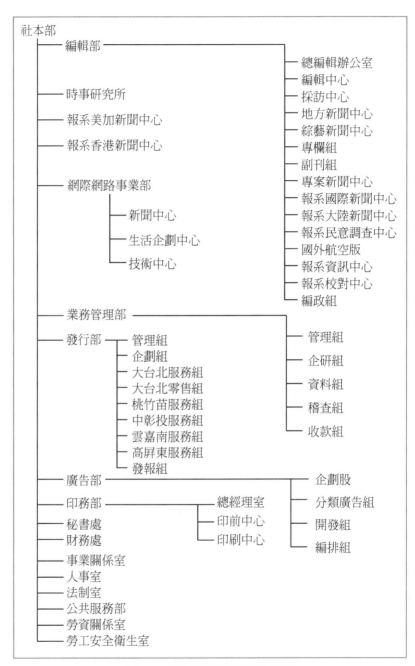

圖2-2　聯合報社組織系統圖

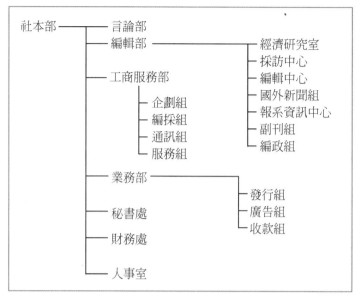

圖2-3 經濟日報社組織系統圖

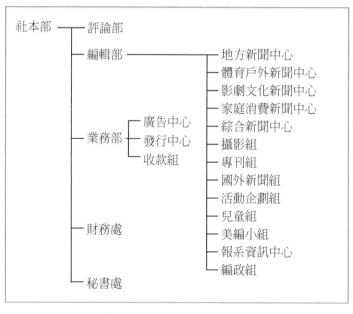

圖2-4 民生報社組織系統圖

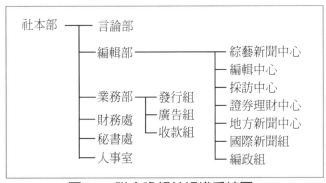

圖2-5　聯合晚報社組織系統圖

中心。負責全國版供稿的新聞中心包括大陸、國際新聞中心、採訪中心、特案新聞中心、網路新聞供稿部等，以及新聞調性比較軟性的生活、文化、影視等新聞中心加上副刊組。屬行政支援和輔助定位的則為資訊中心和編政企劃中心。而編輯則主要分布在編輯中心、財經主編室、文化、影視、生活等各新聞中心和副刊組。以《中國時報》編輯部的組織圖而言，還是以記者和編輯為編輯部的主體，其中又以文字記者占多數。（圖2-6、圖2-7）

二、管理階層的分工

（一）發行人

　　一個科層體制會有各種不同的職級和職稱，報社的最高職級是發行人，報紙登記證上的負責人就是發行人，發行人也是報紙的法定對外負責人，通常發行人就是媒體的老闆。發行人著重於媒體的經營管理層面，至於編務方面則由總編輯負責。

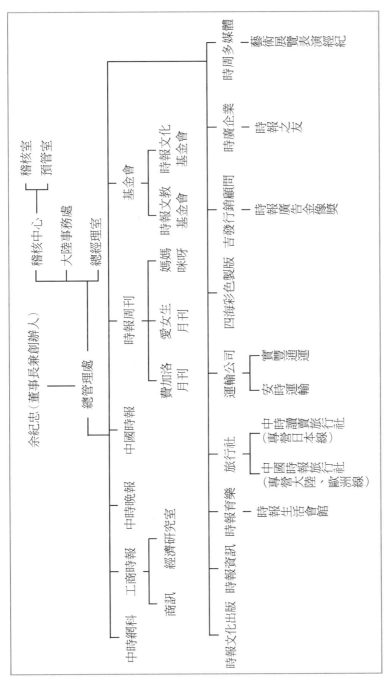

圖2-6 中時報系組織架構圖

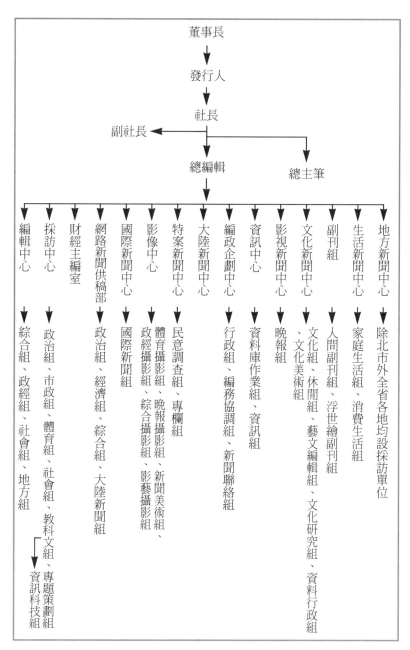

董事長

發行人

社長

副社長

總編輯　　　　　　　總主筆

| 編輯中心 | 採訪中心 | 財經主編室 | 網路新聞供稿部 | 國際新聞中心 | 影像中心 | 特案新聞中心 | 大陸新聞中心 | 編政企劃中心 | 資訊中心 | 影視新聞中心 | 文化新聞中心 | 副刊組 | 生活新聞中心 | 地方新聞中心 |

綜合組、政經組、社會組、地方組

政治組、市政組、體育組、社會組、教科文組、專題策劃組、資訊科技組

政治組、經濟組、綜合組、大陸新聞組

國際新聞組

政經攝影組、綜合攝影組、影藝攝影組、

體育攝影組、晚報攝影組、新聞美術組、

民意調查組、專欄組

行政組、編務協調組、新聞聯絡組

資料庫作業組、資訊組

晚報組

文化美術組

人間副刊組、浮世繪副刊組、藝文編輯組、文化研究組、資料行政組

家庭生活組、消費生活組

除北市外全省各地均設採訪單位

圖2-7　中國時報編輯部組織圖

（二）社長

社長是報社的最高行政主管，也是報社經營管理的實際負責人，對照商業體系，是類似「總經理」或「執行長」的角色，負責管理龐大的體系，職位是相當高的。董事長、發行人和社長都是決策者，這一階層主要決定報紙的言論方向、編輯方針和業務上的決策。

（三）主筆室

報紙有引導言論、反映民意的功能，報紙的社論就是代表報紙的立場。撰寫社論是主筆室的職責，主筆室負責報社的社論，並審核及撰寫新聞評論。社論代表的是報社對外的共同立場，因此言論的方向必須與報社的經營高層相同，所以通常和高層維持密切的關係。我國的主筆室通常獨立於編輯部之外，以保持言論的超然立場。

而編輯部就是負責生產新聞內容的部門，是報社最主要的部門之一，本書的重點即以編輯部為焦點，說明編輯部的實務面。

第二節　編輯政策與編輯方針

每一個新聞媒體都有其存在的立場，這些立場可能是一項使命、存在的理由、希望達到的目標、媒體的定位等，這些揭示的媒體使命會隨著時代的變遷、環境的更替而改變。一般所有權屬黨政軍色彩的報紙的立場，均有強烈的政令宣導和社會教化的意義存在，而民營報社則比較不受拘束，但有時為了迎合大眾的興

趣以擴大發行量和廣告量，報社的立場就形成口號式的條文了，宣傳意義大於實質的意義。而媒體揭示的立場也並非一成不變的，有的報社因應環境的變遷，或有不同的立場；而有時為了避免政治力的介入，有些媒體採取超然的立場。另有一些特定性的報紙，例如重視「食衣住行育樂」的《民生報》，或者以普及教育為主的《國語日報》，其立場就又不一樣了。

以省政色彩的《台灣新生報》為例，其創立的宗旨是：「標揭言論方針在恪遵中樞國策，加強建設報導」，由此可以很容易的看出《台灣新生報》的創報立場和其省政色彩。而民營的《自由時報》強調的是「關心台灣兩千一百萬人的報紙」；已有五十餘年歷史的《中國時報》則是「開明、理性、求進步；自由、民主、愛國家」，其報社立場就和八股形式的官方報紙有很大的差異。

此外，讀者群也是因為認同報社的立場而形成基本的訂戶，所以，報社立場也是支持報紙生存和發展不可或缺的，因為報社必須為其「特定的讀者群」而努力。

一、編輯政策

編輯部根據報社的立場所訂定的政策，就是編輯政策。因為報社是以新聞報導和言論為主，所以也可以說編輯政策就是報紙所採取的立場。例如《台灣新生報》的立場是「加強建設報導」，所以編輯政策就是以落實建設報導為主而制定的。報紙的編輯政策會因為立場的不同而互異，各報的編輯政策雖然不盡相同，但是通常不離以下幾點信條：

1.國家民族利益。

2.社會教育功能。

3.追求事實與眞理。

4.公正無私。

5.讀者興趣與需要的調和。

6.公益爲重。

編輯政策是編輯部的最高指導原則,指導編輯和記者如何站在報社的立場,達到報紙對外揭示的立場,從而建立報紙的風格。

二、編輯方針

編輯方針是根據編輯政策而制定的。編輯政策是屬於原則性的指導,而編輯方針是具體的執行。簡單來說,就是編輯部想要製作一份怎樣的刊物?根據這樣的決定所作的決定就是編輯方針。所以編輯方針表現於報紙上,使報紙具有特色。例如以報導民生新聞爲編輯政策的報紙,其編輯方針必須具體的說明如何落實編輯政策,例如加強民生記者的編制員額、記者長期派駐主管民生的政府部門、於新聞版面增加與民生有關的新聞版面等,編輯部必須運用各種新聞路線的安排、版面的加強、新聞內容的選擇,以各種具體可行的編輯方針,以實現編輯政策。

編輯方針可說是製作的指引,如果一份刊物編輯自己覺得很滿意,但是卻偏離組織的編輯方針,這樣的刊物是不及格的,而讓違背編輯方針的刊物過關,這樣的編輯是不稱職的編輯。所以編輯必須充分了解並遵循自己所屬組織的編輯方針,才能依此著

手進行。

　　編輯方針也不是固定不變的，編輯方針同樣必須與時俱進，順應時代潮流或閱聽人的口味，所以編輯方針需靈活修正。有時隨著發行人的更換，編輯方針也會有所調整。編輯並不需要時時檢視編輯方針，因為編輯方針早已了然於胸。有時編輯在面對突發的重大議題時，必須作成向左或向右、贊成或反對的決定，又或是在某些議題採取中立的立場。有時在爭議不休的議題上，編輯必須被迫摒除自己的想法認同報社的立場。因為一位不認同所屬組織編輯方針的編輯，是很難在組織中存活的，所以編輯和發行人最好是「心連心」，才能合作無間。新進編輯能夠很快的了解到所謂的編輯部政策，或許有利於編輯很快的在自己的位置上站穩，順利融入編輯部的組織文化。所以編輯部在招募新進人員時，宜明確的說明報社的編輯政策和編輯方針，使新進人員提早感知並融入編輯部的組織文化，順利適應編輯部的作業環境。

第三節　編輯部的相關職位

　　編輯部的作業必須在短時間之內完成，所以必須有清楚的分工和指揮系統，才能快速因應突發新聞。而明確的科層體制有助於編輯指揮系統的建立。

一、編輯部的位階

　　編輯部的編輯除了工作之需而負責不同版面的文字編輯之外，還有指揮一般編輯的召集人、組長或主任，編輯主任之上有

副總編輯，往上就是總編輯了。編輯主要的任務是編輯新聞版面，而召集人、組長或主任的職銜，與一般編輯最大的不同是通常還需擔負部分行政管理職務。報社編輯部的最高指揮者是總編輯，總編輯轄下指揮編輯中心和採訪中心兩大部門。如以編輯部的編輯系統層級來看，最高層級為總編輯，總編輯之下有副總編輯若干人，第三個層級為以新聞屬性分類的主編，第四層級為各版面的編輯。（圖2-8）

二、編輯工作的職掌

（一）總編輯

總編輯是編輯部的最高負責人，負責決定一份報紙的最高原則走向、裁決新聞、指導編輯部人員，以及其他聯繫報社行政部門及發行、廣告印刷等有關行政管理和各項協調事項。總編輯必

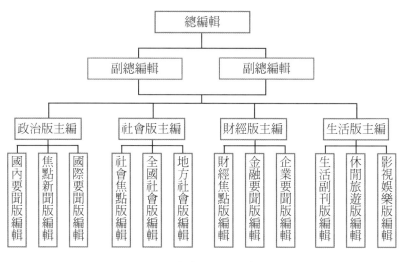

圖2-8　編輯層級示意圖

須參與報社決策，是編輯方針的執行者，主要任務就是規劃和指揮編務系統。

（二）副總編輯

協助總編輯處理其所指定的日常工作，或擔任第一分稿人的角色。報社編輯部依其規模可能會有一位到十數位的副總編輯。

（三）編輯主任

負責整理或改寫重要稿件、指定重要新聞的版面位置、擔任第二分稿人、聯繫各版與其他單位主管協調。編輯主任領導各個編輯組，有的報社職稱是組長。

（四）各版編輯

各版設有一個主編、編輯、助理編輯若干位，主編的主要工作是核稿、改稿、製作標題、設計版面、拼版、校大樣等，並指揮編輯和助理編輯。編輯的主要工作是初步閱稿、改稿、改寫，與助理編輯處理較次要和較不重要的新聞。作小題、統計發稿字數、協助拼版、初校，和其他臨時性的工作。

除了實際執行編務的各種編輯外，報社編輯部也有校對和校對長設置，校對長負責調配校對工作人員、複校、看大樣、清樣。

以上任務並非固定不變，也是視編輯部的組織編制而有不同的角色與工作內容，除總編輯只有一人之外，其他的角色則視報社的規模編制而有不同。例如比較小的報社，總編輯和編輯主任的角色重疊，或者編輯主任也要負責編版面，不似大報的版面

多、分工較細、層級也較多。

　　以各編輯的工作角色而言，又可以區分為指揮者、裁決者、分配者、核定者、執行者等各種角色。職司指導者和裁決者的角色為總編輯；擔任分配者、核定者的角色主要是副總編輯和各版主編；而執行者即為各版面實際作業的編輯。各個編輯按其層級與角色行使職權，使編輯部的作業能有條不紊，順利進行。

　　雖然編輯部的層級明確，一位編輯很清楚的知道自己處在組織的什麼位置，擔負哪些工作任務，但是編輯通常都是獨立作業，有研究指出，如果編輯部裡的溝通能改善的話，新聞的效率會大大的提升。

　　報紙的主要內容是新聞報導和新聞評論，新聞報導的呈現有賴於新聞記者採訪和編輯，經過新聞處理而得到共同努力的結果。所以記者和編輯的績效都是表現在報紙版面上。新聞組織通常也會有一套對記者和編輯的績效考核方式。一位新進的版面編輯，可以順著編輯部組織圖的路徑往上爬，可能歷經編輯組召集人、組長、主任、副總編輯，最高層的位置就是總編輯。

三、英美報業的編採合一制

　　相較於我國的報社採用記者和編輯分別作業的「編採分立」的制度，英美報業的編輯部作業卻是採用「編採合一制」。

　　以英美報業的組織來看，似乎比我國新聞媒體的組織簡單，英美報業的編輯部通常只分為三個部門：

1.新聞電訊部門（news side）：負責外電新聞和地方通訊稿件。

2.本埠新聞部門（city side）：和我國報社採訪中心的地位相當。本埠新聞編輯（city editor）類似採訪中心的最高負責人，通常是採訪主任。

3.副刊部門：例如婦女、體育、影視娛樂、經濟、金融等版面。

英美報業的採訪組的成員配置包括編輯一人、助理、核稿人、標題製作人若干人。還有眾多的記者和攝影記者的編制。

英美報業的「編採合一制」，和我國的「編採分立制」最大的差別，除作業上不同外，在於英美報業的編輯權力比較大，可以指揮記者。

以英美報業為例，記者的採訪稿只是「初稿」，所寫的東西經過好幾個編務流程，最後刊登出來可能是面目全非，和記者寫的初稿有極大的差異，但是記者不會提出抗議。記者署名也已形成一種制度。而我國的記者所寫的新聞稿，通常是由採訪組的召集人和採訪主任決定是否採用，編輯雖然也會刪修記者的稿子，但是改動的地方不多。

英美報業編採合一建立新聞稿改寫制度，查核稿件使內容正確，補充資料使訊息完整，使報紙能樹立特有的寫作風格。

四、編採合一的供稿流程

編採合一制執行得最徹底的是《時代雜誌》（*Time Magazine*），此種制度是由記者和研究員組成，並作改寫工作。編輯部的最上層是資深編輯，他們不斷的蒐集資料、簡報和找參考書，並在每期雜誌擬出大約四百個問題，給分布於全球各地的

通訊記者來回答，並查核他們的稿件。這一種制度使編輯的主要工作在於查核事實，務求新聞的正確性；補充資料、求取新聞的完整性；工作分配上是指揮記者，互相搭配。

由英美報業的製作流程圖可以了解英美報業編輯部的作業流程和我國並無多大差異，最主要的差異在於核稿人必須重新改寫新聞這一個過程。（圖2-9）

五、編採合一與分立的區別

編採合一與編採分立的制度究竟何者為優，並沒有一定的說法，但以國外的編採合一的制度而言，普遍認為此制度能使新聞正確性和完整性提高，且調度的彈性較大、能符合組織政策、使年輕記者不斷學習，也避免記者權力過大，製造新聞，有助於資

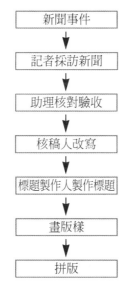

圖2-9　英美報業的編輯部流程

深新聞工作者的養成。此制度也導致組織政策的影響力過大，也使記者的權力不足。

　　至於台灣報業普遍採用編採分立的制度，可使記者本身的空間較大，權威感較高，可獨立報導新聞，發揮新聞題材。但也使編輯流於技術性的工作，新聞的把關工作很難做到盡善盡美。

第四節　編輯部的組織內外關係

　　編輯必須了解，編輯部只是龐大新聞媒體中的一個部門而已，報社是一個公司體制，所以必須成立股份有限公司，向主管機關經濟部登記，負責人是董事長，和一般公司沒有差別，大多數的媒體還有發行部、廣告部、管理部、印務部門等，或者是行銷、人事、公共關係等部門。

　　傳播媒體常被稱為是一種「文化工業」的原因在於媒體有編輯部。傳播學者McQuail就以媒介經濟學的特徵來區分傳播業和其他商業的區別，這些差別使傳播媒體形成一種有別於商業機構的體制（McQuail, 1986）：

1. 就市場而言，媒介本質上是雙元（hybrid）及混合（mixed）的，媒介處於既販賣產品給消費者，又對廣告商提供服務的雙重市場。
2. 傳播媒介是高度的勞力密集、資本密集的產業。
3. 傳播媒介的產品具有高度的創造性，及對消費者評估的不確定性。
4. 媒介產品是可以重複使用，而且是多方面使用的。

5.傳播媒介永遠有集中的傾向。

6.由於高固定成本，傳播業普遍存在著進入障礙，因此進入
 傳播業是相當困難的。

7.媒介之所以不同，是因為他們受到公共利益的影響，媒介
 不僅僅只是一種商業而已。

 就組織目標而言，各個部門因結構位置的不同，專業分工下
所衍生出的目標即不相同。發行、廣告等部門都與組織有相當一
致的目標，著重於營業績效及商業利益；管理部門著重的是內部
的效率管理；編採部門則有自己的目標，他們重視編採權的自主
與專業理念，有與眾不同的目標。整個傳播組織的工作較具尋常
性，而新聞部門的工作卻具有「非尋常性」的特色。新聞專業人
員認為閱聽人有「知的權利」，應以公眾利益為考量，因此編輯
部通常較不重視組織的利潤目標，而服膺新聞人員的專業理念。

 整個新聞組織通常部門非常龐雜，以報社為例，就包括管理
部門（專司人事、財務等行政管理）、編輯部門（專司新聞的蒐
集與處理，即編輯與採訪單位）、印務部門（即工廠部分，專責
報紙印製作業），與一般企業相較，報社的編輯部門是最大的不
同之處。在表2-1中，編輯部門屬生產部門的概念乃借自法蘭克
福學派的觀點。這裡的組織是指一整個傳播媒介而言，文化產品
的生產部門即是編輯部。

 傳播學者McQuail曾把媒介組織內部分成三種支配的工作文
化（work culture），並指出存在於媒介組織內部的緊張和界線的
主要根源，而媒介專業面是組織結構中最特殊的一環。如圖2-10
所示（McQuail, 1986）。

 以一般組織的部門而言，管理者的權力較大，被管理者服從

表2-1　報社與一般企業的部門比較

部門功能／產業	報社	一般企業
行政管理	經理部門	行政管理部門
業務部門	廣告部門 發行部門	銷售部門
生產部門	印務部門 編採部門	製造部門

註：在新聞的產製過程中，編輯部經由採訪和編輯新聞的過程而「產生」新
　　聞，再經由印製部門的製版、印刷而「製造」了報紙。所以編輯部及印製
　　部同為報社的生產部門。

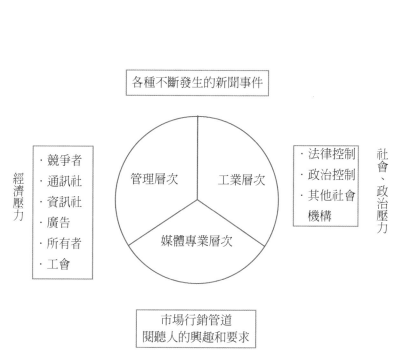

圖2-10　組織內部的三種支配的工作文化

管理者的指示，管理者擁有一切資訊，被管理者通常只是聽命行事，工作者彼此之間有一套科層運作體系。但編採部門就不一樣了，因為資訊通常是在第一線的基層記者，編採人員擁有相當程度的工作自主權，在工作過程中以其專業能力行事，工作有相當大的自由度，管理者只是居於支援、輔導與調度的角色。相較於一般企業內部只有管理與技術兩大部分，媒介的專業層面更顯出傳播事業的獨特性。

由以上說明可知，編輯部的成員在整個媒體體制中非常特別，編輯部與其他部門之間也有合作關係，例如廣告部門招攬的廣告會佔掉新聞版面、發行部門行銷的產品標的是編輯部生產的內容，而編輯部的成本又必須來自於發行和廣告的收入；印務部門必須承接自編輯部的工作，截稿時間的延遲也代表印務部門會受到延遲，牽一髮動全身，連帶的影響到後端的發行系統，在此生產環節中，每一個環節都有合作、妥協與堅持，各部門的關係因而可能和諧、對立或緊張。

如果以報社的組織圖來看，似乎一般編輯的工作內容僅只侷限於編輯部之內，除行政管理部門之外，和其他報社的廣告、發行等部門似乎沒有接觸的機會，但是翻開報紙，一頁版面可能就是新聞與廣告的結合、一則新聞可能就是編輯部和行銷部門共同企劃的活動、一則截稿時間後的突然新聞可能是印務部門配合改版換版的結果。一位任職於編輯部的新聞編輯並不是僅是每天接觸新聞而已，一位優秀的編輯必須認識整個傳播媒體的環境，認知自己在新聞組織中的地位，同時配合環境變化，適時地和各個部門聯繫與協調，而非僅是抱持編輯部的本位主義，如此所學習得來的將不只是編輯這一門學問而已。

習題：

1.試比較「編採合一」與「編採分立」制度的優缺點。你認為台灣的新聞媒體適合實施「編採分立」的制度嗎？

2.請比較國內各大綜合性報紙的編輯政策和編輯方針。

3.如果你計畫出版一份校園刊物，請試擬一份這份刊物的編輯政策和編輯方針。

4.假設一位編輯將在報社任職十年，請思考這位編輯在報社中的各種發展可能和晉升路徑？

5.新聞媒體是由性質各異的各個部分組成的，你認為媒體的編輯部是否會和管理部、廣告部或發行部門產生組織文化的差異？會不會發生摩擦的情況？

6.你認為編輯是為誰在工作？為編輯部？媒體老闆？讀者？或者只是為了自己？

第二篇　平面篇Ⅰ——報紙

※第三章　報紙的特性與經營現況※

第一節　網路世界中的平面媒體因應之道

英特爾前任總裁葛羅夫曾指出，傳統報業現正面臨網路媒體的衝擊，若不能妥為調適因應，不出三年傳統報業將遭市場淘汰。

然而，從近代新聞傳播發展的歷史來看，在十七世紀初，德國已出現了第一份定期出刊的報紙，而後1788年創立的英國《倫敦日報》、1851年發刊的美國《紐約日報》，更開啟了現代報業的黃金歲月。進入二十世紀之後，科技的進步加速了新媒體的發明。1920年，美國匹茲堡開播第一家無線電廣播電台KDKA；1936年「英國廣播公司」即經常播出電視節目；至於網際網路的勃興則是二十世紀末才剛發生的新鮮事，電子報誕生到現在，也還不過只是剛結束嬰兒期進入學步的階段而已。

歷史經驗明白告訴我們，新媒體的出現從來不曾淘汰舊有的媒體，廣播不曾淘汰報紙，電視也不曾淘汰廣播，「新」媒體雖無法完全取代「舊」媒體，但卻會強化個別媒體的特性，而所改變的只是閱聽人花在各個媒體的時間分配。

一、平面媒體的關心話題

那麼，平面媒體在網際網路的世界中應該如何因應呢？我們從幾個方面來談談這個讓所有平面媒體從業人員非常關心的話題。

（一）平面媒體的處境

依據台北市政府主計處發布的調查資料顯示，1998年該市市民平均每戶用於購買書報雜誌的費用，占市民消費支出的0.94％，較前一年的1.01％為低；市立圖書館圖書資料外借量也由1996年的618萬冊，降至1997年591萬冊及1998年的579萬冊，有明顯減少的趨勢。相對的，家用電腦的擁有率則是持續攀升，截至1998年底的普及率已達54.14％。

台北市政府主計處認為，由於家用電腦日漸普及與網路的快速發展，使得市民的閱讀習慣正逐漸改變，除了導致家庭消費中書報雜誌金額減少外，市民到圖書館借書冊數也因此開始下滑。

台北市政府的推論顯然印證了前述的經驗法則，也就是說，從閱聽人花費在購買書報雜誌支出的改變，推論出網路媒體已瓜分了閱聽人過去花費在閱讀平面書報的時間，網路媒體的出現對於閱聽人使用媒體的時間分配確實已經造成改變。

（二）從美國經驗來看

有趣的是，類似的調查結果卻發現，美國在1999年書籍出版市場卻有復甦的跡象，圖書銷售量有谷底翻升的契機，特別是網路書店公開發行的股票，更是熱門的投資標的。

綜合以上的數據資料以及出版市場的發展現況，我們似乎不難看出，歷史的經驗法則似乎仍是有效的。整體而言，平面媒體沒有即刻被取代的疑慮，但是，相對書籍出版仍可維持穩定的發展，豈不意味著平面媒體中，報紙和雜誌發行的生存空間，已面臨瓶頸甚至萎縮的階段，其危機感亦絕非危言聳聽或是空穴來風。

（三）傳統報業的策略

傳統報業受到網路媒體的衝擊是必然的，不但影響報章雜誌發行量的競爭力，也挑戰著傳統新聞專業的地位。

傳播學者麥克魯漢（Marshall McLuhan）曾說：「媒介便是信息！」他認為，真正支配人類歷史文明的，是傳播科技形式本身，不下它的內容，每一種傳播科技都是「人的延伸」，不只劇烈地影響到人類的感官能力，而且也造成社會組織的巨變。

傳統報業發源於十七世紀初期，深刻而完整的記錄了近代人類文明的發展，站在二十世紀末的歷史時刻與科技成就，報業無疑又再一次面臨新傳播媒體的挑戰，儘管如此，報業累積經驗和信譽，以及長時間聚集智庫特性，無疑更是資訊有價時代中無可被取代的利基。因此，傳統報業掌握資訊內容的優勢之後，應更具彈性的適用、主導新科技形式的發展契機，以一個整合資訊、全方位通訊的角色，發揮資訊經濟的特質，掌握資訊定價、分版與版權管理的市場經營能力，扭轉傳統報業再生的契機。

從前，在電視或廣播問世之時，便有人預測，這將會是平面媒體走入歷史的時候了，但是，平面媒體仍然屹立不搖，如今，網路媒體大舉攻占之時，難道真是平面媒體壽終正寢之時？

二、平面媒體獨擅的優勢

其實不然，在網路媒體的衝擊之下，平面媒體仍有其獨擅之優勢與特性，可與網路媒體相抗衡。根據統計，網際網路的使用者，仍以社經地位較高者占大多數，在電腦普及率尚未極高，網路使用仍需特定知識下，網路使用者仍然將只是某些特定族群。

（一）讀者群

　　平面媒體的傳統讀者，與經常使用網際網路者，其重疊性並不高，許多傳統型的讀者，還是習慣於平面媒體式的閱讀，網路電子報對這群人的衝擊並不大。通常在報紙讀者的描述上，多為成年人、中等以上的教育程度，這樣的一個描述，雖然看起來好像失去了年輕讀者的支持，但是，我們可以這麼說，在社會上的中堅份子，仍是報紙的忠實讀者。

（二）方便性

　　此外，平面媒體具有可以方便攜帶的優勢，可以說是走到哪、看到哪，網路電子報在這種使用親和性方面，就差得許多了，不太可能走到哪裡，就帶到哪裡，同時，有一種說法，由於人有與生俱來的親土性，而報紙是由紙張印製而成，這種由木材產製的紙張，對於閱聽眾而言，比電腦螢幕多了一份親切的感覺，恐怕這也是報章雜誌迄今仍在市場上的心理因素吧。

三、平面媒體的因應之道

　　在多元化的社會中，讀者不再是屬於特定媒體的禁臠了，網路媒體的衝擊力雖然頗強，但平面媒體仍有下列幾點因應之道：

（一）平面廣告的效果

　　首先，廣告乃是新聞媒體的主要財源之一，平面媒體的廣告處處可見，影響力也較大，而在網路商業仍具風險，並且尚未成為風氣的今日，網路媒體的廣告量始終無法趕上平面媒體，加上

現今國內網路媒體，大多採用免費使用方式，財源開拓仍然是平面媒體較具優勢。雖然目前因經濟不景氣，導致廣告業績大幅縮水，平面媒體仍應該努力維持廣告來源，藉由版面的設計，巧妙的將廣告與媒體結合，勝過網路媒體需自行點選，才可獲得的廣告訊息。

（二）忠實的讀者層

其次，平面媒體應該把握住目標讀者群。根據統計，報紙的讀者至少有四成以上，其教育程度在高中之下，平面媒體應該根據其需求，來訂定版面、編排的模式，內容更需投其所好，藉由讀者的問卷調查，了解其喜好，在內容方面以其偏好的新聞為參考；文字方面，減少使用艱澀的字句或是詞彙，加強閱讀便利性，使讀者能夠忠實的閱讀。

（三）親和度較高

一般而言，大部分人仍然習慣於平面式的閱讀，對於盯對著電腦螢幕看，仍然有些不太習慣的感覺，網路媒體在親和性方面還是不及於平面，但是，近年來平面報刊紛紛增張、加價，感覺起來，平面媒體的厚度確實增加，然而，讀者並未具有獲得更多訊息的感覺，簡言之，內容品質的並未相對的提升，讓人覺得增張都是多餘的，提升新聞品質，將是平面媒體刻不容緩的任務。

網路媒體的世代已經到來，並不代表著平面媒體將走向絕路，但是，平面媒體應該主動出擊，化危機為轉機，徹底改善原有缺失，並且發揮其特有之利基，相信平面媒體將會在這場未來的戰役中存活下來的。

第二節　國外報業市場經營現況

在二十一世紀開始的同時，報紙產業所面臨的難題，就好像是在高速公路上開車，必須隨時面對著上下速限的規範，這時駕駛人必須明瞭，如果車速太慢的話，隨時會有被趕下高速公路的危機，可是如果開得太快的話，又有可能因為超速而違規或肇禍。同樣的道理，報紙業者如果對世界反應太慢的話，有可能因為產品不符市場需求，而被趕出市場，同時，如果報紙業者改變太快或是對市場研判錯誤，也會有被三振出局的危機，因為如果這樣經營報紙，不必多久，就會喪失他們主要而且忠心的讀者群了。總之，他們必須遵守一條不變的法則：報紙業者不能一成不變的死守一些規則，必須因應市場的轉變，而在轉變的過程中求生存，當然，也同時爭取進步與成長。

一、生存環境面臨挑戰

以目前來看，平面媒體，尤其是報紙，正面臨著空前的挑戰與困境，以外在環境來說，經濟的不景氣，造成市場的蕭條、產業的空洞化、人民消費水準降低，從而影響到報紙的最大財務來源——廣告。一般而言，報紙的廣告分為營業廣告和分類廣告兩大類，所謂營業廣告指的就是一般的商業廣告，諸如家電廣告、汽車廣告、房地產廣告、電信產品廣告等；而所謂的分類廣告，指的就是租屋售屋、徵人求事的小格廣告。由於經濟的不景氣，包含有線電視及其他相關媒體的入侵，使報紙原本在廣告市場的

占有比例越來越小，1987年在廣告市場的占有率為41.16%，一直到1999年變成在廣告市場中只占30%，僅只十年多的時間，整個占有率就下滑了10%，降幅不能不說驚人。由於近五年來網路的影響顯著加強，因此，在閱報人口中，以學生族群流失最多。

以美國為例，從一九九○年代開始，報紙業界發現自已正面臨企業外在環境不景氣的現象，某些廣告的類別正在衰退中，讀者群也在變動。雖然從一九八○年代報業展現了穩定的銷路，人口也相對增加，而讀者數量卻無法跟上步伐。即使是《洛杉磯時報》（*Los Angeles Times*）也遇到這種狀況。另外在美國地區，每四個家庭中，已有一個家庭沒有訂報，而《紐約時報》（*New York Times*）被家庭收藏僅有15%。到了九○年代，美國在100個家庭中，每天只消耗60份報紙，這顯示了自1947年中每100個家庭消費130份報紙的盛況至今已有巨大的衰退。

報紙廣告商說，一般而言，銷售會再全面成長的夢想是不存在了。當家庭成長量達到一定程度，並且證明年輕的一代並未有上一代的閱讀習慣時，對廣告主而言，報紙已成為較無廣告傳達性的刊物。這種在銷售上的衰退連帶引起廣告衰退，甚至腐蝕廣告的現象，假如不改善，那麼訂報衰退的情況也不會好轉。

二、成本影響新聞運作

顯然地，報業面臨的窘境正要開始，許多業者正嘗試著解決這個問題，「這究竟是週期性／現在發生的現象？」，或者另外一種說法就是，專門針對報業的解釋，「即使市場經濟繁榮，報業還是可能出現不景氣的現象，更何況是經濟蕭條的時候呢？」

經濟不景氣給報業帶來了很大的困擾，因為報業依賴著廣告

在經營。假如當地業者收入減少時，廣告費用自然也會緊縮，連帶著報業因廣告收入的減少，成本也會相對緊縮。而在此時，報業業者卻沒有想到成本的緊縮，會影響到新聞運作的品質。事實上，對一些問題本身而言，報紙這個產業到底是受目前景氣影響，還是因社會改變和結構性改變而影響本身的產業，我們以下列例子來說明。

三、影響報紙讀者改變的因素

在康拉德‧芬克（Conrad C. Fink）的《報紙策略管理》（*Strategic Newspaper Management*）一書中提到，包括了婦女角色的轉變、少數民族人口數量的增加、核心家庭的沒落、大眾人口數量緩慢的成長、新科技誕生等，都是影響報紙讀者改變的因素。（Fink, 1988）

（一）婦女角色的轉變

在美國，週刊是最能反映社會現況的，由週刊內容趨勢得到婦女角色的轉變，這不僅影響編輯方向和廣告，同時也影響了讀者群。在九○年代，16至22歲的婦女有一億六千萬人；這些人大約於六○年代末和七○年代初期出生，經歷了女權運動，由過去許多家庭主婦發展至目前許多婦女會朝著自己的理想而努力，以晉升工作權力的核心。同時由這些層面解析，問題就在於婦女角色的改變，好像使閱讀人口數量增加，但實際上婦女們仍少讀報，對於此項問題，美國編輯人協會（The American Society of Newspaper Editors）提出解決的方法，是在新聞及廣告上增加下列主題，以符合需求，例如：

1.兒童照顧。

2.職業婦女的生涯規劃。

3.方便購買。

4.行動資訊。

5.瀏覽快速可得的資訊。

6.娛樂活動。

7.理財。

8.家庭管理。

（二）少數民族人口的增加

在二十世紀末，美國白人相對於其他有色民族而言，人口數量相對降低，主要因為外來移民者數量增加，以及移民者有較高的生殖率。因此估計，在西元2000年時，美國每四個家庭中，就有一個是其他民族，此種現象正意味著報社必須正視這些人口，在做法上有報社增派並且補充此種背景的人員數，此外，提高少數民族在報業的地位，這種趨勢和一九八○年代末期時的現象是大相逕庭的。

（三）核心家庭的沒落

傳統「核心家庭」是指父親在外工作，母親全職在家照顧小孩，這種形式為傳統所尊崇的家庭形式。自1980年，以母親為主的單親家庭成長近20％，至1990年為止，美國的家庭中約有12％以女性為主的單親家庭，這個數字任何人都認為會繼續攀升，但離婚率會有所持平。總之，九○年代的單親家庭是六○年代的兩倍。這種改變對報業和廣告的影響是內容和策略上的運用，不再尊崇過去傳統唯一的價值，也就是以男性為主導的家庭形式，所

以報業都應正視此一目標群，而非只看重以往傳統的目標群。

（四）一般大眾人口緩慢的成長

　　七〇和八〇年代期間，由於當時較低的出生率造成人口成長的緩慢，市場也必須對以往的大眾人口分類方法有所改變，例如，以往所忽略那些超過50歲的人口群，如今則是明顯的顧客目標群，更是廣告主垂涎的對象，報紙業者必須了解此點。連那些過去針對壯年人口的雜誌，如今他們也希望做些改變，企圖吸引較年長的讀者。美國編輯人協會對於年長人口消費群有興趣的主題，提出了十點建議：

　　1.關於老年人的社會、經濟政策。
　　2.老化人口的經濟範圍。
　　3.關心年老的父母。
　　4.獨居生活的照顧。
　　5.個人理財報導。
　　6.娛樂活動報導。
　　7.健康報導。
　　8.老年人的住及交通。
　　9.宗教信仰。
　　10.歷史和懷舊。

　　此外，美國編輯人協會也建議報紙在版面、字體大小這幾方面應多注意，尤其更應將概念傳達給較年長的市民。

（五）新科技的誕生

　　媒體科技是報業的另一項競爭工具，如果馬歇爾‧麥克魯漢

的理論是對的，那麼在美國的情況是電視會帶來更多的文盲及取代了直線式思考的能力。九○年代，美國境內即有六千萬人為目不識丁者。此種情況，固然有許多社會因素造成，但父母縱容讓小孩看電視及學校利用電視教學，都連帶惡化了這個現象。

他山之石，可以攻錯，在康拉德‧芬克所指出的以上這些影響報紙讀者改變的問題中，有許多的現象也同樣的在國內發生，雖然未必完全如出一轍，但在媒體產業的相關連性下，的確有許多值得我們借鏡與省思的地方。

第三節　國內報業市場經營現況

我們再看看國內的報業環境，目前台灣報業的處境正面臨著下列三項危機：

一、面臨電子媒體的強勢競爭

隨著有線電視法的通過，以往非法接線的第四台業者紛紛轉型，由以往的草莽經營型態，轉換為有規模的系統經營業者。另外一方面，大財團的進入分食這塊大餅，各頻道相繼在空中大戰，與以往最顯著區別的就是：新聞頻道的加入市場，各出奇招，例如TVBS-N、東森、中天、SETN等新聞頻道，每一小時均有整點新聞播出，使得新聞的即時性、現場感得以充分發揮。而跟隨器材的日新月異，SNG的大量使用，更造成了電子媒體新聞戰的正面接觸。而其產生的結果是，報紙新聞的不可取代性面臨

嚴重考驗，報紙新聞因印刷、發行網路問題有其無可擺脫的困境，因此，報業市場面臨電子媒體的強勢競爭，其二，長期以來，報紙廣告有其天然之限制，如飲料、藥品的廣告較不採用報紙宣傳，而這類產品的廣告商有許多無法負擔三家無線電視的鉅額廣告費用，當有線頻道以低廉的價格招手時，廣告商紛紛將平面廣告預算轉至有線電視，這也造成平面媒體在碰上電子媒體強大威力時另一受害的層面。

二、年輕閱報人口的潛在流失

依市場調查結果發現，目前每人每日平均閱報時間為三十八分鐘。換言之，以目前每份報平均十一大張的情形來評估，每一大張的閱讀時間約為三分鐘，而每一大張又分四版，故而依此類推，每一版的閱讀時間平均不超過五十秒。依此數據看來，讀者的閱報時間隨著工商業的日益蓬勃發展而相對減少，其中又以年輕閱報人口流失最烈。經另一份調查報告顯示，一般綜合性報紙的讀者多偏向成年人，且以男性居多，同性年輕族群對報紙的需求度已有逐漸潛在流失之虞，究其原因，不外電視、電影的聲光比較具吸引力，且戶外活動的熱烈推廣也吸引年輕族群，所以，年輕讀者的潛在流失確為隱憂。

三、分眾化、目標化市場現象日益明顯

目前市場的多元性已越趨明顯，分眾化、目標化的市場逐漸脫穎而出，前面曾提及，一般綜合性報紙的讀者層經調查顯示，均偏向成年人，則我們不禁要問，在市場未擴大的情況下，讀者

到哪裡去了？依現今社會明顯的分眾化趨勢看來，個性化的分眾市場對於年輕讀者確有其吸引力，如《民生報》、《大成報》等，均係針對分眾市場而產生的產物，而調查結果亦證實，如這類的分眾報紙其讀者層中，年輕讀者占了多數。因此，由於分眾化、目標化市場現象的日益明顯，報業市場的主流亦呈現逐漸分流的情況。

第四節　報業經營面臨之挑戰

一、生產成本的螺旋式上升

因受近年來國際紙漿直線上漲的衝擊，再加上國內經-濟景氣蕭條，廣告市場衰退的影響，《聯合報》及《中國時報》為了紓解已呈失衡狀態的收支情形，於1996年1月1日正式將報費由每份10元調為15元。

國際紙價在1994年9月時，每噸只有420美元，不過，在同年11月時，紙價已呈現直線上漲的走勢，短短半年漲幅超過了一倍，且更曾突破一千美元大關。因此即使紙價已回穩，但仍較以往的價格偏高。以2000年為例，每噸紙價為520美元，而再加上匯率，因此形成沈重的成本負擔。

此外，包括印刷、派報、工廠人事費用等支出，受通貨膨脹的影響，使得每份報紙的成本不斷增高，一份10元的報紙報社實際上只收到6、7元，而成本又超過12元，所以造成賣得越多虧損越大的窘境。同時，人事費用亦隨著物價指數的上揚而不斷攀

升，一般而言，以編輯部為例，人事費用在事業成本支出中占了三分一的重要位置，因此，生產成本造成報業極大的壓力。

二、通路主控權日益薄弱

如前所言，發行系統的老化與效能不彰造成了通路極大的危機。發行系統老化的問題在於長期以來發行系統下的分銷系統由專報變為雜報，在推動行銷策略上施力點不如以往，而各報利潤的競爭也使發行效能大打折扣，且分銷系統的繁雜造成通路主控權的不易掌握，總部命令難以貫徹，此為報紙發展日後的隱憂之一。（圖3-1）

三、小眾傳播搭便車

小眾傳播如公車、傳單等等，因價格低廉，具有一定的區域

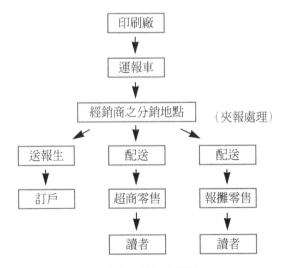

圖3-1　報紙配送過程簡圖

性利基，故在報紙發行的地方報上，也具有不小的影響力與破壞力，由於部分大報在地方上仍有其無法顧及的地方，因此，當地區性的小眾傳播媒體以見縫插針、遇洞灌水的方式滲透入發行系統後，對於報紙的經營也會產生相當的影響。

四、法規限制影響市場靈活度

相關財稅法規的規定，使得發行系統中的廣告系統在許多發行業務的推動上遇到瓶頸，如贈獎獎金上限之規定便是一例。另如廣告法所規範的許多項目，使得廣告部在接受廣告客戶與受託播廣告時也造成相當多的不便，這些規定是否仍合時代潮流演進之需要，恐怕係一值得商榷的問題。

五、編務投資龐大，設備更新快速

近年來，由於通訊科技的發達，傳輸系統的需求量隨之增加。從以往的紙張傳真到今日的數據傳送，電訊事業對媒體的影響力真可謂一日千里。相對的，對於電訊傳輸的投資也勢必大為增加。從另外一方面來說，編輯部門對版面的革新隨著讀者知識水準的提升也步步加強，編輯部門必須不斷以更新的面貌、更深入的內容、更生動的版面及更迅速的速度來服務讀者，故而，報社在編務上的投資也隨著前述的電訊傳輸工業的進步而大幅增加。

六、報紙如何維持命脈

一份報紙應如何在市場立足，從而建立發行網維持命脈，有幾個方向：

1. 編輯路線應符合社會需求，立場不偏不倚，照顧家庭每一份子之資訊需要。
2. 報份結構良好，中產階級長期訂戶極為穩定，帶來較高之閱讀率及廣告回應率，形成良性循環。
3. 善用廣告業之自主力量，密切結合客戶、廣告公司及媒體之關係。如時報廣告金像獎、金犢獎、金格獎已成為台灣廣告業之盛事。
4. 管理體系精益求精，配合報業發展之實際需求。

七、報紙的創新與革新

著有*Media Monopoly*一書而聲名大噪的媒體分析家與評論學者Ben Bagdikian，就對印刷媒體的未來抱持樂觀的看法：

> 未來，絕大多數的新聞消費者將繼續依賴印刷媒介──也就是報紙。原因不在於印刷媒體神秘的神聖性格，或是新聞呈現的完整特質，而在於即便報紙仍有層出不窮的小錯誤，報紙仍是人們了解與獲得生活周遭重要資訊各種方式之中，最便宜的一種媒體。（Bagdikian, 1981）

*Knight-Ridder Newspaper*對於如何在這「最便宜的媒體」

上，將新聞處理成讀者容易了解，有清楚的要求：

1. 重新定義「新聞」，並且賦予更廣的意義。新聞不應該是某些機構發布的消息而已，相反的，所謂「新聞」，應該是那些真的讓我們感到「有趣」，並且影響日常生活的事件。

2. 滿足讀者的需要，並且讓新聞更有用。區隔報紙媒體與電視媒體的特性，凸顯報紙的優勢，滿足讀者在電子媒體中所不能獲得的需求。

3. 具有強制性。新聞的取向應該朝向更與讀者生活密切相關的方向前進，而不是停留在報導一些不痛不癢的事件上。人性取向的、人物的、生活剪影的、具有戲劇張力的事件才應是新聞。版面的配置上，也應同時朝更人性化、更具有吸引力的方向努力。

4. 簡單、有趣、實用。在媒體與資訊爆炸的時代，報紙應該滿足各種讀者的不同需求，讓報紙新聞簡單、有趣並且實用。

5. 更摩登的外觀。色彩已經在許多報紙版面中復活了，但完美境界猶或可期。報紙應該在使用上變得更有效，而彙整後的新聞群組也應該占去更小的版面。版面設計在這裡應該可以發揮一些空間。

報紙的新聞工作者——記者以及編輯人員，未來應該儘量用圖像式的思考方式，同時，在新聞報導的撰寫上，也應使用更有趣、活潑的調性。另外，版面的空間應該有更有效的運用。長篇累牘的文章，雖然依舊擲地有聲，但是也應該儘量更人性化、服務特殊的讀者之用。報紙新聞的撰寫與編排，若是沒有了創意、

智慧與意義，再多的設計也是枉然。

　　台灣報業在二十世紀末已紛紛進入轉型期，除了電子技術之革新外，舉凡跨國策略聯盟、流通革命、互動式媒體等新的環境衝擊，均將改變傳統報業新生態，縱使全國第一大報的領導地位，也仍然必須戒慎恐懼、力爭上游，才能在未來媒體市場上繼續維持領先優勢！

習題：

1.試討論網路新聞與傳統平面新聞在表現上的差異性。

2.康拉德・芬克（Conrad C. Fink）指出，影響報紙讀者改變的因素有哪些？

3.目前台灣報業正面臨哪些危機及挑戰？

4.報紙經營正面臨成本上升及市場變化的直接衝擊，試討論其原因。

5.請試說明報紙新聞應如何強化其特點。

※ 第四章　編前準備與稿件處理 ※

報紙媒體最直接與主要的產出就是新聞內容。報社的競爭也是新聞內容的競爭，新聞內容的質量攸關報社的信譽，也間接影響報紙的發行量與營運收入，所以如何製作出質量均佳的新聞內容以吸引讀者，是報社編輯部責無旁貸的重責大任。

　　一般讀者看到的只是已經在報紙上刊出的新聞，但是報社如何在一天之內將發生的新聞事件，在隔日一早就變成報紙送到讀者手上，這個過程猶如黑箱作業，著實無從想像。而由此也可得知，新聞媒體所承受的截稿壓力，以及編輯部因應時間壓力，必須在極短時間內製作完成，必然有一套適應新聞環境的專業而公式化的標準作業過程。

　　新聞媒體內部的標準作業過程，會因媒體性質的不同而有些許差異，但所遵循的專業是相同的。而要了解媒體內部的作業流程，以了解一條新聞進入編輯部的流向，即可窺知編輯部的作業概況。如以報社的稿件流程為例，首先是將由報社內外湧至編輯部的稿件，經過編輯台的層層篩選、修改、裁併等加工過程後，再加上新聞標題或圖片，並由眾多新聞內容組成一頁頁新聞版面，再經過印刷製作，即完成一份報紙。這個看起來很簡單的流程，每一個作業環節其實隱藏著許多的決策過程與專業，所以了解一篇稿件從傳入報社到成為新聞見諸報端的複雜過程，可以了解編輯部的運作方式。

第一節　稿件來源

　　報社編輯部簡單的說，是一群編輯和記者的集合，而在作業流程上，記者和編輯則屬於上下游關係。報社記者負責採集新

聞，回到報社交給新聞編輯處理後，一則合格的採訪稿即成爲新聞稿。但是報紙內容並不僅只是新聞稿的集合，以綜合性報紙爲例，除了各種政經、社會、民生、娛樂新聞之外，還有社論、專欄、短評、新聞照片、小說、散文、漫畫、讀者投書等，一份報紙還必須包括這些包羅萬象的內容，才能滿足各種讀者的需求和口味。

　　而這些呈現在報紙上五花八門的內容，如果都需要報社的人員自行製作產出，可以想見報社勢必需要付出龐大的成本因應，不但阻絕讀者接近和使用媒體的權利，也無法網羅各類專業人員加入報紙內容的生產行列，所以報紙內容的來源可說是從四面八方來的。

　　報紙的內容來源如果以稿件是否由報社的編制內人員負責來分類，可以簡單分成社內來源和社外來源兩大類。社內來源是指稿件的產出來自報社的內部資源，包括報社記者的採訪、評論稿等，皆屬於內部來源之一。外部來源則指稿件非由報社內部產生的稿件，例如社外的讀者投書、國內外各大通訊社的稿件等。圖4-1顯示了報社的稿件來源。

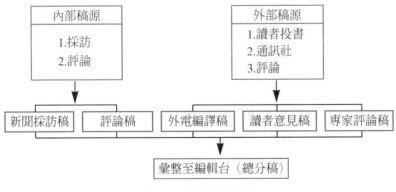

圖4-1　稿件來源圖

一、內部來源

報紙是以新聞和評論服務讀者的，所以報社編輯部人員主要的任務，就是採訪和報導新聞，並以評論代表報社的立場或呼籲，引導大眾輿論。報社的內部來源稿件以新聞記者的採訪稿以及社論和評論稿為主。

（一）採訪記者的新聞稿

報紙的首要任務是報導新聞，以新聞屬性而言，報紙分別有政治、社會、經濟、體育、娛樂等種類的新聞，這些新聞是由任職於報社的新聞記者採訪撰寫的。這些線上記者必須根據分配的採訪路線採訪新聞，這些採訪稿都必須經過編輯部的層層篩選，才能刊登在報紙版面。

（二）社論及評論稿

報紙的評論主要分為社論和短評兩種。社論代表報社的言論立場，所以通常不會署名。社論主要是由主筆室的主筆群執筆，而且經過總主筆看過才能發布。

除了社論之外，還有時事評論稿也很常見，社內的評論稿多由資深記者撰寫，有些報社會有撰述委員負責撰寫新聞評論，這些撰述委員均由資深的編採人員擔任，亦有線上記者會就其所採訪的新聞事件撰寫新聞分析或評論稿，這些評論一般都會署名。所以只要是報社內的人員撰寫的評論稿，都是屬於內部來源的稿件。

不過評論稿並非均由社內人員撰寫，有些評論會邀請學者、

專家、名人等撰寫短評，尤以政治評論最常見，這些一般通稱專欄的稿件是屬於外部來源。

二、外部來源

除由報社內部人員產生的稿件以外，還有社外傳入的稿件，以報紙的版面而言，副刊版和讀者投書版是社外來源稿件的大宗，至於新聞版面，則散見於專欄、漫畫、國內外通訊社的稿件等。

（一）讀者投書

讀者投書是讀者實現「媒體近用權」（The Right of Access to Media）最直接的方式，而報紙最讓一般讀者分享新聞自由的部分也是讀者投書。報紙讀者又稱為「閱聽人反應」，是讀者對於報社的新聞內容有意見，或想抒發對新聞時事的看法，會向報社投稿表達意見。

常見的讀者投書類型有以下幾種：

1. 新聞更正：指出新聞內容或評論中不符合事實，而要求更正。
2. 表達意見：對評論內容表達不同的觀點或意見。
3. 反映事項：反對公私機關的建議事項，或反映地方民情。
4. 更正答辯：對新聞或評論內容錯誤，可能妨害個人名譽或侵害個人隱私者，要求更正或提出答辯。
5. 提供資料：對新聞事件提供新聞線索或個人經驗等供記者參考。

6.查詢資料：要求報社查詢刊載於報紙上的某項資料，例如查詢報紙報導的美食地點。

7.代辦事項：例如請求報社代辦慈善捐款等。

中華民國報業道德規範即指出，報紙應儘量刊登讀者投書，藉以反映公意，健全輿論；同時報紙應提供篇幅，刊登與自己立場不同或相反之意見，藉使報紙真正成為大眾意見之論壇。

報社每日接收各種不同的投書可能高達數百則，編輯部必須依據投書的性質、報社的立場、新聞價值等專業判斷，選擇具有代表性意見的投書若干則刊登於版面上。讀者投書版編輯必須公正超然，容忍異見，拿捏的尺度必須比社論、專欄、評論的尺度為寬，以具體呈現多元化社會的面貌，不應設計議題，因為版面的主角是讀者。同時注意防止投書部隊，嚴謹的過濾假投書、假民意，以發揮公眾論壇的影響力。

（二）國內外通訊社或資料供應社

由於媒體限於人力、物力、財力等資源限制，不可能囊括所有地區的新聞，因此仍必須仰賴通訊社或資料供應社提供新聞資料，所以通訊社（news agency, news service）和資料供應社（press syndicate）是因應報紙、雜誌、廣播電視等傳播媒體對內容的需要而產生的。這些機構專門將新聞和圖片、資料等售予傳播媒體。

通訊社有如新聞百貨公司，可說是採集、報導、傳播和供應新聞的事業。國內最早的通訊社是中央通訊社，而國際知名的通訊社如美聯社、路透社、法新社等。

報紙除刊載國內新聞之外，也有國際相關消息報導，有的報

紙是單獨一版國際新聞版，有的報紙則篇幅較小。這些國際新聞通常仰賴國外通訊社提供資料，少數較具規模的報社，會有駐外記者或國外特派員採訪重要國際新聞。

（三）專家評論

許多報社的專欄或評論稿件，並非由報社編輯部內部產生的，而是邀請具知名度及相關專業的學者專家具名撰稿。此類評論專欄可能定期或不定期出現，內容多屬政治評論或漫畫等。有的專欄還會註明該言論不代表該報立場的文字。

第二節　新聞稿的旅行

報社編輯部的工作流程實際上即是新聞稿處理的過程，因為編輯的主要工作是處理新聞稿，所以由稿件在編輯部的流動情況，可以知道新聞稿件被送到什麼地方，作了哪些處理，該注意什麼情況……，因此了解新聞稿件的處理，可以一窺編輯部的作業情況。

新聞編輯的工作是先「輯」再「編」，也就是先收集所有的新聞稿件之後，再根據其專業做稿件編排的工作。而在新聞稿件傳到編輯台之前，其實已歷經了一層層的關卡（守門）了，這些關卡將決定新聞稿的命運是出現在報紙上，或者是躺在垃圾桶裡，就此不見天日。

一般而言，稿件的處理不外乎稿件「刪改修併」的處理，亦即刪除不合適的稿件、修改稿件的文辭字句、修正稿件內容的錯誤、將同一屬性或相同事件的稿件併稿處理。

因此，以下將藉由新聞稿在編輯台的流動，來說明新聞稿的處理方式。圖4-2表示新聞稿的旅行過程。

一、旅行第一站：採訪中心

通常記者的新聞稿必須先傳至報社內，一般而言，是視其稿件的歸屬版面而傳至各個小組。例如由財經記者採訪的一則預測我國經濟成長率的新聞稿是屬於財經新聞，採訪記者會將這一則新聞稿傳給財經小組的新聞召集人，所以稿件會進入報社的採訪中心旅行。財經小組的召集人會根據稿件的新聞價值而決定用或不用，此時，召集人會先做第一階段的稿件處理。

二、旅行第二站：編輯主任或總分稿

如果這一則採訪稿有新聞價值，召集人會將稿件傳給編輯中心，此時稿件即開始編輯部的旅行。通常編輯台的總分稿會將這一份稿件轉給財經版面的各個版面編輯，如果是關係重大的要聞，會做「提版」的決定，也就是讓這一則新聞登上報紙第一落的要聞版面。

三、旅行第三站：版面編輯

如果這一則採訪稿留在財經版面，則會由財經版的編輯做第二階段的稿件處理，此角色一般為編輯主任，類似財經組分核稿的角色。以綜合性報紙為例，財經版面通常是居於比較前面的頁面，或甚至是獨立的一落報紙，編輯主任會根據新聞稿量與新聞

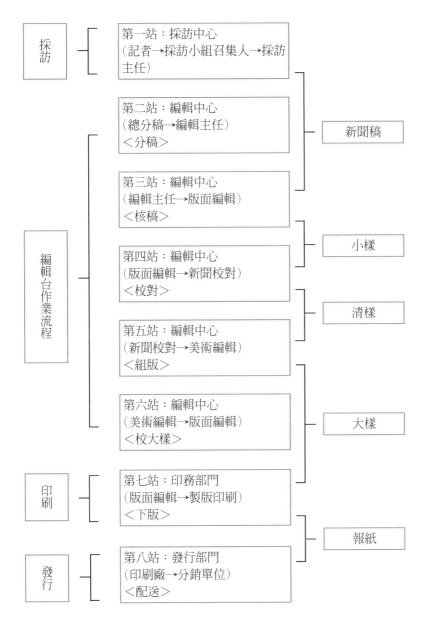

圖4-2 新聞稿的旅行圖

稿性質決定其歸屬版面，例如財經焦點、理財股市、企業脈動等版面，而交給各版編輯接手處理。

各版編輯根據當日稿單與到稿量，並根據各則新聞的新聞價值判斷與當日的新聞量、與其他則新聞的相對重要性，而決定該則新聞的版面位置或做大或做小處理，擬出新聞標題後發稿，文字交由檢校人員接手。

四、旅行第四站：新聞校對人員

校對人員負責檢驗新聞內容的正確性，包括用字遣詞的正確、新聞邏輯的正確等內容無誤後，校對人員即送出新聞稿。

五、旅行第五站：美編、排版人員

一則內容無誤的新聞稿和其新聞標題由美編彙集之後，美編會根據編輯畫的版面草樣做圖、文、題的整合，將同一版面的新聞內容排版，並輸出稿件，印出大樣（印樣）交給編輯，此時一個新聞版面雛形誕生。

六、旅行第六站：版面編輯、校對

版面編輯拿到大樣之後，需做最後一次的檢查。通常編輯會檢視該版面的新聞標題與新聞內容，重要版面還會交由編輯主任或層級更高的主管瀏覽，有的報社還會由校對人員作最後一次的逐條檢視。相關人員經手大樣並簽名負責之後，這個版面經過無數人員的努力即算大功告成。經過編輯的指示之後，此版面即可

「下版」，也就是交到印刷部門了。

　　以上流程即爲財經新聞稿的簡單作業，此一過程可視爲編輯部新聞稿處理的縮影。

七、旅行第七站：印刷

　　新聞稿件到此部分，即是將新聞版面經過印刷而成報紙的過程，此過程可視爲新聞製造程序的最末端，除非臨時發生重大新聞事件，編輯部必須臨時「抽版」（或挖版）改新聞，否則報紙的生產至此告一段落。印成的報紙接下來由報社發行部門接手。

八、旅行第八站：發行

　　此一階段即是報紙的成品階段，報社的發行部門透過發行系統，如零售、經銷通路等，將報紙的成品送到讀者的手上。

　　新聞稿會因本身的新聞價值、重要性而在編輯台間來來回回，並不一定只是圖4-2上的第二至第六站的過程，而且新聞稿的修正校對，也不是一次就完成，有時重要的稿件會來回校對好幾次。即使稿子校對無誤到了美編手上拼版，仍然可能有所更動，甚至到了大樣階段，仍會有修正、補充、改題或改文的時候。所以看似簡單的過程，絕不只是單純的直線式過程而已。稿件在編輯部的流程有許多的重複性的程序，這些程序的目的都是在使稿件經過不只一個編輯的關卡，而能使稿件被反覆檢查，以降低錯誤的機會。編輯對每一個過程都必須堅持新聞守門人的角色，只有正確無誤的稿件才能流到下一個工作站去。

從新聞事件的產生，到採訪記者撰寫一篇新聞稿，至進入編輯部處理，最後印成報紙送到讀者的手上，此一過程看似複雜，但卻是在一天二十四小時內完成的。因此可想而知，報社編輯部必須有龐大而有系統的處理模式，才能讓報紙快速的製作完成。

　　新聞稿在採訪中心、編輯中心各組之間流動，新聞稿必須經過不斷的彙集、分流的循環過程，期間也因載具而有所差異。採訪記者多利用網路、傳真、電話、採訪車等載具將新聞稿送達報社；新聞稿在進入報社之後，通常是採電子稿型態，所有的電子稿件會進入編輯部當日的龐大新聞檔案資料庫裡等待被揀選與分發，這是新聞稿的第一階段匯流。接著總分稿會視各則新聞稿的屬性，而從新聞資料庫中分配新聞給各版主編或編輯，新聞稿至此成為分散的狀態，由各版編輯分別處理，新聞稿是以分散的形式流動於新聞網路中。由於各版編輯和美編會接手處理負責的新聞稿件，所以稿件分流至各版編輯的手中處理，待美編拼版完成後，新聞稿件會以整版彙集的形式存於電腦網路上，由印務部門的製版人員著手進行電腦分色、製版、印刷等程序。

　　只要新聞稿件進入報社的資料庫之後，新聞稿的旅行工具主要就是報社的內部新聞網路。雖然許多報社的新聞工作流程皆已電腦化，但是因編輯的工作習性、新聞錯誤的法律責任歸屬問題，以及長期以電腦檢視新聞內容的職業傷害等因素考量，許多新聞稿還是必須被印出來的，這些印出來的稿件主要是透過人力傳送至各個版面的編輯桌上。目前報社編輯部多以人力和網路雙軌進行編輯作業。圖4-3即是表示新聞稿在報社內部的流動過程。

　　早期許多報社在尚未電腦化之前，一般都有聘任送稿人員作稿件的傳遞工作，把稿件由採訪單位傳到編輯單位；由這一版編

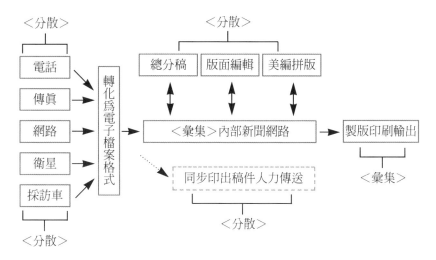

圖4-3　新聞稿傳送過程與載具

輯傳到另一版編輯桌上；由文編傳到校對等。即使《中國時報》、《聯合報》等後來在編輯部建造傳稿用的空氣傳送管，或者稿件以電腦網路傳送，一般報社仍然配置少量人力擔任傳稿的工作。

　　傳播科技的發展也改變了傳統的編輯作業模式，早期報社編輯部多配置龐大的打字人員和組版人員，現在這兩種角色均已由電腦取代；而也因為電腦作業，近年來新聞校對人員的編制也已大幅減少。

第三節　新聞稿的整理

　　新聞稿在編輯台上的處理可說是一個黑箱作業，外人難窺其間作業情況，尤其新聞編輯對稿件的處理，常涉及個人主觀與客

觀的專業規範等考量，更使一般人難以了解新聞稿的處理過程。通常新聞編輯對稿件的處理不外「輯稿」與「理稿」兩大範圍，輯稿是新聞稿的收集與歸類，理稿即是新聞稿的裁剪修併等處理過程。如以編輯的工作步驟來分，可以簡單分成新聞稿的取得與歸類、新聞稿的選擇、新聞稿的整理三個步驟，以下分別就此三步驟說明。

一、新聞稿的取得與歸類

輯稿即是新聞稿件的取得與歸類，編輯需對來稿作有系統的處理，以免稿件遺失或積壓。編輯取得的新聞稿通常分成四個部分來處理：

1. 參考稿：沒有新聞價值或不適宜對外發布的稿件，均列為參考稿，不予採用。
2. 借用稿：例如通訊社稿件、外稿，如沒有內部記者的採訪稿時，才斟酌採用。
3. 必用稿：本報記者採訪，具新聞價值，必定優先採用的稿件。
4. 備用稿：例如新聞事件的相關配合稿、補充稿等，或新聞價值次高的稿件，視版面狀況決定是否列為必用稿，通稱備用稿。

編輯必須注意的是新聞稿並不是一次到齊的，而是在截稿時間前陸續送到，甚至突發新聞會在截稿前後時間突然出現，在此種不斷添加新聞、比較新聞價值以作為取捨新聞的情況下，對稿件作明確的分門別類就格外重要了。

通常報社會有編輯作業前會議，已通稱編前會議，透過編前會議，編輯多已能掌握當日的新聞事件與稿量，並對新聞事件的配置已有大概了解。編輯必須對自己編的版面非常熟悉，於編前會議後，即能由稿單（圖4-4）初步掌握當日發生的大事。稿單

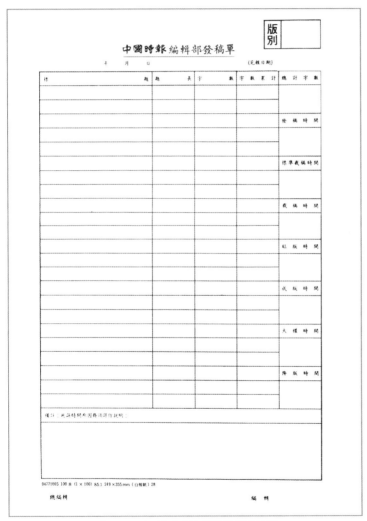

圖4-4　中國時報編輯部發稿單

通常只條列當日的新聞要點或摘要，以及大約的新聞字數。編輯由稿單內容通常就能判斷出版面的設計，以及以哪一條新聞作頭條處理，並等記者的新聞稿陸續傳回報社再分別處理了。

二、新聞稿的選擇

編輯每天收到的稿件非常多，而且一定會超過自己所負責版面的容量，否則新聞量不足，版面就要開天窗了。編輯必須熟悉個人負責的版面新聞性質與所需新聞量，例如負責娛樂新聞版的編輯，必須掌握自己編輯版面的頁序、全版或半版等面積、彩色或單色印刷、通常需要幾則新聞、搭配幾張圖片、預估的字數等。而編輯如何從大量的稿件中選擇適合刊登的新聞就是一項新聞專業了，編輯必須依據新聞價值做出判斷，僅是新聞的選擇就是一門大學問。

同時，編輯也必須了解自己版面的新聞事件與相關發展，以及專業用語等，例如體育版的編輯必須熟悉各項運動的專門術語、影劇版的編輯必須知曉影劇明星的名字，才能對隨時發生的新聞有所掌握。編輯對版性的了解，才能對相關新聞作合宜的處理。

(一) 通則

面對成群的新聞稿，編輯會有一些標準作業來遴選稿件。通常編輯會依據以下幾個通則選擇新聞：

◆選擇正確可靠的新聞

對於一面之詞、無平衡報導的新聞，或消息來源不確定、正確性受到質疑的新聞均不宜採用，編輯必須透過查證事實、人事

時地物或熟悉相關新聞事件的發展，並補充資料再行採用。編輯必須以新聞正確性作為取捨原稿的優先標準，一則高新聞價值的稿件如果正確性有疑義，是不值得採用的。

◆選擇新聞價值高的新聞

新聞價值越高，自然是編輯優先選擇的必用稿。新聞價值是當日的新聞彼此互相競爭比較的結果，因此以一天的新聞而言，新聞價值常是一個相對而非絕對的標準。

◆選擇適合版性的新聞

編輯必須清楚的知道是怎樣的讀者閱讀自己所編的版面，如果是台北的地方要聞版，就不可能出現台南北區的停水消息；一個體育版面也不可能出現某作家出版新書的新聞，除非這個作家以前是體育明星。

◆選擇符合道德規範的新聞

即使新聞價值再高，但內容涉及新聞倫理道德，或毀謗、違反善良風俗、危害國家安全等新聞稿，均不宜採用。

（二）其他取捨標準

除了上述選擇新聞的通則之外，報社編輯部另有本身的禁忌或規矩而影響編輯對新聞的取捨，這些禁忌或規矩就必須由編輯透過內部的組織壓力和平日的觀察，才能發現編輯部特有的但不成文的規範了。所以編輯台拿到記者的稿件時，並不是全然都是立即可用的新聞素材或採訪內容，有時新聞的取捨或修整可能是客觀的因素，或者是牽涉到非新聞因素，這些因素可能包括以下幾種情況：

◆客觀的版面因素

新聞版面是一個永遠無法克服的限制，由於牽涉到組織成本

的考量，加以新聞版面有時會受到廣告版面的排擠，所以新聞版面是無法無限制的因應新聞量擴張的。因此，編輯只能根據當日的新聞量篩選出最重要的新聞加以刊登。

◆新聞價值的衡量

即使是新聞價值也是牽涉到許多主觀或客觀的標準。客觀的標準有許多學理上的說法，但是編輯是以什麼標準來處置新聞、作淡化或強化處理，這些主觀的標準通常存在於編輯的心中。

◆新聞自律的因素

如偵察期間不公開、綁架案中人質安全的考量、危及國家安全的新聞等，即使新聞性很高，編輯也應有新聞自律，暫時不予刊登。

◆編輯部的新聞政策

新聞媒體通常會有自己的新聞政策或政治立場，例如對政黨的偏好也會左右選稿的標準，而媒體也是可能以營利為目的而拋棄新聞專業道德的。

◆報老闆的箝制

有些新聞即使新聞價值很高但還是不能採用，例如與報老闆交情良好的政治人物的負面新聞，通常是淡化處理或直接捨棄的。

◆廣告主的利益考量

廣告的財源是報社的主要收入，因為廣告主的利益而不得不選用或刪除某些新聞，或者廣告新聞化或新聞廣告化處理等。

◆採訪稿本身的問題

新聞稿本身有錯誤、邏輯性等問題，有待補充或查證等，都可能讓編輯決定暫時擱置。

三、新聞稿的整理

　　一位稱職的編輯必須詳細的核閱原稿，並對全盤的新聞有概念性了解。除了注意新聞的正確性之外，還必須衡量原稿的重要性，以作為訂標題的依據，並注意原稿的相似性，以作為歸納併稿處理。當新聞稿經過層層新聞守門人的把關之後，如果能在報端呈現出來，它的面貌通常會和原來記者寫出來的原始採訪稿有所出入，可能字數變少，可能改變了某些形容詞，甚至只是換了幾個標點符號……這些改變是因為在它旅行的過程中，免不了要經過刪稿、改稿、修稿、併稿的過程，才能以最佳面貌呈現在讀者面前。以下即針對理稿的相關作業作說明：

（一）改稿

　　記者的稿子送到編輯台後，編輯會根據當日的新聞量、版面、新聞價值等因素而先決定是否採用，如果決定採用，有的新聞稿的內容不盡完善而可能得經過一番修剪，有的稿子也可能一字不修。即使記者所寫的採訪稿可能是一則平衡完整的報導，但卻不一定可以全盤照登，因為編輯可能權衡版面與當日新聞量，而略有修改或刪掉一個段落。

　　編輯改稿必須非常慎重，通常的作法僅是潤色修飾記者的稿件、改正稿件錯誤，如果不小心讓錯誤見報，署名的記者會非常難堪，所以如何修整新聞稿使其去蕪存菁，也是一門學問。通常編輯改稿會遵循以下的改稿原則：

　　1.確保正確：新聞正確是最大的前提，也包括正確的用字、

正確的修辭、成語、標點符號、空格、序碼、編號等的正確。

2.刪掉冗言贅字：有限的新聞版面相當珍貴，應避免太多冗言贅字占用版面而排擠掉其他新聞。

3.校正不一致的地方：記者的新聞稿內容的人事時地物可能有前後不一致的地方，必須統一說法或再度查證。

4.使稿件適合於規格：除了文稿必須符合新聞稿的寫作格式，或者系列報導的特定格式，也包括編輯預定配置的版面大小而必須加以修剪。

5.刪除可能涉及誹謗的資訊：例如人身攻擊的字眼、未經定案而以罪犯稱之。

6.刪除品味不良的文件：稿件內容低俗無品味，有的應予以刪除。

編輯必須專注於文稿的修正，對稿件的文字、標題、段落、文意、錯字等需一一改正、刪除或增添，並避免不小心又製造出新的錯誤來。原則上編輯對記者的稿件有刪改權，但編輯應該尊重所有的作品。除非是文句不通、文法錯誤、錯別字或明顯的筆誤、字數長度考量等，都不應該隨便刪改。

（二）校對

除了編輯改稿之外，編輯部也會有校對員的編制，或由記者及編輯自任校對。新聞編輯與新聞校對員對新聞稿都負有校對的責任，但因為編輯必須針對所有該版面的新聞作綜合的檢視、編排與處理，所以校對員必須擔負逐字檢查新聞稿的責任，因此編輯部多賦予校對員更多的校對責任。

一般的校對通則如下：

1. 校對時儘量使用較明顯顏色的紅、藍色筆，少用鉛筆或黑筆。
2. 通常一校稿是逐字核對原稿，二校稿只針對錯誤進行改正。
3. 改正的字應正楷書寫，筆劃清楚，避免二度錯誤。
4. 校對出的錯誤應以引線拉至空白處改正，儘量避免在行間修改而致字跡細小，模糊難辨。
5. 全稿校對完畢，校對者應簽名以示負責。

　　新聞稿在編務流程中通常有許多人經手，因為一則採訪稿必須經過編務流程中許多人的加工才能完成，而在加工過程中，免不了要對新聞稿的內容加以刪減、增加、改寫、換字、修改等，這個過程如果沒有使用共通的符號標示修正之處，很容易產生誤解，尤其早期手工組版時代，新聞稿修正的符號必須被打字員、文字編輯、美術編輯、校對員、組版員、印刷製版員都能了解，因此報社通常有統一的校對符號表，以避免誤會而致發生錯誤。

　　一般報社都有統一使用的校對符號表，這些符號表和一般編輯使用的符號大同小異，並不僅限於報社使用，一般文稿修改也是使用這些符號的。表4-1是一般常見的校對符號表，表4-2是常用標點符號用法表。

（三）併稿

　　編輯除了選擇、改稿、校對新聞稿件外，也必須視新聞稿內容而作併稿處理，併稿是把同一新聞事件的稿件或相關配合的稿件合併處理。而對於同類或相似的新聞稿件，也要綜合改寫，儘

量不要混合編用原來的稿件，不但浪費版面與讀者的時間，也不易凸顯新聞重點。

　　總之，編輯必須掌握自己的版面，對自己的版面負責，整個編輯流程中還需要注意以下幾件事：

表4-1　校對符號表

名稱	記號	範例	校正後
置換		談座會　談座會	座談會　座談會
刪除		現現代　現現代	現代　現代
插字		輯 編學　編學	編輯學　編輯學
拉開字間行間		編輯　編現輯代	編輯　編現輯代
縮小字間行間		編輯　編現輯代	編輯　編現輯代
換行		輯現學代編　現代編輯學	編輯學現代　現代編輯學
改錯字		編緝學　編緝學	編輯學　編輯學
保留		編輯學　編輯學	編輯學　編輯學
齊排		編新輯新學聞代　編新新輯聞時學代	編新新輯聞時學　編新輯新學聞代

表4-2　標點符號用法表

符號	名稱	用法	備註
，	逗號	用在文意未結而須讀斷的句子中間	或稱點號、逗點
、	頓號	用在文句中列舉同類字詞的中間	或稱尖號、尖點
。	句號	用在文意中已結的句子後面	或稱句點
；	分號	用在長句包含並列的短句或複句中間	或稱半支點
：	冒號	1.用在引起下文的後面 2.用在總結上文的前面	或稱總號、支點
？	問號	表示疑問	
！	感歎號	1.表希望 2.表驚歎 3.表招呼 4.表斥責 5.表命令	或稱驚歎號
「」 『』	引號	引用他人的話或成語加註在首尾；若引號內引用他人的話或成語，用雙引號	引號內的「句子」，最後的標點應放在引號之內，但使用成語、加強語氣的用詞、不成句的引言時，標點應置於引號外
——	破折號	1.表語氣忽轉變 2.表總結上文 3.表夾註	占二字，以免與數字「一」混淆
……	刪節號	1.表意思未完 2.表刪節（不與「等等」同時使用，避免語意重複）	點數為六，占二字空間
〈〉	篇名號	表篇名、文章名	英文篇、章名加""
《》	書名號	表書名、報紙名	英文書名作斜體
（）	夾註號	表插入正文中的詞句	或稱括號

1. 詳細閱讀原稿，親自校對重要新聞，詳細審閱大樣，注意標題用字、核對一切數字、地名、人名、時間，儘量減少錯誤。

2. 每天閱讀各主要報刊，尤其是與本身處理版面的相關新聞或參考資料，更是不可忽略。

3. 一則新聞從發稿到拼版，必須注意版面的美化，使新聞具有吸引力。

4. 注意截稿時間，充分運用有限的時間，從發稿、截稿、補稿、拼版，到校閱大樣的時間，都需把握時間。所以有人說時間是編輯的第二生命。

5. 發稿必須控制字數，非必要刊登的稿件不要搶發，而必登的稿件則絕不因字數已經足夠而割愛，對於人情稿、公關稿等應儘量避免採用，以維中立，也避免排擠掉重要的新聞。

6. 如非必要，儘量不要改排、不補稿、不改編、不挖新聞、不重新拼版、不在大樣上作過多的修改。

編輯對新聞稿作了改正、校對、併稿等處理之後，就是組版的階段，美編必須依據編輯的版面設計指示整合圖片、文字、標題，將所有的新聞素材拼製成一個新聞版面。

（四）校對大樣

當所有的新聞稿件的內容均正確無誤，並加上適當的新聞標題，有些新聞還會加上圖片，這些編輯用到的新聞素材經過美編的拼版之後，會組成一頁完整的新聞版面，這個新聞版面就是大樣。而大樣會用大樣輸出機列印出來，大小和一頁報紙相仿，看

起來就像是影印的報紙版面。爲了確保正確無誤，所以會在付印前印出大樣讓編輯再次檢視一次。

因爲大樣已經是印刷前在編輯部的最後一個階段了，所以大樣的校對特別重要。版面編輯必須詳細檢視大樣，有的報社也會要求校對員負責看大樣。而重要性較高的版面，如政治版，還會由編輯主任看過才下版，至於頭版，通常還必須由總編輯看過才付印。

編輯在校對大樣時，必須注意幾個原則，以避免錯誤：

1. 標題：再次檢視標題有無缺字、倒字、歪字、錯字、別字、漏字，並注意標題和內容必須相符。
2. 拼版方面：新聞稿的前後段接文有無錯誤、標題是否誤置、有無跳行、錯誤的地方有無補正、同一版面上有無重複的新聞。
3. 圖片方面：預留圖片位置是否相符、照片與圖說是否相符、照片是否有誤置。

編輯一定要親閱大樣，並確認完全沒有錯誤之後，必須在大樣簽名以示負責。大樣下版由製版部門接手之後，編輯才算完成一天的工作。

第四節　新聞錯誤的避免

因爲新聞時效和工作流程中的截稿壓力，新聞工作者不可避免的成爲和時間賽跑的人。然而，包括採訪、編輯、校對、組版、印刷，甚至其間的傳送過程等每一個環節都要求快的結果，

有時候難免會產生錯誤。這些錯誤輕則錯別字，重則影響報譽，甚至是攸關國家安全。但是報紙有教育讀者及提供正確資訊給讀者的責任，即使只是一個錯字，都不應該出現在報端。

因此，編務流程中的每一個環節都是一層層的守門關卡，必須經過一層層的嚴格篩選，把所有的新聞錯誤過濾掉。一個理論上的說法是：出現在新聞媒體上的新聞都是正確無誤的。不過這種說法似乎只是一種理想上的說法，實務上因種種因素並不易達成。或者可以說這種說法充其量僅適用於報紙上的停水、停電等公告新聞而已。

一、新聞的正確性

通常一則正確無誤的新聞報導至少應該包括三個方面的正確：

（一）事實的正確

指新聞報導的內容合於事實，新聞內容沒有假造、浮誇、臆測、穿鑿附會等情事，新聞內容應該被忠實的呈現出事實的原貌。

（二）文章的正確

泛指文字的正確與文法的正確。包括正確的遣詞用字、標點符號、文法，新聞內容易於閱讀與了解。即使是一則文情並茂的新聞報導，如果偏離主題或使用許多晦澀難懂的字眼，也會對新聞報導的內容打了折扣。

（三）新聞價值衡量的正確

指編輯與記者在自由裁量一則新聞時，必須以其專業正確地取捨新聞。根據第一個在新聞組織中研究守門人的學者懷特在1950年對一家新聞通訊社的研究，每天流到編輯台的稿件中，只有十分之一的電訊稿會被報社選取，也就是說有十分之九的稿子經過新聞價值的衡量之後被丟棄。一則無新聞價值的稿件被刊登出來，不但浪費珍貴的版面，也是新聞媒體不負責任的表現。

二、常見的新聞錯誤類型

一則發生的事件經過新聞生產線上的製造過程而成為新聞，但是在這一條新聞生產線上加工的新聞，卻可能產生許多可以預期，或者是意料之外的事故，這些事故如果經過層層過濾卻沒有被篩選出來，就會成為見諸媒體的錯誤。

從新聞的製程來看，新聞錯誤約略有下列幾種類型：

（一）原稿常見的新聞錯誤

1.舉凡字句錯誤、遺漏、顛倒、內文前後段意不合、接段錯誤、關鍵性的標點符號錯誤均視同錯誤。
2.重要人名、常識性及關鍵性地名、公司行號、數字、時間錯誤。
3.政黨名稱及重要人物職銜錯誤或張冠李戴。

（二）採訪記者端產生的錯誤

不同的新聞有不同的錯誤，例如突發新聞較容易出錯，官方

新聞比較不易出錯，事涉敏感的新聞容易有誤。

1. 明顯的事實採訪錯誤：如年齡、姓名、時間等的錯誤。
2. 消息來源的錯誤：記者慣於接受消息來源的意見，有聞必錄；記者與受訪者認定的主題不同、強調重點不一，或消息來源的隱瞞或誤導等，均可能造成新聞有誤。
3. 記者的專業理念：新聞記者常扮演鼓吹者的角色，因為意識形態或預存立場，當涉及人情消息，或者過度的解釋、忽略、強調新聞重點，或誇大事實而造成謬誤。
4. 記者的專業性不足：錯誤資訊的引用、背景知識的不足、專業訓練不夠，或者記者懶得查證、資訊不完全而捕風捉影等而導致的錯誤。

（三）編輯台的錯誤

新聞編輯除了必須篩選採訪記者端可能產生的錯誤，在編輯端的作業流程也是有可能產生錯誤，包括編輯、校對、美編、組版等過程均可能發生錯誤。

1. 刪改稿件錯誤：例如打字錯誤、編輯誤解原意改稿或校對校稿有誤。
2. 標題製作錯誤：標題雖僅短短幾字，但可能因編輯誤解新聞意思，或抓不到新聞重點而下了錯誤的標題，或標題錯別字等。
3. 重複新聞內容：重複新聞可能發生在同一版面不同位置，此可能是美編組版抓檔有誤，而文編在校大樣時沒注意到。另一種重複新聞可能是出現在不同版面，此種情況最常發生在較重要的地方新聞提版至全國版時，地方版編輯

會因疏忽而重複採用。

4.重複文字段落：同一則新聞內容出現一模一樣的段落。這種情況可能是組版時出現的錯誤。

5.語意不清或未完：此種情況可能是新聞內容過長，編輯刪稿不當而致語意不清或未完。或者編輯刪稿時逕行抽掉中間段落，致語意銜接不清。

6.圖片錯置：編輯部的新聞圖片量亦不少，有時組版時可能抓錯圖片，或同一版面兩張圖片錯置。早期手工拼版時也曾發生圖片正反面相反的情形。

7.文題不符：文字內容和標題不相符。

8.圖文不符：圖片和圖片說明不相符。

許多錯誤的責任歸屬並不容易釐清，而且新聞錯誤有時是主觀性多於客觀性的。但是有許多的錯誤卻是因爲在某些環節的大意而共同造成的，所以編輯對新聞版面必須小心謹慎，處處求證，時時吸收與培養知識與常識，唯有豐富的知識和常識才能發現疑點、判斷內容的正確與否而減少錯誤。同時，應對版面有負責的態度、專業的精神，而且經驗是最好的良師之一，不斷的學習與從作中學、錯中學，也是增進自己編輯能力的方法。

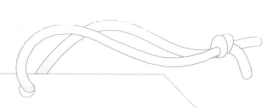

習題：

1. 訪問校內出版刊物的單位或社團，了解其稿件來源與處理流程，試著繪出稿件流程圖，並與商業性報紙比較之。

2. 假設你計畫出版一份以校園新聞為主的刊物，請列出這份刊物可能的稿件來源，你預期這些來源能使你的刊物呈現怎樣的內容。

3. 請討論編輯應不應該、或者有沒有權利改寫記者的稿件。有些記者不希望自己的稿件被更動時，你要如何溝通？

4. 從編務流程來看，你覺得哪一個過程最容易產生錯誤？如果發生錯誤，誰應該承擔最大的責任？

5. 請討論新聞錯誤的類型。如果新聞錯誤見報，你認為誰應該負最大的責任？

6. 請舉例說明你是否曾經發現國內新聞媒體的新聞錯誤？你覺得這些錯誤可以避免嗎？

✳ 第五章　基本動作與標題製作 ✳

第一節 編前實務規劃與流程

很多人認爲編輯的工作不但有趣而且挑戰性也很高,這對許多人在投入編輯工作行列時,是一個很大的誘因,我們在前面的章節也曾提到編輯在不上班的時間,應如何做好心理與實質的準備工作,在本章我們會針對編輯到班之後的所有專業動作,逐一說明。

一、掌握新聞狀況

當編輯人員正式到班之後,開始進行他當日的編輯工作之前,第一件事,就是必須要了解今天所發生的各項重大事件。他們可以從電視、廣播、日晚報、網路來了解在正式編報前一段時間發生了什麼事,這與早上的比報的意義是不同的,早上的動作最重要的意義是在檢討與改進,而在到班後的動作,則是作戰前的熱身準備。譬如說看晚報,編輯可以看看白天發生了什麼事,這些事件雖然透過電視或新聞網站,已經知道了一個大概,但是到發稿前爲止,有沒有什麼更新的變化發生,這是非常重要的;所以,了解今天在自己相關負責版面上發生了什麼事,這些事的重要性如何,我打算要如何處理,都可以在心中先有一個準備,做爲一個編輯人員這點是很重要的。

二、了解版面特性

　　身為一位版面主編，你要了解自己主編版面的新聞特性及版面的調性。換句話說，如果你是編體育版的，你一定要多了解，今天國內外舉行過或正在進行的各項賽事，棒球有什麼？籃球有什麼？保齡球有什麼？或是國外的NBA的戰況如何？如果你是編政治新聞，那你應該了解今天立法院有什麼事情？國會有什麼事情？總統府、行政院有什麼事情？所以你更應該了解新聞所屬版面的新聞容量。從這兩件事情的資料蒐集上面，你可以先知道，今天大概要怎麼去處理所有的稿件：何者優先？何者在後？哪一項是今天最有趣的新聞？哪一項是最具有爭議性的？從這麼多資料的選擇、整理裡面，你可以羅致出今天的頭題、二題、邊欄等等。所以，作為一個編輯，編前的準備工作是非常重要的。如果沒有作好編前準備的工作，那就像瞎子摸象，完全不知道今天發生過什麼事情，因此，一個文字編輯在上班之前，對於之前所有發生的新聞都必須有一個透徹的了解，甚至，如果是日報的編輯，一定要注意看各家晚報對這則新聞的處理跟看法。有越充分的準備，才會有越好的新聞掌控與版面呈現。

　　如果單純就編輯本身從接到稿件開始，以下幾個動作是編輯在編輯台作業時必經的過程：

三、整理稿件

　　整理稿件是編輯上班首先碰到的工作，編輯千萬不要以為整理稿子能有多麼困難，但在這裡必須提醒所有編輯應該注意一件

事情，在處理新聞的稿件上，絕不會有稿件依照順序一條一條來的，換言之，你的心理要有準備，做新聞工作的變數是常態，有句話說，計畫趕不上變化。新聞事件本來就是瞬息萬變的，我們怎麼知道汐止東科大樓會突然發生火災？我們怎麼知道桃園中正機場會發生意外？因此，在整理稿件的同時，如何做到氣定神閒，但卻能大將從容，是新聞編輯要念茲在茲的。

在收到稿件時有幾個重要的步驟，包含了：在看到稿件的同時，心中就要有充分的把握，篩選哪些稿件是一定要上版面的？哪些稿子可能只是暫時備用，而有些稿件在新聞重要性的排比上，早已失去了新聞性，這種稿子就要慘遭淘汰的命運。所有交到編輯手上的稿子，都必須詳細地看過，在看稿的同時，一位編輯要注意的事項包括了：刪稿、潤稿、併稿、丟稿幾個動作，編輯必須平時就要訓練自己看稿的速度與對文字的掌握度，如此，才能把握看稿的時間，這也是專業動作中相當重要的一環。

（一）刪稿

編輯在看稿的時候，最基本的動作就是邊看稿邊改稿，有些稿子在文句上如果字數太多，例如在一個段落文字太過冗長，造成讀者在閱讀的時候會有吃力的感覺。以目前來說，普遍的要求是文稿要輕薄短小，在過去一篇稿子動輒上千字，甚至一些評論稿多達兩千字也不足為奇，而一個版面所能容納的稿量有限，在不影響全文意義的狀況下，某些段落編輯就會將之刪除，因此，在刪稿時有時是在文句中刪，有些是在段落中刪，而有些則是在全篇中找出多餘或無關宏旨的部分加以刪掉；另一種情況則是在組版過程中會發生的，那就是為了版面的需要而刪稿，這些刪稿的動作都必須非常謹慎地由編輯來處理，以示負責。

（二）改稿

記者在寫稿時通常都背負著很大的時間壓力，一位記者每日的平均稿量，約為二、三千字，而由於新聞事件發生的時間不定，但報社的截稿時間卻是軍令如山，因此，記者常在一種壓迫感非常強烈的情況下趕稿。說是趕稿，一點也不為過，有時必須在一、兩個小時內完成幾千字的新聞稿，在這樣匆忙的情形下，許多小錯誤勢必難以避免。譬如現在許多記者都是用注音輸入法打稿，而注音輸入的一個最常犯的毛病就是會選錯同音的字，像是「傳真」會變成「傳珍」，「大象」會變成「大巷」，如果編輯不查而讓稿子過關，第二天的報紙就會鬧出大笑話，因此，編輯在看稿時看到記者在稿子中的錯別字、引用不當的字句，或是有些辭句不通順、語法結構有問題、主詞不清或是語意含混的句子都要加以修正。現在許多記者和編輯對於標點符號的正確使用方法，也不是很清楚，做為一個公共傳媒的工作者，應該要自我惕厲，縱使不能做模範，也不應該做出錯誤的示範。

（三）併稿

這是新聞處理上相當重要的一環，就是相關的稿件必須做歸併的處理，免得東一條、西一條，我們也可以稱之為整稿，這是屬於編輯這兩字中輯的部分──將相同性質的稿件歸併處理，換言之，也就是幫讀者把新聞先整理妥當，這樣讀者在看報的時候才不會像是一頭掉進海裡，不知岸在哪裡。我們就拿核四爭議來說，編輯在處理核四的新聞時，新聞的來源必然是多方面的，譬如說也許有經濟部對於為何要復建核四的態度、環保署對於環境評估的反應、施工單位台電的說法、在核四預定興建地區附近民

衆的反應等等，在編輯的過程中，如果要加以合併的話，我們可以做歸併的處理，這樣可以讓讀者有條理地閱讀這則新聞，得到一個整體的認知，而不會東一條、西一條地將這套新聞看得霧煞煞。

（四）丟稿

每一個版面所能容納的字數是有限制的，如果想要把所有的稿子都放上去，那是不可能的，所以一定要有所取捨。在取捨的過程中，我們必須就新聞性等要素來裁決，要能「捨」，把最好的留下來，也就是去蕪存菁。由於編輯在執行前述看稿動作時，都已經根據新聞實務操作原則來處理，因此，除非是已經失去時效的稿件，編輯都會將所有記者撰寫的稿子妥善處理。

四、規劃版面

當一位編輯把準備要見報的稿件已經改好了、併好了，不要的也都丟掉了，接下來，就要進行版面的規劃。編輯在處理新聞的同時，在腦中應該要有版面的規劃，這種規劃的概念，就如同下棋一樣，棋手必須要知道手上的棋子，要放在棋盤的哪一個地方，編輯也是一樣，必須很清楚的知道，要在版面的什麼位置來處理這條新聞，是打算放在版面上面？下面？而對這一則新聞重視的態度，也關係著編輯處理的方式，標題是做大？還是做小？選用字體力度的輕？重？這些都是在版面規劃的同時，必須考量在內。（版面結構與規劃詳見第六章）也因為我們已經選出來既定的稿子，所以我們就要進行下一步：標題製作。

五、標題製作

標題的製作，是編輯訓練中最初的基礎工作，所有的報紙編輯在報到上班後的第一件事，就是學習如何製作標題，在後面的章節中，我們會加以詳細敘述，此處只先就觀念上做一說明。練習下標題對任何一位新的編輯而言，就如同拿筷子吃飯一般的重要，通常，報社的主管在判定一位編輯適不適任時，首先就是看他對於新聞的掌握度，而最好的印證方式，就是看他的標題下得好不好，而所謂好不好，可以從幾個方面去判定，第一就是能一針見血地標出新聞的重點，而不是繞了半天，不知道編輯到底要交代些什麼，看得讀者一頭霧水，第二就是編輯對文字的運用與掌握能力的高低。中國文字的精神與精髓，就是在於中文有形體之美、有聲韻之美，在六書中所指的象形、會意、指事、形聲、假借、轉注，都可以活靈活現的運用在標題之中，運用之妙存乎一心，編輯之間比高下，得分與否就在這裡，一位編輯不但標題要下得準，而且標題要下得妙，更要加上時間的把握，才能稱得上是一位適任的編輯。（版型與版面的編排詳見第七章）

六、版面設計

談完標題製作後，就是版面設計與版面的規劃，而在有了版面規劃之後，如何去加以落實，就看編輯在組版時如何安排。在版面的呈現上，包含了四個重要的因素：標題、內文、圖像、表格。如何將這四者巧妙的結合與安排，讓版面看起來有重點，有層次，且易於閱讀，除了要看編輯的美學素養，更有賴於編輯的

巧手慧心。當然，在整個版面構成元素裡面，還有刊頭、線框、留白等等的輔助元素，綜合起來就是整個版面結構的要素。製作完標題、在版面上進行組合之後，就會有所謂的「大樣」──就是整個版面最初步的樣子，就如同我們草圖一般，只是大樣更接近完成品，用處在於讓編輯在已經組好的完整版面上，檢查有無錯誤。譬如說，有沒有錯別字、有沒有題文不符──即標題跟內文說的並不是同一件事情，還有標題與圖片擺放位置是否妥當等等。在經過核稿人員核閱、編輯再加以修正之後，最後還有美工的處理，等到將版面上的瑕疵都訂正之後，就可以降版了。這是在編輯台上編務流程的大致狀況。（美術編輯與圖片編輯詳見第八章）

第二節　報紙的版面結構

當我們攤開一份報紙的時候，在報紙的版面上有一些不可或缺的元素，在這一節中將分別加以介紹。

一、報頭

在報紙的第一版，我們都會看到所謂的報頭，在直式編排的報紙中，通常都會放在右上角的位置，如《中國時報》、《聯合報》等都是如此安排，但在橫式編排的報紙版面中，報頭則有可能放在報紙的正上方或是左上方，如《民生報》、《聯合晚報》、《中時晚報》等，但也有直式編排，但橫放在版面上方的報頭，如《自由時報》、《台灣日報》等。報頭記載的是一份報紙的正

式名稱，就如同一個人的名字，當我們在社會上工作時，彼此見面認識的第一個動作就是交換名片，看一份報紙也是一樣，讓讀者在看到的第一眼就能夠知道他看的是什麼報紙，也是報紙希望做到的形象目的。

在報頭中通常會放進一些報紙的基本資料，如報紙的中英文名稱、每一份的售價、當日的出版張數、發行人或創辦人的名字、發行的總編號，為了因應現在在超商零售點的方便，也有的報紙會在報頭內加上條碼，這些都是報頭的基本內容，當然也會隨著各報的需要不同，而有一些調整。報頭的目的就如身分證，開宗明義的把自己的基本資料介紹給讀者，同時也便於主管官署的查核。（見圖5-1）

圖5-1　報頭

二、報眉

　　報紙的頭版會放上報頭，以便讓讀者很快的認識所看的是哪一份報紙，而在每一個版上，則會有報眉的設計，報眉的用意是在讓讀者知道這個版面的內容是什麼。在各報版面的報眉上，會放置的基本材料包括發行當天的日期與星期，大部分的報紙也會加上國曆日期以服務讀者。當然，報紙的名稱也會再一次的提醒讀者，另外的一些重要資訊還有版序與版名，版序指的是這個版在全份報紙中，是在第幾頁的位置，一般來說都會用阿拉伯數字來表示，而版名則是指該版的名稱，報紙為了讓讀者能夠很快的找到想看的版面，因此設計出版序，使讀者可以快速的搜尋，為了讓讀者很清楚的了解該版的內容，而要設計出能貼切標明內容特色的版名，使讀者一眼就能明白版面內容是不是他要的，例如社會焦點、休閒消息、家庭親子等等。近幾年興起的網際網路，各家媒體都有自己的網站，也都會把媒體的相關資訊內容放在網站上，因此網址也成了報眉中必然的成員。（見圖5-2）

圖5-2　報眉

三、新聞提要

　　為了使讀者在一整份報紙中很快的找到自己想看的內容，也為了快速的提供當天的重點消息，各報均會在頭版設計新聞提要，其內容就是內頁版的重點，如政治版有什麼重要的新聞，社會新聞又有什麼獨家的報導等等，以吸引讀者的注意進而翻閱。由於資訊爆炸的結果，每一份報紙平均每一天都會出版十一大張以上，我們若以十大張來算，一大張有四塊版，則十大張就有四十塊版，扣除廣告的版面，提供新聞內容的版面至少有三十塊。如何使讀者節省時間，快速地找到想看的資訊，新聞提要的功能越來越被重視，有些報紙為了強化資訊的服務，有時也會將一些其他的資訊整合進新聞提要的區域，以便提醒讀者的注意與關心，如當天的天氣狀況、氣溫的高低、股市的交易指數，有些甚至還包括了星座和運勢，以吸引年輕讀者的目光。（見圖5-3）

圖5-3　新聞提要

四、天地線

　　每一個版面的上下兩端，都會各有一條線來標示版面的上下緣，在上方的線，我們稱爲天線，在下方的線，我們稱之爲地線，兩者合稱爲天地線。在編輯的設計上，有些報紙是用一條單線，有些則是使用一粗一細的文武線，不論美術編輯使用何種線條，天地線主要的用意是在版面視覺上做一些規範的動作，其目的一則是爲了使所有版面中的文字與圖片，在讀者閱讀的時候有聚焦的作用，讓文字看起來不致有輕飄飄的感覺，好像要飛到版面外去的樣子，一則是爲了讓版面看起來較美觀、整齊，所有的文字與圖片在版面中，都有所依存與遵循，當然也有爲了在印刷上安全、準確無誤的考量在內。在學的同學們可以試驗看看，如果一個版面沒有了天地線，會是怎樣的一個感覺。

五、走文與塊狀組版

　　中文報紙的文字編排，大致上分爲直排與橫排兩種。通常傳統的報紙都是採用直排的走文方式，文字由上至下、由右至左排列，而爲了因應年輕族群的網路閱讀習慣與日漸增多的外來用語，文字由左至右的橫式編排也大量的爲現代報紙所採用。

　　在傳統的中文報紙編排上，多欄走文是最常被編輯使用的方式，但是，隨著電腦組版的普及之後，塊狀組版就漸漸地取代了走文，成爲版面編輯的主流。走文的優點是比較不需要太精準的版面規劃，編輯只要在心中有一個版面的大致輪廓，就可以開始進行組版，但是在組版的過程中，會要花較多的時間在刪文的動

作上，而因應電腦作業而產生的塊狀組版，則是將文章組成區塊的方式，較精準地放置到預先安排的位置上去，這樣的組版方式，在設計的時候需要較花工天，但是在組版的過程中則比較輕鬆，同時也方便編輯可隨時換版，且增加讀者閱讀上的便利，塊狀組版最重要的效果就是比較省時間及方便閱讀，這對和分秒競爭的媒體來說，省下了時間就是贏得了效率。

六、欄高與字級

不論是中文直排或橫排，都有所謂的欄高或欄寬，這是為了方便讀者閱讀而設計的，我們從編輯的實務經驗中，以視覺效果來評量，一般來說，在18個字到25個字之內，都是屬於很適合我們閱讀的，對於人體的視覺導向、人體工學來看，都不會讓讀者閱讀產生負擔，否則如果一欄文字太多，造成讀者的頭部與眼球必須為了閱讀而大幅擺動時，必然使讀者因閱讀不便而失去耐心。另外，關於新聞內文字級的大小，我們可以從12級到18級左右不等，字級的使用，全看版面大小的規劃，也就是說，是全開、對開、菊開、八開，編輯應選擇在這個版面幅度裡面，搭配最適當的字體為原則，太小讓人看不清楚，太大也讓人覺得突兀，現在有些媒體為了關懷年長者的視力問題，也會體貼地將為老年人設計的版面中文字級數放得大一些，以方便他們閱讀。

其次就是行間距離與欄間距離的設計。行間就是行與行、欄間就是欄與欄之間的距離，通常我們行間的距離是半個字級，也就是說，如果你用12級的字，行間的距離就是12級字級一半的寬度。欄與欄之間的寬度，約為一個字級，換句話說，如果你是20級的字，在欄之間，也隔一個20級的字的寬度。而欄數自然就是

視你版面的大小以及字高來規劃。如果是一個全版，可以視容納多少字，再以全高除以字數來分配欄數。

七、字體與紙張

在版面中的新聞內文字體方面，通常都以細宋或是細黑間隔搭配較為常見。為了顯示報紙的特色，對於標題所使用的字體，也會選定一定的字體或字族來呈現，以使版面看來比較有一致性。在標題字級數方面，一樣是依照版面的大小來加以適度的調整，例如半個版的話，在頭題字級的使用，通常不會超過100級，而大版則可以視情況，加以適度放大以凸顯主題。

再來是紙張的選擇以及彩色的印刷，這幾點都是我們做一個平面媒體編輯，在進行編輯工作之前都應該有的了解。越能夠掌握版面大小的特性、印刷材料的特性、彩色黑白的特性，越能規劃出所需要的字高、欄間，以及相關的技術條件，而每一項技術都會影響讀者閱讀的方便與舒適，而方便與舒適是讓讀者有興趣與願意閱讀最重要的觀念，如果我們的版面規劃讓讀者閱讀起來很舒適、很方便，自然會讓他產生對這一份刊物的喜好，從而產生信賴。如果在整個設計上面讓讀者非常麻煩，甚至造成不便與困擾，自然就會大大減少他對閱讀的興趣，換句話說，你當然吸引不到這位讀者。所以，這些技術條件，也是每一位平面媒體編輯，在接觸平面媒體或是進行編輯實務之前，必須先行考慮到的。

第三節　標題在版面中的功能

　　讀者閱覽一份報紙，最先映入眼簾的除了照片之外，應該就要算是標題。而文字編輯在版面上最大的創意發揮，也就是在標題上，如果說版面是舞台的話，那麼標題就好比是在戲台上的演員，演員的一顰一笑都牽動了觀眾的心，編輯的標題亦復如此。古書中常提到「拍案叫絕」，一則標題不但要能夠一針見血地將新聞重點清楚說明，更要能夠以優美的文字使讀者易於閱讀、想去閱讀、樂於閱讀，這是做為一個文字編輯必須時刻要求自己的。

　　在翻譯外文的時候，常會有個標準去鑑別好壞，那個標準就是信、雅、達，這個標準對於新聞編輯也同樣適用，因為一則標題的內容必須是真實可信，絕對不能虛偽造假，一則標題的用詞必須是端莊文雅，絕對不能低俗下流，一則標題的邏輯必須是通情達理，絕對不能高山滾鼓——不通、不通，由此可見標題在版面中扮演著相當重要的關鍵性角色。

　　在民國77年報禁解除之後，報紙印行的張數取消了限制，報社可以依據實際的發行或廣告的需要加印，同時由於目前資訊氾濫，每份報紙少則九、十大張，多則十幾大張，厚厚的一大疊較以往三大張時代足足多了三、四倍，大量的資訊使得讀者根本沒有辦法詳加閱讀，因此，根據調查指出，讀者在翻閱報紙的時候，首先攫取讀者目光、使他產生印象的就是標題，而讀者在瀏覽每個版面的時間不超過幾十秒，因此，如何製作醒目而突出的標題，吸引讀者的注意力，進而使其產生閱讀的興趣，標題的戰略性地位實在不能輕忽。

一、標題的功用

依標題在版面上所發揮的功能，我們可分為以下四點：

（一）提供新聞導讀

在每一塊版面上，所使用的新聞量，半版少則三、四千字，大版大約要八千字至一萬字的稿量，在這樣茫茫的字海中，如何讓讀者很快的能在目光的掃描過程中，很準確的找到他所想要看的新聞，新聞標題的功能就在此時充分發揮。一則好的標題，不但能將新聞的原汁原味，忠實地具體呈現給讀者，讓讀者在看到標題時就能立刻知道新聞的內容是什麼，還可以透過編輯深厚的文字修辭與文學基礎，讓整個標題有閱讀的快樂，使讀者很容易的進入看新聞的情境。標題實則為一則新聞精華的濃縮，編輯在將一篇新聞稿徹底消化之後，將新聞的精髓以精簡的文字、優美的聲韻創造出易於閱讀的標題，可以使讀者在很短的時間內，了解新聞的大致內容，從而誘發進一步閱讀的興趣，這樣的過程看起來好像輕鬆，實際上如果沒有經過嚴格的訓練、實務的演練和長期的線上經驗，在緊迫的時間壓力下，想要有水準的演出，並不是一件容易的事情。

（二）引發讀者興趣

如果你標題製作得夠精緻、夠生動、夠傳神，那自然能引發讀者的興趣——這也是標題第二個功能——我們常常看到一則標題，感到十分有意思，這個所謂的有意思，可能是跟你的生活經驗有關係，也可能是標題的文句有意思，當然也可能是花俏的標

題形式讓你覺得有意思，不過，不論是何者吸引了你，只要在讀者看到新聞標題之後，引發了他去看這則新聞的興趣，那麼編輯的目的就達到了，這和廣告中的大標語的功能是一樣的，在廣告中的大標題，我們稱之為eye-catch，顧名思義就是要抓住你的目光，透過短短一、二十個字的標題，讀者能夠了解全文到底在說些什麼，並且引發興趣想仔細看看文章內還有說些什麼其他的東西？這就是引發讀者的興趣。當然，我們也常常會看到許多標題很精彩但新聞內容卻乏善可陳的狀況，這個時候，你就會更加了解編輯的用心與功力展現了。

（三）凸顯報紙風格

在展現報紙風格上面，不管是綜合性的報紙，如《中國時報》、《聯合報》、《自由時報》等，或是專業性的報紙，如財經類的《工商時報》、《經濟日報》，娛樂類的《大成報》、《民生報》等，都會在版面的設計、標題的製作上，形成一種貫有的風格。舉例來說，綜合性的報紙因多以言論為導向，其讀者層多為高級知識份子，因此在版面的設計、標題的製作上多以規規矩矩的形式呈現，通常不採用花俏的方式，但以軟性新聞見長的《大成報》、《民生報》，因為訴求的對象多為年輕人，所以在版面的設計上、題型的設計上，甚至在色彩的運用上則會較為大膽，以投年輕族群所好。讀者在經過一段長時間的閱讀之後，在心理上會漸漸習慣某一種風格的呈現，而這種風格也會逐漸形成這個報紙的特色，我們可以做個小試驗，當你遠遠的看一份報紙，由其標題的形式、版面的結構，就能知道是哪一家報紙的時候，這份報紙的風格就可以說已經成形。所以一個標題的呈現除了傳達新聞內容的資訊之外，也具有展現報紙一貫風格的功效。

（四）美化版面組合

一個成功的版面，豐富的新聞內容，固然是必要的條件，但在讓讀者閱讀時，醒目的設計、美觀的標題、活潑的圖像，也是版面上重要的成功因素。有關圖像部分，我們會在後面專章討論，這裡所要強調的是，當大大小小的標題，橫直錯落地散布在版面上時，基本上這已經是一種結合新聞實務與美學原理的創作了。老實說，版面上的設計，已然可以稱得上是一種藝術了，只是它不像是其他純藝術的作品，藝術家們可以窮一生之力，去完成一件嘔心瀝血的傑作，可是在新聞編輯來說，他只能在有限的時間中創作，沒有辦法去等待所謂的靈感，在連來稿的時間都無法掌控的情況，新聞編輯必須盡其所能把標題做到最生動傳神，把版面做到最精緻美觀。新聞標題藉由字體的搭配、大小的變化、排列的次序、橫直的錯落，使標題在版面上不只是一則標題，更兼具了圖像與美術的作用，讓版面看起來更有層次，條理更加分明。

二、標題的形式

新聞標題依其標題形式來討論，大致可分為以下八類：

（一）主題

主題是新聞的骨幹，是所有內容的最精華所在，編輯必須在完全消化了新聞之後，才有可能一針見血地直指出新聞的重點，它也是一則標題成功與否的最關鍵所在，如果在主題部分不知所云，那麼再好的題型也無濟於事。（見圖5-4）

（二）副題

副題通常是用來補充主題所無法充分說明的部分，一則新聞的重點很多，有時候實在沒有辦法以短短十幾個字來說明清楚，所以副題的功能就在此了。尤其是在有些時候，主題以較抽象的形式呈現，副題更有破題立功、強化新聞效果的作用。副題可以在主標題之前，我們稱為前副標，或是在主標題之後，我們稱為後副標。（見圖5-4）

屏東基地先後發射二枚 順利攔截靶機、導彈

愛國者飛彈成功試射

機車免下車換照下月開辦

對人體無害 但可侵入癌細胞使其爆裂 預計六個月內人體實驗

呼腸弧病毒 有效治腦瘤

國立大學校院調幅從零到百分之八 私立則多不調整

技專校院學雜費 下年學 都不漲價

圖5-4　主題及副題

（三）眉題

眉題的功用常常是具有導引的效果，也就是說在讀者尚未碰觸到新聞核心前，先讓讀者對於新聞的內容，有一個初步的了解，以便在看到新聞標題時，能夠很快地進入新聞的情境，編輯常常會在整合新聞時，運用此一手法，如「現場目擊之一」、「現場目擊之二」等等。一般而言，之所以稱為眉題，是以其多為橫題的方式出現，如人的眉毛一樣，故稱為眉題。（見圖5-5）

（四）引題

引題的功能和眉題非常類似，通常引題都是放在主題之前，它的功能先將新聞內容的源起做一個簡單的陳述，使讀者很快地

圖5-5　眉題

了解新聞的背景，而能迅速地明白新聞所要表達的內容，它與前副題較不同的地方是，引題通常可以用稍多一點的用字來闡釋。（見圖5-6）

（五）疊題

編輯為了節省標題的用字，但某些字句實在無法省略，在不違反文詞結構的條件下，可以將一組詞拆成二行，我們稱這種形式的題為疊題，疊題的重點在於不可以斷句，使得讀者唸完第一行時摸不著頭緒。（見圖5-7）

圖5-6　引題

圖5-7　疊題

（六）自由題

　　有些新聞事件由於內容太多，但是又很難省略，編輯遇到這樣的狀況，就會採取自由題的方式來做題，例如經濟部通過一個法案，其中有些條文是新聞的重點，編輯無法用很簡約的字句去處理，就可將最精華的部分提出來，要注意的是，千萬不要變成摘要，用字也不宜太多，以免浪費版面，讀者看完之後也沒興趣看新聞了。（見圖5-8）

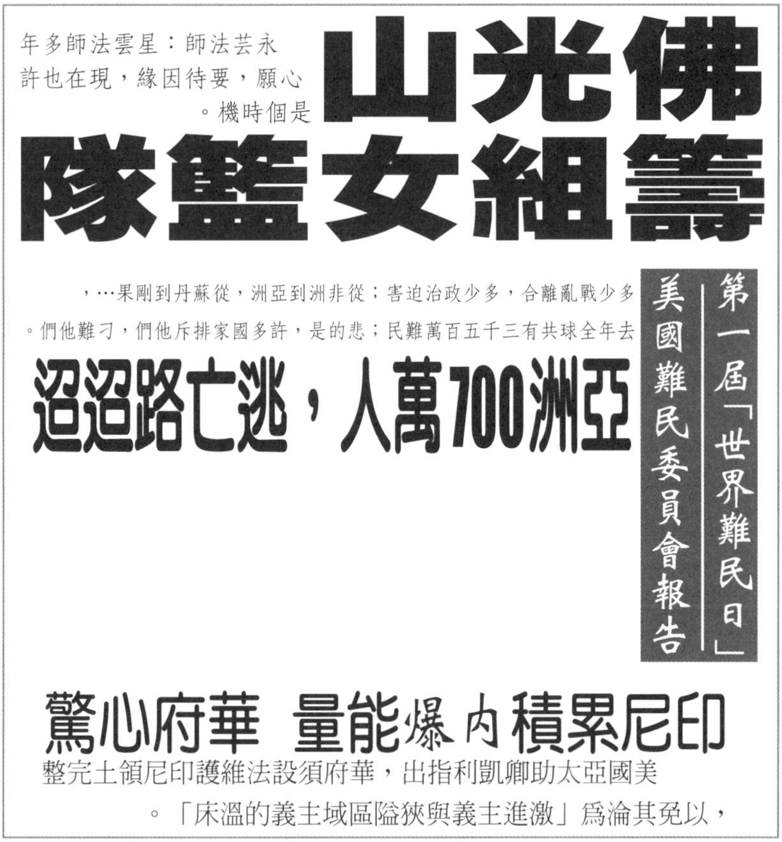

年多師法雲星：師法芸永許也在現，緣因待要，願心。機時個是

山光佛
隊籃女組籌

，…果剛到丹蘇從，洲亞到洲非從；害迫治政少多，合離亂戰少多。們他難刁，們他斥排家國多許，是的悲；民難萬百五千三有共球全年去

迢迢路亡逃，人萬700洲亞

第一屆「世界難民日」
美國難民委員會報告

驚心府華　量能爆內　積累尼印
整完土領尼印護維法設須府華，出指利凱卿助太亞國美
。「床溫的義主域區隘狹與義主進激」為淪其免以，

圖5-8　自由題

（七）橫直題

橫直題的形式與眉題加主題的方式有些類似，有時候新聞的內容中，所要傳達的資訊很多，利用橫直題的方式可以使標題鋪陳較有彈性，版面上的結構也較有變化，但是，橫直題在版面上不宜太多，通常一個版面中出現一則就夠了，太多反而會讓版面看起來有零亂的感覺。（見圖5-9）

（八）插題

在一些大塊的專文或邊欄中，由於往往只有一個大題目，讓讀者看起來有很沈重的感覺，編輯就會在適當的地方加進一些單行的小標題，一來做為前後文的銜接之用，二來也可以讓版面看起不會太單調。（見圖5-10）

三、標題製作的原則性準則

（一）簡明扼要

簡明扼要就是說，標題用字要簡潔有力、儘量避免累贅冗長或是詰聲難唸的句子。說穿了，就是在文字的使用上要儘量節省，能用一行表達清楚的就不要用到兩行，能用一句話說明白的，就不要浪費篇幅。在報禁尚未解除的時代，老一代的編輯都很喜歡用四行的標題，這中間還有駢體、有對仗，當然，在那個時代這種表現方式是很流行的，但是隨著時代的進步，讀者的喜好也有所改變，我們用一個簡單的法則來說，就是新、速、實、簡這四個字。

圖5-9　橫直題

【編譯演世欽/特譯】一名因家被印尼國會彈劾罷黜次後，印尼總統瓦希德的權力已被架空不保，不過他聲稱將用盡一切辦法保住權位。他最近接受五月廿一日一期「新聞周刊」專訪，瓦中總統不輕言下台的決心。以下是訪談摘要：

問：你對目前的政治危機有何看法？

答：我們正處於議會制政體很弱與總統制政體（句括我本人）球問的最後階段，國會想獨攬大權。

絕不交出任免官員權力

總統、梅嘉娃蒂一達成某種妥協，以免和國會全面對立分裂。你最近最意將部分權力交給她嗎？

答：我在出任總統之初就已經採致這個行動。我只負責大政方針，並只保留官員升降任免的權力。我不想把這個權力交給其他人。

問：傳聞指出，因為你不肯交出任免官員的權力，以致梅嘉娃蒂不願和你有所合作。

答：容我再說一次：除了任免官員權力，我已將其他權力交給她。我支持、政府人士乃至大多數印尼人的權力。因為我又不交出道個權力，政府。我無法在治精神的很人一定不會走的。

問：你會怎想過，副總統尤嘉娃蒂，一起對印尼總統走之大批民眾會臨時做好準備離開？

答：我不擔心印尼國債這麼多不以及預算赤字只剩不減的現象，以為有國會的認可的新預算案已通國際貨幣基金會所認可的新預算案方案，準備送交國會審議。

我不擔心印尼經濟危機

問：華府能否採取更多溫和的動作？

答：當然可以。美國國會至今仍禁止白宮提供我軍事機密組件，我相信白宮很快就能可解決問題，打算今年六月最後一個星期與美國總統去布希。

問：目前的政治生命是否可能終結？你不擔心這些？除了段匯市，印尼經濟大致良好，印尼人民非常快樂。其次，她從來未曾引起負面的事件有那些？以及保留任免官員的權力。

問：目前的政治危機有何看法？

答：繼續引以為傲的事有那些？問題民主化進程。

梅嘉娃蒂與我有些不同

問：我會不會是稱職的總統？

答：她的有某些專長，例如處理閣員的不同的意見，絕會商內，然後做出一些切中要害的問題，但治理國家的先決條件不只道些。在這最具重要的能力和素養。其實，她從未有違守法治，在道種情況下，我只得保留任免官員的權力。

圖5-10　插題

所謂的「新」，就是標題的內容要新，如何在一則新聞當中擷取最新的資訊放在標題裡面，這是需要有新聞感的，因為一則新聞不斷地在變化，要怎麼樣掌握到最新的消息給讀者，必須要再三過濾與選材。「速」，就是編輯做標題的時候，時間一定要能夠充分的把握，在整理稿件的時間往往非常的緊湊，但一定要在截稿時間內準時完工交版，因此，如何善用時間，如何利用時間，就是編輯們要時時刻刻自我勉勵的功課了。「實」的真義就是真實可信，做新聞人最要謹記的就是真實，因為新聞人的工作就是追求真實，所以，如果標題有偏差、膨風的話，不僅喪失了新聞的真實，更使媒體的信用遭受到質疑而造成信譽破產，那就得不償失。而「簡」，也就是前面提到的用字要簡潔，要精準。能夠把握「新、速、實、簡」的原則，在做為編輯的工作上，已經有了好的開始。

（二）持平客觀

　　談到「持平客觀」，這是身為一個媒體工作者的立場問題。編輯在處理新聞的時候，必須公正、平實、務實，不加上任何主觀的評論，這個原則，作為一個編輯，我們必須要時時刻刻記住。

　　當每天處理新聞、製作標題的時候，在標題內容的切入點上面，我們必須要保持「持平客觀」的論點與立場。舉例來說，對於一宗財務糾紛案，可能我們有了一方的控訴說詞，當然，社會的輿論是比較同情弱者，一般的看法也會多認為強勢者通常就是加害人，但是在案情尚未明朗的情況下，我們在處理新聞時就必須要特別的謹慎小心，否則就很容易造成了媒體審判；因此在標題中只能夠將已知的案情做一說明，至於兩造除非有公開的說

法，不然都不宜遽以論斷，失卻了媒體應有的分寸。

　　當然在標題上也有些情況是例外的，特稿就是一例，在報紙上，我們常看到記者會寫特稿，在這一部分由於已經標示了作者的姓名，所以對於某些事件的論點，我們可以有較獨特的立場，對於整件事情，由記者的專業判斷加上主觀認定而加以評論、分析。另外對於涉及大眾權益方面的新聞，我們也可以有主觀的質疑。所謂涉及大眾權益，公共政策、公共安全等等均屬之，譬如說，我們的市政府對於公共大樓安全檢查工作是否夠仔細？有沒有敷衍、推諉？我們的捷運系統常出狀況，這狀況是人為的？還是機械的？是管理的？還是其他原因？我們都可以依照消費者或是市民大眾的立場，以持平客觀的態度，替消費者來檢視這些事情。

四、標題製作的入門：切題與破題

　　編輯在看到一篇新聞稿之後，開始下手做標題，切題是一個基本的動作。換句話說，當編輯看完新聞之後，掌握新聞的實質內容，切合新聞的重點，以標題的方式將新聞標示清楚，就是切題。我們可以這樣來區分切題與破題：切題就是比較平實，就新聞內容而言，有什麼說什麼，整個思考主軸仍是很清楚的在新聞本身，通常這種標題比較好做，因為可以從新聞內容去找標題。而什麼是破題？破題就是當我們看完一則新聞稿之後，編輯跳脫出新聞的實質敘述，也就是說，編輯跳脫出新聞稿內記者所使用的文字，以自己在咀嚼過後的新聞精髓來進行標題的製作。雖然編輯並不使用新聞稿內的字，但是標題並不違反新聞的原意，不但創意十足還有畫龍點睛之妙。

五、標題製作的訣竅

針對切題與破題，抓到要點之後，我們看看有哪些要訣可以幫助編輯很快的進入狀況。

（一）新聞抓重點

我們在新聞稿當中，如何很快地切入下標題，最簡單的方法就是在新聞稿中抓重點，這和同學在考試前唸書的狀況很相似。一則新聞稿中會有哪些重點隱藏在其中？請注意，看這則新聞稿重不重要，必須要找出在新聞中有沒有包含這四個重點，那就是：新聞點、趣味點、問題點、知識點。在這則新聞中，有沒有什麼新的議題？當然就是談什麼是news，如果都是老話重提，自然不具新聞性。再者，這則新聞有沒有提供讀者在閱讀上的愉悅感，讓讀者閱讀時覺得很有趣，如果一則索然無味的新聞，別說編輯沒興趣，讀者看了更是會打瞌睡。第三，這則新聞有沒有衝突點？有問題才會有故事，新聞一定要有故事才會好看，否則平平板板的，毫無內容與新意，恐怕編輯也做不出什麼精彩的好標題。至於知識點也是不可忽視的，近年來由於科技發達，人們對於新知的吸收，要求的程度越來越高，這點由各報的科技新知版面與醫藥版面，可見一斑。另外，在一則新聞稿裡面有沒有什麼比較獨特的地方，或是比較新的說法——什麼是最新的、最後的發展？什麼是新聞裡面最特殊的地方？都是我們要強調的重點。

（二）標題成段落

在標題的製作裡面，不論怎麼做都不能違反的原則就是：語

氣要自成段落。所謂語氣要自成段落，就是每一句都要能夠獨立存在，不會因爲沒有看前後句，而變得看不懂。換言之，每一子句都有其單獨的意思，例如，「重視鄉土教育　內湖高中聲名遠播」，在前一句：「重視鄉土教育」，是一個完整的句子，意思非常的清楚，而後一句：「內湖高中聲名遠播」，也是意思完整的句子，兩者合在一起，成爲一則清楚而正確的主標題，如果換成：「內湖高中重視　台灣鄉土教育」，這樣的標題就有問題，因爲這樣的標題有了連題的錯誤。所謂連題，就是句子中間有段落，在單獨存在時是不具意義的，如內湖高中重視，重視什麼？這樣的句子就不具意義了。

（三）兼顧法理情

我們從事新聞編輯工作的人在下筆時，有時候難免會尖酸刻薄，有時候又會含糊籠統。一個成熟的編輯，在經過了新聞的養成訓練之後，除了應該掌握新聞的準度，更應該把握新聞的深度，因此，編輯在下標的時候，應就新聞內容的取材中，兼顧到法律、道理、人情這三個層面。編輯每天在字句上面作文章，筆尖應常存一念之仁，對於很多事情，我們願意站在社會大眾的立場給予針砭，但是下筆之時，也必須顧慮到其他可能產生的影響，不可以以爲自己用一支「正義之劍」、或是「正義之筆」來擅自撻伐。如同我們前面說過的，編輯應該要虛心，編輯不是萬能的，並不是所有的知識、法條都知道的，所以必須要保持一點彈性。

（四）用字口語化

隨著時代的腳步，我們在文句中的口語化、通俗化是非常符合現代趨勢的，在過去，常要求編輯儘量對仗或是對稱，這不是

不好，但報紙本來就是記載昨天歷史的東西，如何隨著時代的移動而改變，才能稱得上是站在時代尖端的媒體。其實標題運用之妙，存乎一心，並不在乎今方還是古法，只要操作得宜，點出新聞重點，讓讀者樂於閱讀、易於閱讀，都可以稱得上是好標題。但是以現在知識量爆炸來說，讓讀者少一些負擔，節省一些時間，都是吸引讀者很好的策略，所以採用新、速、時、簡的方式，讓編輯抓到最新的東西、以最快速的方式、以最簡單、簡明扼要、有力的句子來陳述這個新聞、製作這個標題，是很恰當的處理方式。所以，在此同時，文字的口語化、通俗化是非常重要的，甚至編輯也可以善用時下的一些日常用語，包含一些外來字之類的，用來活化你的標題，親近你的讀者。

（五）小節要注意

作為一個文字編輯，應在有限的標題字組裡面表達最多的涵義，因此編輯對於字的使用必須要精準、精確。一般而言，為了避免在報面有太多的重複字，編輯應該善用同義詞，對於有些字的簡省也應該使用得當，譬如說我們常常看到很多簡稱，像是「內政部」，我們不可以簡稱「內部」；又譬如說，美國的首府是在「華盛頓」，我們也可以稱「華府」，俄國的克林姆林宮，又可以簡稱「克宮」，但是有些地方的簡稱是不可以隨便亂加的，以免鬧出笑話。

同時在用字遣詞有關兼顧法、理、情的部分，有兩點是值得注意的：第一個是態度不要輕挑、不粗俗、也不嘲諷，譬如男女關係方面，我們處理這方面的新聞，應該就事論事、保持持平客觀的立場，不應該去挑撥、藉機嘲諷。第二個是針對專業新聞方面，編輯應該儘量以讀者能夠了解的語言或文字去解釋新聞，例

如一些醫藥新知或科技新聞，要努力避免太生澀、冷僻的字眼出現在新聞中。因此在處理專業新聞，應該不生澀、不冷僻、不聱口，讓不懂的人都能看得懂，才是本事。換句話說，也就是用字的口語化，把一件新聞能夠很平易近人地解釋給我們的讀者，這是非常重要的。由於實施九年國民義務教育，所以所有的讀者層，我們基本上都認定在文字的使用上面，已具有國中程度，因此太過深奧的文學用語，都不應該被過度的使用、甚至濫用，以免你自認為有學問，而讀者卻為了你的踐文而查破了字典、抓破了頭。這些都是不適宜的、不恰當的，所以我們應該以文字的口語化、通俗化，簡單明瞭地把一則新聞傳遞給我們的讀者。新聞就是發生在我們身邊的事務，本來就應該是平易近人的，一個編輯人員更應該善用這一點。

（六）標題四部曲

製作新聞標題由淺入深，由簡入繁，由易入難，我們如果要分階段的學習製作標題，可以這樣稱呼製作標題的「四部曲」：就是按部就班、循序漸進、先求題的正確、再求題的典雅。比方說，我們入門做一個編輯，對於新聞的標題上面我們應該一步一步走，先學走、再學跑。我們應該先學從新聞的內容裡面，抓出我們要的重點，而且是找出正確無誤的重點，然後再將這些抓出的訊息面，組合成為一個標題，把這則新聞的內容傳遞給我們的讀者。當你可以正確無誤、迅速地抓出新聞的重點，利用切題的技巧製作成一般的標題之後，再來才是破題：你如何將這則新聞精鍊出另外一層境界、如何將這則新聞幻化成另外一種讓讀者可以不言可喻的一種境地，這就要看編輯各人努力的程度而定，不過，我們先求正確、再求典雅周延，則是絕對正確的。

六、標題的形式

在形式上面，我們可以分爲一般的制式標題或是花式標題。所謂的制式標題就是大多採用切題的方式處理的標題，在所謂硬新聞裡面，大多採用制式標題，也就是說標題多以一行主標、一行副標的形式出現，由於是採用切題的方式，所以是新聞有什麼就說什麼，使用單刀直入的方法，用不著拐彎抹角。而在軟性版面裡面，我們爲了增加標題的可看性，則通常會使用花式標題，花式標題除了題型較花俏之外，也多使用破題的方式來製作標題，換言之，編輯在消化了新聞之後，以另外一種方式來表達這則新聞，也就是使用破題的方式來製作標題，留給讀者較多的想像空間，對於新聞的新鮮度上比較有利。

前文提到的硬性新聞或是軟性新聞，是從新聞的性質來分，硬性的新聞，基本上政治、財經、國防、外交、環保及教育等類新聞屬之；而社會、體育、影視娛樂、生活消費和親子家庭等類新聞，則多被歸納爲中性新聞或是軟性新聞。

在標題的表現上，一般可分爲：程序題、實質題、疑問題、諷刺題、假借題、暗示題或是虛題。

（一）程序題

「程序題」就是把一件事情做程序性地描述，平鋪直敘地把新聞的重點表達清楚。這類的新聞多用在一般的硬性新聞上較多，因爲新聞的重心在於過程，所以編輯也不必浪費時間在標題的氣氛營造上，只要把事情說明白就可以了。例如一些會議的召開等等。（見圖5-11）

（二）實質題

　　「實質題」和「程序題」有某種程度上的類似，就是直接點出新聞最重要的部分作為標題，這類新聞的重點在於新聞事件的結果，換句話說，編輯在製作標題時，應直指核心，把癥結之處直接指出就可以了，例如一件法案通過了，只要很清楚地標明即可。（見圖5-12）

（三）疑問題

　　在「疑問題」的使用上，我們常會使用標點符號──問號，使用疑問句，是把這則新聞用反面的訴求提出來製作標題，這種新聞的處理要特別小心法律的問題，很多對新聞的爭議，並不是編輯用問號就可以解決得了的。（見圖5-13）驚歎號的使用也有近似的問題。

（四）諷刺題

　　「諷刺題」的使用也與「疑問題」有相似的地方，編輯也常

圖5-11　程序題

圖5-12　實質題

用標點符號，來輔助整個語句的氣氛，只是在語氣尺度的掌握和拿捏上，應該要有一定的分寸，否則一旦太過頭，就會惹來不必要的麻煩了。（見圖5-14）

（五）假借題與暗示題

「假借題」的情況也很類似，如果引用得宜，固然會有畫龍點睛之妙，但是如果引錯經、用錯典的話，就只怕會給人「畫虎不成反類犬」的譏諷了，所以，「不是行家不出手，一出就知有沒有」，編輯如果沒有萬全的把握，還是保守一點比較好。

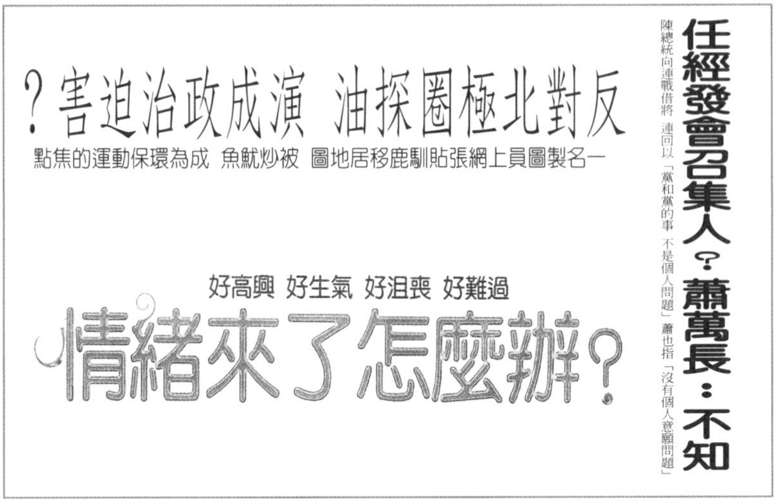

反對北極圈探油 演成政治迫害？

一名製圖員張貼馴鹿移居地圖 被炒魷魚 成為環保運動的焦點

好高興 好生氣 好沮喪 好難過

情緒來了怎麼辦？

陳總統向連戰借將 連回以「黨和黨的事 不是個人問題」蕭也指「沒有個人薦願問題」

任經發會召集人？蕭萬長：不知

圖5-13　疑問題

有種別去 台商登陸先結紮

老婆大人押陣 有人就恨不情不願 書門診七數年內膨脹四十倍

扁倚「天」既出 誰與爭鋒？

選後政黨重組與黨團主導權爭奪 情勢演變耐人尋味

根留台灣 想做台商？老婆押他結紮

包二奶播種？門兒都沒有 「大老婆俱樂部」來硬的 泌尿門診個案不少 半數老公心不甘情不願 也有人心竊喜 拈花惹草沒後患

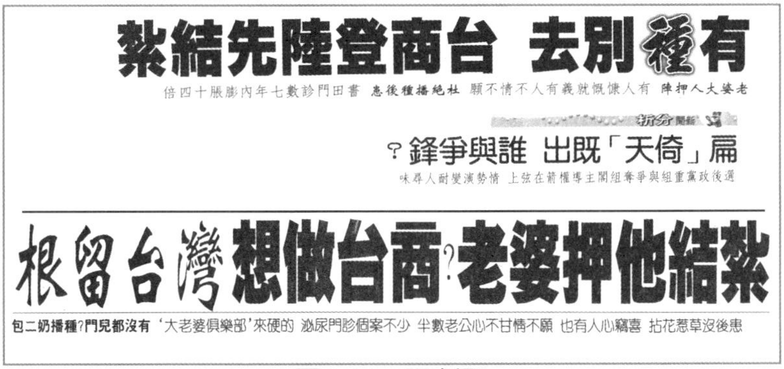

圖5-14　諷刺題

（見圖5-15）暗示題也是相似的狀況，比較特別的是，編輯比較會運用字的音義去在標題上作文章。（見圖5-16）

（六）虛題

　　「虛題」在標題中也占有很重要的位置，虛與實主要的區別是在主題與副題之間，如果主標題是採破題的方式，而且題較空靈的話，那麼副標題就要非常落實才行，如果前面的引題很

實在，那麼後面的主題就可以玩點小花樣，這就是所謂的前虛後實，前實後虛，如此的穿雜互用，在標題的活潑上會有很大的貢獻。

圖5-15　假借題

圖5-16　暗示題

七、配字應勻稱

　　對於標題的字體與字族的選擇與搭配，各報均有各自的考量，這與各報所講買的字型有關，也與各報的風格有關，但面對不同的字族、不同的字級，我們應該把握一個原則就是大小對比、深淺互見、粗細相稱，這樣對版面來說是一個最妥適與最保險的表現方式。當然，們可以借重美編的專業協助，讓版面更加勻稱與美觀。

習題：

1.編輯在上班前應先掌握哪些新聞訊息？而這些訊息的來源
　又是哪裡？

2.處理新聞稿件有哪些流程與基本動作？

3.攤開報紙，我們會在各報的第一版上看到報頭與報眉，報
　頭與報眉各包含哪些要件？作用為何？

4.標題在報紙版面中具有哪些功能？請分別敘述。

5.標題依形式來看，大致可區分為哪幾類？

6.製作新聞標題的訣竅有哪些？

※ 第六章　版面結構與規劃 ※

一份完整的報紙，充實的內容當然是贏得讀者信賴的不二法門，這是所有在媒體工作的記者們戮力以赴的天職，我們常看到在戰場上的軍事記者，他們衝鋒陷陣的採訪精神，與在火線上作戰的軍人比起毫不遜色，而如何將這些經過千辛萬苦得來的內容，能夠有系統地、有規劃地、有層次地呈現給讀者，則是編輯台的編輯們責無旁貸的使命。但是由於電腦組版取代了傳統的手工組版之後，往往也會給予讀者一種文勝於質的感覺，也就是說，是不是編輯們已經把太多的注意力放在版型的美觀而不再關注在新聞的本質上。Garcia（1987）針對這個疑問提出他的看法，為了要完美呈現報紙的版面，現在的編輯人員在處理版面時，應注意到這幾個面向：

◆新聞處理重於美術設計

　　如同前面所提到的，不論報紙再如何的精緻、美觀，但是如果內容乏善可陳，終究是不會受到讀者的青睞的，而且編輯精心處理版面的目的，也不只是美觀而已，如果只是把新聞編輯的定位，聚焦在版面的化妝師，那麼對於新聞編輯的認識，的確需要再加強。如何將資訊轉化成讀者可以認知的語言，有步驟地傳遞給閱聽大眾，這是新聞編輯的主要職責，在主要目標確立之後，版面的美術設計只是遂行這個目的的手段而已。因此，不論用哪一種角度去處理版面，新聞至上的原則是絕對顛撲不破的。

◆版面的經營與規劃

　　細心的經營與組織版面確立了新聞處理原則之後，對於版面的經營與版面的規劃，就成為新聞編輯接下來努力的目標了。版面與讀者之間互動關係的維繫是非常重要的，讀者因為天天在看報紙，所以報面的任何異動，說老實話，讀者不一定會不如編輯，而如何經營新聞與版面，讓讀者認同報社的立場，支持編輯

的處理，身為媒體與讀者接觸的第一線，自當隨時惕厲，在新聞認知上能跟得上社會的脈動與民意的主流。

◆選擇正確的視覺導引

在版面構成上，編輯除了要把版組成之外，如何在視覺導引及視覺效果上，求得一個最佳的結果，這是編輯要努力的。在視覺導引方面，在頭題、二題的安排，橫題與直題的鋪陳，圖片與文字的結合，這些都關係了一點：讀者在閱讀的時候，會不會看得吃力，或是說，在閱讀的順序上，是否達到編輯所設計的效果？如果讀者找不到編輯希望他能很快看到的新聞，那麼，這是一個失敗的版面，同樣的，如果整個版面嘈雜充滿了噪音，讓讀者無法專心愉悅的看新聞，那麼，這也是一個失敗的編輯。

◆增強易讀性

編輯在看新聞稿的時候，也在進行改稿的動作，目的就是要讓所有的新聞稿，都能夠在文理通順、文字通暢的情況下登上報紙。記者在撰寫新聞稿的時候，往往限於截稿時間，有時在倉促之間，無法將整個文章的組織或結構處理順暢，而讓讀者看起來覺得邏輯不通、詞意不明，而編輯很重要的工作，就是要將記者所寫的新聞稿，修飾修改到讓讀者易看、易懂，這樣才能增加讀者的易讀性。記住，報面上所有的文章、標題，都是要服務讀者，而不是要難為讀者。

第一節　版面的四大要素

在版面結構與規劃上共分為四個大類。首先討論到版面的四大構成要素，其次探討版面的結構性，第三個部分談到版面設計

的細部規劃，第四部分則介紹版面的錯誤與檢查。

　　首先談到版面的四大要素，這四個要素可區分為標題、文字、圖片、表格。簡而言之，就是題、文、圖、表。

一、標題

　　標題具有提示新聞焦點的功能，能引發讀者興趣，展現報紙風格，並可美化版面。因此，標題在版面的構成要件中，占有相當重要的地位。

　　進一步來看，標題不僅是文字的敘述、新聞重點的傳達，也是版面美化相當大的要素。換句話說，若在版面設計上，完全堆以文字，而沒有標題的話，所造成的影響有：第一，版面呈現勢必雜亂無章，沒有辦法引起讀者的注意，也沒有辦法讓讀者很快地找到所需要的新聞，第二，從美觀上來看，在整片字海中，何處是重點？何處是弱點？哪裡是需要強化的地方，也無法顯現出來，第三，這樣的處理方式，很容易在閱讀上帶給讀者壓力。所以，標題的重要性位居第一。

　　除此之外，編輯在標題的形式表現與使用上更是一門藝術。事實上，編輯的工作僅是一門粗糙的藝術，與一般精緻藝術不同。偉大的畫家米開朗基羅、偉大的音樂家貝多芬，可以窮其一生之心血，完成不朽的藝術作品。可是，對一個編輯來說，必須在每天有限的時間中，完成被交付的任務，無法如同藝術家般恣意地盡情揮灑、精雕細琢。且編輯期間所經歷的外在變數、時間變數都相當大。因此，每一位編輯都必須在繁雜的工作中與有限的時間賽跑，務必在有限的時間內，做出最完美的呈現。因此，對一個編輯來說，標題是一門比較粗糙，但可力求精緻的藝術。

不過，在標題的形式，與文字的美化方面，不可否認的，卻仍是藝術中不可或缺的內涵。

二、文字

　　文字是所有新聞的本體，也是一個版面上絕對不可或缺的基本單位，但是，若一個版面上滿滿都是文字，其缺點第一是無法提綱挈領，第二是無法支持核心，第三為所組成的版面會顯得沒有層次感，也就造成讀者閱讀上很大的障礙與不便。因此，編輯在版面的處理上，應儘量避免大片文字呈現的情況發生。

　　不過，話說回來，文字畢竟是新聞的本體，若沒有文字，一份報紙可能就變成畫報，沒有太多新聞性。

三、圖片

　　版面第三個組成的要件是圖片，此處所指的圖片泛指照片和插畫。圖片在版面的功能再獲肯定，應從美國USA Today採圖像式編輯說起，此舉成功擾取讀者目光的焦點，也將傳統以文字為主的編輯方式推向另一新紀元。

　　1982年美國的《今日美國報》（USA Today）以圖片為導向的編輯方式成功獲得讀者認同，曾造成很大的轟動。根據統計，《今日美國報》所呈現的彩色照片，是其他報紙的兩倍，黑白照片也是其他報紙的兩到三倍，USA Today並採用大版面的全國氣象圖。這些都是形成讀者易於閱讀、樂於閱讀的重要因素。從實務的角度來看，一張好的圖片，勝過千言萬語，從普立茲新聞攝影獎的佳作中可以發現，許許多多的得獎作品，每一幅傳神的畫

面都訴說著一則新聞，有新聞的內涵，也同時呈現新聞張力的畫面，栩栩如生地展現出臨場感來。

四、表格

四大要素的最後一項是表格。表格的重要性在於能很清楚明快地、有系統地讓讀者了解文內所要傳達的資訊。表格多用於財經新聞，及需要有數字觀念的新聞中。這樣的新聞，若以文字來敘述，可能會洋洋灑灑，細細瑣瑣，讀者看完整則新聞，仍然不明白各數字間的差異，但若將這些數字製作成為表格，差別就能輕易的比較出來。比如說，透過餅形、柱形的表格，讀者能很快了解統籌分配款，中央所占的比例是多少，地方所占的比例是多少，也可以比較出今年的預算和去年的預算有哪些差別。這都是圖表的功能，是文字敘述所無法傳達的。換言之，具有比較效果的表格設計，加上美術與色彩相調和，所形塑的影像與概念，就能很清晰印在讀者的腦海中。

因此，一個資料蒐集完整與構思用心的表格設計，對於新聞的呈現有很大的正面意義。

第二節　版面的結構性

Garcia曾於1987年提出好的編輯與設計的一些秘訣，與版面的結構性有許多的關係。Garcia指出的有：(1)建立文字與空白之間的關係，協助區隔新聞項目；(2)呈現出實用性的標題；(3)運用整合編輯的概念；(4)將長文打斷成數個短文，或是區塊。

從上述的整體性概念回歸到版面的結構性，在版面結構性上所包含的版面規劃，包括字高、走文、每欄字數、字的級數變化等。

一、版面的均與勻

　　在版面設計的結構性上，版面的組成可說有輕有重，有層次性，在各個版面之間必須形成一致性的版律，也需塑造出視覺的焦點。從另一個角度來看，在版面的結構性上，大版注重「均」，小版注重「勻」。「均」所強調的是均衡，所有題、文、圖、表的分布都要平均，特別是題、圖的分布應注重均衡，讓整個版面看起來是平衡的，不會因偏重於某一部分或某一測，而造成失衡的狀況。小版重「勻」，因為小版只有半個版的空間，題的分布與圖的配置必須注重到勻稱，換句話說，因為在小版上沒有較大的腹地可供標題迴旋，所以在結構性上應注重勻稱，使版面緊湊有致。

　　由版面的結構性分析，在一個版面上，題占多少位置、圖占多少位置，而文又分配多少位置、表格有多少，四者互動之間，編輯應注意如何取得一致性和結構性，使得編者的意念躍然版上，產生讓讀者跟隨的效用。換句話說，藉由視覺引導與視覺焦點凝聚來達到導讀的效果。如此，讀者可以很容易、很輕鬆地進入編輯所要強化、引領進入的境界。

　　從另一方面來講，版面就是編輯意志的遂行，在遵循新聞處理原則下，編輯應思索如何讓整個新聞搭配的圖片能有次序、有層次、有重點地凸顯在版面之上。

二、版面是編輯的舞台

版面如同一位編輯的舞台。每一個編輯都應思考，如何在舞台上盡情地揮灑，讓讀者知道編輯所要表達的意念，這是非常重要的。換句話說，若一個版的結構性很嚴謹、很扎實，讀者必然能由版面中看出編者的企圖心。從反方向來說，如果編輯的版面鬆散、內容混雜、次序不明、層次不清，讀者很難由版面、茫茫的字海裡找到所需要的重點。所以，一個版面的結構鋪陳，決定了讀者是否願意讀版裡的內容。

根據統計，一個讀者在瀏覽版面時，眼光停留的時間平均不超過幾十秒鐘，在此短暫的時間裡，讀者如何能找到所要的東西，這就是編輯所要遂行的意志。如何在很短的時間中抓住讀者的目光焦點，吸引其注意，從而影響到讀者閱讀的行動，這是編輯工作中相當重要的一環。由此歸納版面結構的重要性，若能妥為運用這些原理，使得版面處理得當，便能很快吸引讀者的注意。

第三節　版面的細部規劃

版面的細部規劃可分為欄高的調整，文與文間的區隔調整，運用走文、盤文的方式達到版面變化的功能，或於特定的邊欄或專論文章加框處理，增加其重要性等。

一、欄的概念

談到版面的細部規劃，就必須談到「欄」的概念。欄（或稱批）是版面組成的基本單位，每一份報紙「欄」的字數不盡相同。如《中國時報》每欄為9個字，全版有十六欄，《聯合報》為8個字，全版亦為十六欄。此外，版面的直走或橫走的欄數與每欄字數亦有不同。不過，每一份報紙的每欄字數及每個版面的基本欄數是固定的，這樣的安排相當程度顯示報社的內在精神與版面變化的基調，也因為這種版律觀念，才能讓編輯在文字處理、標題擺設與圖片規劃上有所依據。

在欄的基礎下，為求版面的活潑變化，區隔不同的文章，或為避免傳統的禁忌（如斷版），編輯在現代的自動排版處理上，為了抓取文稿便利，即會再做欄位（每行字數）的變化，如此做法，另一目的也為方便閱讀。

在欄位的變化方面，有以下幾種基本規格。例如有二分一（或稱全二）、三分一（亦稱全三）、四分一（亦稱全四）。或三分二、四分三、五分三、六分四、七分三、七分四及十二分五等。

在以8個字為一欄基礎的版律下，所謂的二分一，即是將兩個基本的欄加以合併，所以合併兩欄字數$8 \times 2 + 1$（欄與欄間所空的一個字）$= 17$，新成欄的字數即為17個字。同理可證，三分一每欄為26字、四分一為35字，惟每欄一行中有35字已相當多，為考慮閱讀便利性，在版面上最長的單欄字數僅到全四35個字，較少有全五的規格。

而三分二，即是將原本基本的三欄合併後，分成兩欄來處理。所呈現的新欄字數為〔$(8 \times 3 + 2) - 1$〕$\div 2 = 12$，減1的目

的是預留欄與欄間的一個字空間。依此類推，四分三每欄為11個字，五分三為14個字，七分三為20個字，七分四為14個字，十二分五則為每欄20個字。

透過不同文章的每欄字數不同的變化，讀者就可以輕易地分辨文章與文章的區別，因此，在版面文字的處理上，可以每欄字數的變化來活潑整個版面。

二、組版的方式改變

九○年代以後，台灣的多家報社紛紛推行編輯自動化，改以全頁組版、輸出的方式取代傳統的鉛字或貼版，來幫助編輯組版。自動排版與傳統的鉛字排版最大的不同點在於傳統的鉛字排版較常運用走文（或稱盤文）的方式處理新聞。在某一欄間編不完的文稿，將文字順著其下（或其後）的欄位來排列，短則走三、四欄，長則走七、八欄不等。但這種現象在推行自動排版，方便讀者閱讀與剪報及報社在編輯上調為「塊狀編輯」概念後，走文在今天的新聞版面已較不多見。不過，在藝文版的版面上仍偶爾運用。

所謂的題做中（或稱題中），是以文字包圍或環繞標題或圖片的編輯處理方式。其目的一為避免頂題，二為增加版面的美觀，三為可平衡版面。

至於加框，則是對於邊欄、專欄，或報紙所要特別強調或美化的文章，在其外圍以文武線（如社論）、其他線條，或花邊來圍繞處理。一則為攫取讀者目光，凸顯重要性，一則美化版面，當作美工與背景的一部分。過去在某些特別新聞之外加上花框，這些新聞諸如桃色糾紛、影星軼事等等。由於編者加上花框的處

理，也就俗稱為「花邊新聞」，這恐怕是加框的另一項料想不到的結果吧。

第四節　版面錯誤與檢查的實務

一、版面常見的錯誤

在版面的錯誤和檢查部分，實務上常把版面的錯誤歸類為幾大部分，第一為題與文內容不相符合，即題文不符。這種錯誤在編輯的拼版過程中經常會發生，尤其是在報社改採電腦排版後。

第二種錯誤情況發生在分稿部分上。比方說，在一個版面上重複使用兩則同樣的稿子，或在不同的版面上使用同一則稿子，這與前述的題文不符都是一體的兩面。

第三種常見的錯誤在標題處理上，對於新聞的要素人、事、時、地、物等的標註有錯誤。比如說，把人名弄錯，把時間弄錯，把地點弄錯，這些情況都屬於重大的錯誤。

此外，易於發生的錯誤為重大的錯別字，其情況包括文法的引用錯誤、誤用成語，或同音異字，或是同形異字等。

再來是照片說明指示的錯誤。比方說，照片的右一是某人，右二是某人，而編輯在標註上產生顛倒或錯誤。

除了標題與照片的錯誤，還有文字的錯誤。編輯在組版的過程中進行文字的刪改時，若刪改不當，在不該結束的地方把文稿結束，就沒有辦法形成完整的句型；或是在接續文稿時把文稿接錯了，而導致前言不對後語的情況。

再來是報眉的錯誤，如日期、報名或版序的錯誤。

以上所述都是在報紙編輯過程中較爲重大的錯誤。另外，在檢查版面的同時，需檢視新聞的配置有沒有符合歸併的原則，有沒有符合集體處理的原則。這些都是在版面的處理上要注意的部分。

除此之外，譯名的問題也要注意，比如說，美國總統布希，在報紙的其他版面提到這幾個字，或不同的時間中處理此一人名時，譯名的部分是否有一致性，此種問題在國際新聞版面上特別容易發現。由此，因進行翻譯的編譯人員不同，就可能造成對同一人名譯音的不同，在報社中對於所有的譯名，必須統一。

二、檢視大樣的技巧

當一個編輯在組版完畢，出「大樣」的時候，檢視版面過程依次如下，第一，看大樣時，應遵循由上到下，由右到左（或由左到右）的原則。若是直排，則由右至左，若是橫排，則由左至右，依序檢查新聞內容的正確與否。

（一）由上到下

在看大樣時，首先看到的是報眉，其中的年、月、日，包括星期等數字有沒有錯誤，版名有沒有錯誤，版序有沒有錯誤。其次，從頭題開始，根據前述的版面易出錯的內容來檢查，包括人名有無錯誤、數字有無錯誤、地點有無錯誤、時間有無錯誤，這些都是經常發生錯誤的內容。

（二）題文相符

　　因此，在「清樣」的檢查上，特別要針對上述的部分再加以檢查，仔細看清楚。若在檢查的過程中發現錯誤，必須把標題或文字勾勒出來，把正確的文字寫上去。同時，在看標題的時候，也必須同時快速地閱覽和校正內文，檢查與標題內容是否相符。換句話說，標題的人、事、時、地、物，必須與內文的人、事、時、地、物相符。如有不符，必須加以查證，何者為真，何者為誤，並加以修正。

　　如此，對於標題與內文是否發生題文不符的狀況，很快就能檢查出來。

（三）注意刪稿

　　在內文的部分，必須確認在每一段落的結尾，都是圈點，且語意完整。這可以避免在不當刪稿時所發生的錯誤。

　　在圖片的校對上，必須注意照片中所呈現的人、物，在圖說的指示所標註的位置及名稱是否與該人相符。若不符合，必須立刻加以修正。此外，必須檢查圖表和相關新聞的配合是否恰當。如此，依循由上到下，由右至左（或由左至右）的原則逐步檢查。檢查過程中，隨時針對有問題的部分加註記號，以免有所遺漏。

（四）清樣也別大意

　　當看完大樣，修正完所有的錯誤後，應該再看一遍清樣。在看清樣的時候：第一要仔細核對大樣改過的部分，於清樣上是否已修訂正確。第二，必須在清樣上檢查其他的標題與內文。由於

在電腦組版過程中，隨時會有難以預料的bug（程式編碼或邏輯上的瑕疵）出現，以至於在重新輸出時發生錯誤，或在版面調整時不慎影響到其他篇文章。因此，在清樣的檢查上，仍需遵循由上到下，由右至左（或由左至右）的原則仔細加以檢視。

若經檢查文字並沒有重疊，圖像亦沒有重疊等清樣檢查程序後，就可以降版，並進行後續的印刷作業。

三、報紙編排新風格

在Mario Garcia的《當代編輯》一書中提到，在1947年時John Allen曾預測，到西元2000年時，報紙的編排將會形成以下四種風格：

1.每頁的欄數會較少，但欄位較寬。
2.頭版將會提供讀者快捷方便的新聞總覽，以此點出重要的新聞，或是焦點的欄目。
3.版面上會有較多也較好看的圖片。
4.版面上會呈現較多及較好的色彩。

果然，John Allen真是個洞燭機先的人，他在半世紀之前就已經看出了這樣的趨勢，而且在今天，也被應驗成真。同時，二十一世紀的報紙版面，由於大量使用圖片的影響，使得「文字與圖片混合」觀念的重要性與日俱增。文字（或稱資訊information）與圖像（graphic）已成為現代報紙編輯的兩大重要元素。

第五節 如何滿足讀者對編輯的要求

1983年美國的一項研究表示，全美二百大報社編輯認為，不論是在「形式」、「設計」、「區隔」、「圖表與照片」或是其他的改進，均已經深植讀者心中，並且協助建立讀者對報社的認同。該項研究指出：由於這些年來報業不斷求新求變，也使得讀者對報紙編輯的要求，朝向完整規劃、大量資訊、有參與互動的空間這幾個方向發展。（Belden Associates, 1983）

「行銷」，已經不再是報社行銷人員的工作，而是編輯部新聞室內編輯同仁也應該有的概念與責任。過去，新聞室的工作人員，可能僅需依照新聞處理準則去處理即可，但是，隨著時代的進步，讀者對於報紙需求的品質越來越高，他們也會藉由不同的管道，提出他們的看法與意見；也許，過去由於媒體獨大的觀念，使得閱聽人對媒體而言，成為相對弱勢，可是，時代在進步，閱聽人的水準也逐漸提升，對於讀者的需求，我們已不能置若罔聞，在以前，不把讀者當一回事，可能沒有什麼關係，現在，情況已經徹底改觀，讀者可能會向你抗議，甚至透過其他的發酵反應，那就不可收拾了。因此，對讀者的要求與期待，報社的新聞室人員均應基於行銷觀念，儘量予以滿足。例如：讀者可能說，他不希望長篇累牘的新聞，他不喜歡相關新聞連續炒冷飯；又例如，每日的報紙洋洋灑灑十幾大張，茫茫的字海從第一版到第三、四十版，讀者會要求「給我重點」或「用好的圖片取代這些字海」，或「讓我很快的找到我想要看的新聞」，甚至，「我家的每一成員，都希望能很快地在一疊報紙中，找到他想看

的版面」。

　　這些讀者的聲音，在在都反應了讀者已經不再用傳統的觀念去看報了。

第六節　版面設計完美的定義

　　完美的報紙版面設計，是混合了文字與其他各種視覺的要素：字體、照片、色彩、圖表以及留白。這些要素完美的整合，可以更吸引讀者的目光，並且更快速地傳遞資訊。

　　版面設計大師Garcia認爲，多年前，「設計」不是一個編報時會出現在腦海的字眼，那時，只有「化妝」（makeup）——描述文字、與新聞照片的排列過程。近年來，報紙讀者受到電視以及雜誌，還有*USA Today*的影響，對於報紙應如何呈現新聞的品味與要求也被提升了。

　　Garcia強調，爲了要完美呈現報紙的版面，現在的編輯人員應該注意：

一、新聞仍然應在美術設計之上

　　讀者之所以看報，究竟還是爲了尋求資訊。圖表、色彩、照片等視覺要素，其目的應是爲了方便讀者了解新聞、快速擷取資訊。因此，一個好的版面設計者，應該妥善運用：標題、文字、照片、圖表、地圖，以及精緻的「新聞速覽」或是摘要。好的設計不代表應該犧牲新聞，好的設計呈現新聞時，是實際、有條理，而且視覺上享受的。

二、版面的結構

好的設計意味著讓讀者在每一版、每一頁都能有清爽的閱讀空間，因此在每一頁版面的空間設計，都應當細心地經營與架構。

三、選擇正確的視覺說明

可用於搭配新聞的視覺效果部分，不一定只是新聞照片，也可以是插圖或是圖表。好的版面設計者應該知道什麼新聞、什麼時候應該用何種的視覺說明，以增加資訊強度，或是解釋複雜的新聞事件。

四、易讀性

再好的版面設計，如果只會造成讀報時的困難，那也毫無意義。好的設計，不應在版面上留下閱報障礙，因此，設計人員應該要妥善運用：標題尺寸與位置、字距、行距，甚至是新奇的字型與小插標，都可以用來增加版面的易讀。

五、留住忠誠讀者

吸引「報紙掃描者」時，也必須注意要留住忠誠讀者。報紙的讀者可以分成兩大類：一種是資訊饑渴者——他們詳細、縝密地閱讀報紙，幾近貪婪地掠奪頁面中可以獲得的每一筆資料；另

外一種，則是「掃描者」——他們毫無耐心，眼睛注目報紙各版新聞的速度，就像他們看電視時轉台一般。編輯人員的職責，就在於同時吸引與滿足這兩類讀者的需要。版面裡可以運用的：標題、副標、摘述當事人的說法、圖表、插圖、照片、地圖等，都是「資訊饑渴者」不會放過的，但同時，「掃描者」也一樣渴望編輯人員將複雜煩瑣的新聞事件，濃縮成重點、圖表，這種讀者遇到長篇累牘的文章，經常是直接跳過不看。簡單的說，報紙唯有成為讀者願意看時，才是有價值的。

六、驚喜

成功的版面是可以把讀者眼光「停滯」在某一處的，並且給讀者一個驚喜——這也最具有影響力。讀報，對許多人而言，一如刷牙、喝水，可謂是日常例行之事，因此若當版面上三不五時出現個小驚喜，比方說：照片突然變大了、新穎的字型、戲劇化地使用色彩、一再出現的新聞卻使用新鮮的手法呈現……，都可以讓讀者在閱報時，獲得樂趣。

七、規範與道德

新聞工作重視的道德與規範，一樣適用於成功的版面設計條件中，例如：資訊的正確無誤、在選擇照片與圖示說明時的判斷與調和，以及避免落入刻板印象的窠臼與低級品味。

習題：

1.編輯在處理新聞版面時應注意哪幾個面向？而在這些要項
　中，彼此的關連性又是如何？

2.構成版面的四大因素是什麼？這四者在版面的結構中各具
　於什麼樣的位置？

3.請敘述欄在版面的細部規劃中，扮演了什麼樣的角色？

4.版面上常見的錯誤有哪些？並請說明檢視大樣的技巧。

※ 第七章 版型與版面的編排 ※

第一節 聚焦式與散焦式的編排

　　台灣的報業從1968年《中國時報》正式啓用遠東第一台美國高斯（Goss）奧本尼式（Urbanite）高速最新式彩色輪轉機，開創了台灣報業從黑白印刷走向彩色印刷的新里程。而《民生報》、《大成報》等專業性報紙陸續誕生之後，對於傳統報紙的編輯風格有了全然不同的面貌。以往沈悶而呆板的編排、累贅的四行標題、標題如竹筒般的排列，而至於黑白照片、圖表，都已被橫式化編排、大幀的照片、彩色豔麗的圖表及多樣化的編排內容所取代。

一、聚焦式的版面編排

　　以往，傳統的版面編輯，多爲「聚焦式」的處理，所論聚焦式的處理，即爲在版面上會形成一個「視覺震撼中心」（center of visual impact, CVI），這樣一個聚焦式處理的好處是很容易在第一時間抓住讀者的眼光，換句話說，每一個在版面上形成的視覺震撼中心，可能是圖像的組合，也可能是標題與文字的組合，在這樣一個形式的設計下，版面自然形成一個主題區塊，主題區塊的效用不僅可聚焦，也可讓版面的設計有重點、有層次，在大小之間、輕重之間、強弱之間，有一個很好的對比（見圖7-1），前面曾提及聚焦式編法的好處是在強化版面的重點，但若拿捏不當，亦有可能造成版面的失衡。在一般編輯版面的概念中，大版強調「均」，小版強調「勻」，所謂大版，一般而言指的是全版的新聞

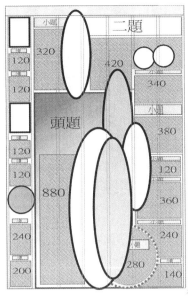

圖7-1　聚焦式的版面編排

　　規劃，而所謂的小版，也可能為半版，即在整版小版位中，可能
有一半是廣告，在新聞處理的部分，只占了二分之一。

　　大版重「均」的意思是，題、文、圖、表在版面上的配置，
首先要注意的就是「平均」，如果標題及圖片都側重在某一部
分，則很有可能影響版面的結構，使其看起來傾斜，造成閱讀導
向的不順暢，而小版重「勻」的意思，則是強調因為小版的腹地
幅員不大，對於標題與圖片的放置，必須特別注意勻稱，分布與
配置要十分考究與小心，否則，設計的弱點很容易讓讀者看到。

　　相較於聚焦式的版面規劃，另一種型態的版面規劃，在近年
來也頗受歡迎，尤其是年輕族群的喜愛，那就是所謂的「散焦式」
編排。為什麼稱為「散焦式」編排？有什麼不同？

二、散焦式的版面編排

　　我們可以這樣來比較：相較於聚焦式的編排方式，散焦式顧名思義，是採取多焦點式的，換言之，在一個版面上，編輯摒除了以往單一視覺震撼中心的方式而採用在版面上呈現多處的小CVI，這種表現方式，最先應是來自於日本，在日本的少女雜誌或青少年雜誌，均是採用這種將icon或小logo充斥在版面的編排方式，或許有些人不能接受，但散焦式的編排方式，無疑也是一波新版面設計觀的呈現。（見圖7-2）

　　近年來，報紙版面出現了更豐富的色彩、更短的新聞、相關新聞類聚呈現的方式、豐富多變的字型……，這些都是為了要因應時代的快速變遷，與讀者對報紙日新月異、不斷提升的要求。

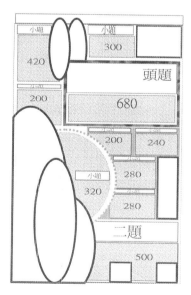

圖7-2　散焦式的版面編排

現代版面設計的編輯工作，其目的在於吸引並且保留那些有知識的、精緻的、傾向圖像思考的新世代讀者群。

第二節　用編輯專業判斷進行版面設計

「編輯學」是每一個進入新聞學領域的學子在校必修的一門課；同樣的，也是每一個進入這個領域的新聞人所必須具備的概念。不是老王賣瓜，事實上，「編輯」還真不是個簡單學問，真正要對新聞編輯工作有深入的體會，不到新聞線上、在時間壓力下實際地做個幾次，是真無法了解編輯工作的甘苦。

許多教科書在談到「編輯」時，總不忘從介紹編輯台新聞人使用的符號開始（即便目前已經沒有人在用了），或是長篇大論的解釋「編輯台」在新聞處理流程中，所扮演的角色與功能。簡單的說，報社的編輯工作是過濾、篩選出報社認為對讀者最重要的新聞事件，並且用讀者喜歡、易懂，並且有意義的方式呈現在報紙版面上。

一、從科技角度看編輯

重新定義「編輯」的目的，在於從新科技的角度來檢視編輯工作，並且讓這份工作配合新聞報導與版面設計，並從中產生影響力。在要求新聞記者有更強的分析能力、更多的好奇心時，同樣也應要求版面設計人員具有把龐雜、看似無關的新聞，濃縮彙整並且以令人賞心悅目的方式呈現在有限的版面上。

對編輯人員的要求，應該重視分析與演繹的能力。有些編輯

人員很被動，只留意與處理唾手可得、主動提供的資訊，有時還因為主觀上不接受或是不喜歡，就逕自把新聞稿子揉掉，丟在一旁，完全不考慮該則新聞背後，有沒有值得深究的資訊與事件；許多時候，新聞事件就像琥珀一樣，不磨除表面的假象、不用力擦拭，不會出現令人眼睛一亮的本質，也不會產生「電人」的感受。當然，這種編輯人員如果遇到精明幹練的管理者，就會被「抓包」，但是如果沒被處置呢？這種被動處理新聞的態度沒有被指責呢？絕大多數的讀者就是他／她的受害者了。

好的編輯工作，是讓百樣背景的讀者都能夠從你編的報紙上，找到令他們有興趣的新聞。

二、報紙朝向輕薄短小

報紙媒體的新聞，近年來朝向「短小輕薄」、增加數量等方向改進。但是許多記者可能受到自己工作習性或是學校訓練等因素的影響，還是習慣長篇大論的「跩文」。事實上，許多研究都指出，近年來，報紙讀者喜歡的是類似宴席酒會的新聞侍候——每一則新聞（菜）都精緻可口，但是新聞又必須在數量與花樣上求多、求變化，好讓讀者可以在最快的時間內，自己找到喜歡的「佳餚」——也就是版面的吸引點。因此，編輯工作應該要回應這讀者群的需求。

不過，話說回來，再怎麼好的版面設計，若無有價值的新聞，則一切只是空談。因此，透過編輯工作過濾出好的、有品質的、有價值的新聞報導，更重要的是要同時能兼顧好的新聞報導與好的視覺設計，這才是編輯工作應該追求的完美境界。

第三節　版面要素的搭配

　　如何設計出一塊賞心悅目又能夠便於閱讀的版面，的確是需要一些經驗、技術與巧思的，不過，如果能在版面上注意一些重點，那麼，一個好的版面規劃起來，應該就不會那麼困難。我們還是把焦點放在版面的四大要素——題、文、圖、表來分析，有人表示，版面上面的留白也是很重要的，的確，適當的留白有助於版面的呼吸及閱讀的舒適，我們也會一併來討論。

一、撰寫順口易讀的標題

　　其實，標題的好壞純屬自由心證，但正確卻是絕對的標準。因此，如果是生手編輯，千萬別找自己麻煩，當然，更不必眼高手低，將新聞內容的精髓找出，製作成順口易讀而且正確無誤的標題即可，前面章節曾提過如何製作標題，當然作為一個編輯應精益求精，好還要更好，但具有導讀與美化作用的標題，會是編輯搶分的一大重要因素。

二、文字與版面的關係

　　近年來，文章的短、小、輕、薄已成趨勢，但有些專題或分析、評論的文字還是會有一、兩千字的，將長文章以標題的方式處理，不但可以使文字的精華重點不斷露出，也可以使版面不致單調。其次，塊狀拼版是目前中西報紙的趨勢，過去走文、甩尾

的新聞已不復見，以區塊方式處理，在版面的呈現上也較乾淨俐落。同時，如果將長文章以區塊方式處理，讀者在閱讀上也較有重心，因此，將文字形成區塊也是版面上討好的另一種方式。

三、圖像、表格的地位不亞於文字

編輯在處理新聞時，如何能將標題做得活潑傳神？腦中有畫面則是不二法門。過去在處理一些警方緝捕要犯的新聞，藉由文字的描述，如果編輯能在腦中有如電影情節一般的畫面，如警方如何喬裝盯梢、如何占據制高點、如何集結警力、如何埋伏到清晨四點、霹靂小組如何攻堅、雙方如何槍戰，這一連串的畫面如果鮮活地存在編輯腦中，一定能夠規劃出好的版面，標題必然生動精彩。以圖像思考為重心的編輯，有計畫地引領讀者沿著版面上令人注目的照片、標題、圖表、顏色等要素，賞心悅目地進入版面中的新聞世界，使讀者有條理、有次序、有層次的透過美術設計，將新聞依重要性、依節奏，一目了然地閱讀完畢。

四、從了解讀者的要求入手

一個認真的編輯，不僅僅會對新聞事件保持關注，同時應對時下流行的事情、趨勢都應該注意，並且加以分析。一個負責任的編輯，自己平時就應該去了解會看自己版面的讀者，去分析他們：這群讀者的年齡層、教育程序、喜好……，都應是編輯該去做的功課。例如家庭版的編輯，他應當去了解這個版的讀者是家庭主婦多，還是職業婦女多，年齡在多少歲之間，家中孩子的年齡層，是幼兒還是少青少年，藉由這些讀者的基本資料，使編輯

在知己知彼的情形下，才能知道如何選擇新聞材料、如何設計議題、如何強化內容、如何規劃版面。

　　時代不斷的在進步，許多過去奉爲圭臬的，恐怕現在看來不但落伍而且可笑，時尙服裝、汽車、電腦哪一樣不是如此？就連編輯的基本工作內容，其實也一樣受了影響，題型在變化，標題用字也應有時代性，版面規劃可曾照顧到現在在標題中出現次數越來越多的英文字？這些都是編輯應當隨時自省，且自我用功、尋求突破的功課。

第四節　*USA Today*的影響

　　1982年9月，《今日美國報》正式上市，不僅向舊有報業傳統規範挑戰，並且樹立了自己的風格。在傳統上，一般報紙首頁總是長篇大論，並且黑白印刷，而*USA Today*卻首次在首頁以短故事的型態，且以彩色的方式和讀者見面。

一、樹立風格旗幟鮮明

　　總裁艾倫‧努哈赤（Allen Neuharth）的想法是*USA Today*應不同於其他報紙，將眼光只放在當地、賺得該地的廣告費，而應該注視國際市場、重視讀者需求。

　　*USA Today*成功的原因，在於樹立自己的風格和擁有讀者。當*USA Today*成爲國際性報紙時，其報導的焦點便不能只注視著美國國內的新聞，而採取視服務一個國家如服務一個城市，因此做到新聞無邊界的地步。並且*USA Today*增加了讀者專欄的頁

數，使閱眾與報社間更有互動性。

二、反向操作設計重點

它更在每一版增加其他特色，通常一般報紙每塊版有四個故事，且洋洋灑灑的占了整個版面，而 *USA Today* 卻反其道而行：將讀者注意力擴散至整個版面和使用一個因素訂為一個焦點，在方便使用者的情況下，大量利用彩色，使讀更易於分辨。*USA Today* 另一項背道而馳的設計：在任何情況下，分散讀者注意方向，並製造刺激，使用彩色或圖片，以創造重點。

三、重要記事依然必備

USA Today 允許在第一版擺設有用卻沒新聞價值的故事，而且其特色是短篇文章。事實上，這些文章並非都是主題式，但看起來都有其動人的地方。至少有一個關於 *USA Today* 的新聞準則：是旁人所未及的和樂觀性。Neuharth 稱它為「新聞雜誌業的希望」，然而它也沒有排斥較嚴肅的故事，並且每天報紙上都有重要的記事，因為那是在第一頁所必遵守的。

USA Today 所創造的一些事蹟，已被寫成書籍供人參考，並且更奉為「infographics」的宗師，也成為想要知道報紙是如何經營成功的人所必看的書。想要進入編輯管理的領域中，*USA Today* 是一個可以嘗試的絕佳範本。

USA Today 已成為全美第二大報社，僅次《華爾街日報》（*Wall Street Journal*）。在1990年底，*USA Today* 已有1,347,450份的發行量。

四、版面革新最佳代表

八〇年代，最具代表性的版面革新，也屬*USA Today*：更短的評論、更世俗化但也吸引人的版面設計（像是頭版上方三欄設計、左邊垂直的新聞排列，以及層出不窮的創意巧思）。對於*USA Today*的大膽創新，褒貶不一，但是忽視*USA Today*存在及其造成影響的人，幾乎沒有。

*USA Today*到底做了些哪些革新呢？

1. 將新聞內文包裹處理，讓讀者容易找、容易跟循。
2. 避免一成不變，隨時提供讀者驚喜與創意巧思。
3. 成功將報紙傳統與雜誌風格結合在一起。
4. 不尋常的標題字型混合使用。
5. 提供完整資訊的彩色圖表——使得新聞幾乎沒有細讀的必要，這對前述「報紙掃描者」來說是個幫助，同時也讓更短、更容易閱讀的新聞成為一種趨勢。
6. 全版彩色——尤其是氣象版——的設計，幾乎已經成為*USA Today*的註冊商標。
7. 提倡了勇於嘗試的風氣。

另外，*USA Today*不做什麼呢？

1. 不鼓吹使用大尺寸的圖片，這點與普遍的趨勢是相左的。
2. 頭版不太用「純新聞照片」——因為太過靜態，相反的，*USA Today*頭版每天的變化，凸顯了他們訴求「新聞天天在變」的主題，同時，也有利於報攤零售時吸引目光。

習題：

1.請說明聚焦式與散焦式的編排，各自的長處在哪裡？兩者在版面的呈現上各有什麼樣的效果。

2.標題的用字與字型都隨著時代的進步而不同，請說明這代表了什麼意義？

3.請說明*USA Today*的版面風格，並舉出例子來討論與台灣的報紙在哪些部分上不同，並請試著指出有哪些地方是值得我們參考的。

4.文章日趨輕薄短小，對編輯而言，在版面的處理應注意哪些地方？

❋ 第八章 美術編輯與圖片編輯 ❋

第一節　美術編輯的角色與功能

　　美術編輯有版面的化妝師之稱，在inforgraphic越來越盛行、版面美觀變成讀者選購報紙的重要前提之下，美術編輯的角色也益形吃重。

　　美術編輯與圖片編輯均為版面視覺上的二大支柱，如何選擇、處理好的圖片及如何設計版面，使其美觀大方、便於閱讀，是做為一個新聞編輯人員所必須了解的。

一、軟性版面易於揮灑

　　大致而言，美術編輯在設計意味較濃的版面，如影視、娛樂、消費、休閒等軟性版面著力之處較多，而各報也多由美術編輯來掌握這些版面的規劃與設計，其工作內容如版面規劃、標題設計、插圖設計、logo設計等，均出自美術編輯之手，一位美術編輯固然以版面的美觀為其主要負責的部分，但是也應該具有新聞感，在形成版面的同時，與文字編輯互相商量討論一個好的版面，應是新聞實質與版面美觀兩者相輔相成的，如果只有好的美術版面設計，而造成新聞配置輕重失衡、大小不分，完全抹殺了新聞性，這種只有形而無質的版面，一樣不是一個成功的版面；反之，如果單純的文字排列，洋洋灑灑一片字海，沒有美術編輯的設計與畫龍點睛，亦是一個呆板枯燥的版面。

二、文編應有美學概念

　　一個優秀的文字編輯，不應當只是在標題上有好的表現，而是應在版面的美觀與結構上有其獨到的看法。因此，談到美術編輯，我們也不應該只是單純的將其視為只做美術編輯該做的事，事實上，太多的實務經驗中告訴我們，一個成熟的編輯，也必須是個全才的編輯才行，美術編輯亦應做如是的考量。如果，文字編輯以為只要把新聞稿整理好，把標題做好，至於其他的事情只要交給美術編輯就好了，那我們可以說，他這個編輯只做了一半，為什麼？把文稿處理妥當只能算將編輯的工作做完初步的處理，舉例來說，就好像一個廚師只有把菜洗、切好一樣，如果沒有下鍋去炒，這盤菜能算完成，能端上桌子嗎？而與美術編輯一起參與、一起設計，也是文字編輯工作相當重要的一部分，文字編輯可以借助美術編輯的專業考量與技能，來完成自己所勾勒的藍圖，為什麼這麼說呢？因為文字編輯處理所有的新聞稿，只有他才最清楚當天所有新聞的重要性，而且文字編輯也是依據這個原則來設計標題、規劃版面，所以如果只是交給美術編輯來處理的話，美術編輯因為無法掌握新聞的尺度與輕重，很有可能造成本末倒置，不僅新聞處理失衡，也會鬧出笑話。

　　在此要再三提醒，一個優秀的文字編輯必須是全能的，不僅認識新聞、了解新聞，更能替讀者解讀新聞，同時，還要兼具美學的素養，能有規劃版面的能力和運用視覺效果的才智，在本章所討論的美術編輯與圖片編輯，與其說是這兩者專業所須具備的條件，不如說是文字編輯所應自我惕厲與學習的目標。

三、美術編輯的例行工作

第一，與文字編輯搭配，了解當日新聞重點，並商量討論出版面的主要圖片和主要標題，同時也了解其他相關新聞的配置，如此可使美術編輯對版面有全面性的規劃。譬如說，當天新聞的重點是什麼，該則新聞有無相關的搭配新聞或是照片，新聞的稿量有多少，這些都該是文字編輯與美術編輯在版面規劃前所應先溝通清楚的。

在報紙的編輯作業中，有些部分的版面比較需要美術編輯的參與，一般而言，軟性新聞版面，如影視、娛樂、文化、消費、休閒、旅遊和體育等版面，這些版面由於必須強調畫面與彩度，必須在版面上經過精心的設計與製作，所以，美術編輯在這些版面要有較多的著力，而由於讀者在閱讀這些軟性新聞時，也會比較著重看報的舒適感，因此，對於版面雕琢的工夫，也特別強化。至於在政治、經濟、社會等新聞的處理上，一來新聞的時間壓迫性較高，二來讀者關心的重點在新聞本身較多，所以，往往編輯在版面處理上的精緻度，便比較不如軟性的新聞版面，但是這並不表示不需要重視版面的美觀，而是在時間有限的情況下，版面的雕琢就要比較少些，不過，編輯並不因此而輕鬆，反而要秉持簡約的原則，將版面處理到盡善盡美。

第二，在文字編輯的發稿過程中，美術編輯同時開始處理圖片的整理與美化動作，諸如圖片去背、合成或進行插畫與icon的設計，隨著文字編輯的發稿，美術編輯亦同步展開版面的畫版動作。美術編輯與文字編輯在每天例行工作的互動上，很重要的一點就是檢討版面，對於昨日的問題與不妥之處，能提出檢討與修

正。我們常說一句話：做編輯是一日英雄，一日狗熊，什麼道理呢？報紙只有二十四小時的壽命，所以編得再好，也只能保存一天，而天天在火線上面作戰，難保不發生些許小差池，這些錯誤有些也許很小，但對一個負責任的編輯來說，也足以懊惱一整天了，所以，對於每天版面的檢討，是文字編輯必須要做的事，而如果有關於版面美觀的部分，如色彩的配置、文字字型的掌握、視覺導向的順暢、圖片處理的良窳等，都應與美術編輯進行討論，以便改正缺點，使版面更臻完美。

第三，在文字編輯截稿後，開始與文字編輯共同協商版面的構成，並執行組版的任務。在組版的同時，文字編輯必須注意手中的稿量，在截稿時所發的稿量有多少，並依據新聞的重要性排列，在訂好主圖位置之後，整個組版作業就正式展開。在很多時候，文字編輯和美術編輯在心理上常常會有誰主導的問題產生，其實，依照實務運作的原則，只要兩者能充分溝通、多加協調，在工作的進行上自然能夠和諧順暢。彼此對於對方專業的尊重，其實是雙方互動最好的指標。

第四，在版面完成組版作業後，美術編輯另一項重要的工作便開始了，那就是修版，修版包括將版面上有瑕疵的地方刪除，色塊、線條顏色的標記或確認，換言之，在美術編輯完成最後的版面修改，並配合文字編輯的文字大樣無誤後，才能降版，完成一天的工作。

四、美術編輯必要的條件

（一）字型的掌握

美術編輯對字體的選擇、字族的搭配都必須有很強的概念。每一種字體都有其特殊的個性，美術編輯必須對此有一完整的認識與掌握，將不同特性的字體互相搭配，如何恰如其分的傳達標題所具有的意義與代表的張力，這是美術編輯要努力的。

（二）印刷的概念

美術編輯在平面媒體來說，其實是橫跨報紙、雜誌、書籍與廣告的，因此，有關於紙張、裝訂與材質的專業知識，也是成為一個美術編輯的必要條件。能夠掌控版面的大小與紙張材質的特性，美術編輯才能充分的發揮所長。

（三）兼具美觀與方便閱讀

美術設計由於觀念日新月異及電腦組版軟體的升級，美術編輯同仁不但應時時汲取新的設計觀念，也應充分了解讀者的喜好，在兼具美觀與方便閱讀的前提下設計版面，才能符合市場的需要。以現在來說，美術編輯常用的組版軟體，有QuarkXPress（含Mac、PC版本）、InDesign（含Mac、PC版本），而在影像處理方面，美術編輯最常用的軟體是Photoshop，至於繪圖方面，使用較多的是Illustrator（含Mac、PC版本）、CorelDraw（PC版本）和FreeHand（含Mac、PC版本）。

（四）落實創意

更重要的一點，做為一個美術編輯，在創意方面可以天馬行空，但是回歸到原點，如何能夠具體落實才是至高無上的考量；如果所有的好點子、好想法都不能實現，那所有的創意也只能束之高閣，而如何落實這些創意？成本概念是不可或缺的，這裡所提的成本包含了實質成本與時間成本，所謂實質成本指的是費用，不論是報紙或雜誌，嚴格控制成本是使媒體得以獲利的不二法門，所以美術編輯在進行創意或設計時，都應時時以此為念，而時間成本更是媒體生存的命脈，無法把握截稿時間，再好的創意也是惘然，善於控制成本的編輯必然能得到報社的重視。

第二節　圖片編輯的角色與功能

一張普通的照片有無吸引力？答案是有的，而且絕對有吸引力，因為照片的影像性完全貼近人的視覺經驗，不需要像閱讀文字一樣先得「解讀」，才能進入思維系統，所以讀者閱報的瀏覽眼光通常會先落在影像之上，再往文字移動。亦即，如果這張照片拍得很精彩的話（養眼的？人情趣味的？），哪怕是在內頁，該照片絕對可以吸引80％以上的讀者注意力。這是讀者視覺心理的自然反應。

一、版面日漸重視影像

現代的讀者，已經越來越沒有興趣或時間閱讀長篇大論的文

章，一篇八百字一千字的政論文字如果詰屈聱牙，差不多可以磨掉讀者的大半興趣。相對的，讀者對於影像的接受程度則越來越大，對於照片品質的要求也越來越高，連帶的提升了生產好照片、處理好照片、處理好版面的要求；尤其是電腦的編輯軟體日新月異，觀念越變越快，手法越來越新，一些設計元素（當然包括照片）在電腦螢幕上迅速組合變換的高度方便性，已經在結構上完全刺激了原先牛步化的報紙編版概念，為之注入源頭活水，也為新一代的平面媒體設計帶來了新的指標。

萧嘉慶（1999）指出，就編輯處理版面的本質而言，每一個觀看的動作，本來就是一種視覺判斷，每一次版面更動的決定，編輯都應該以「牽一髮而動全身」的整體觀點，來觀照版型結構的變化，因為版面本來就是一個磁場或力場，版面上任何編輯元素（標題、字句、照片、顏色、線條、留白等等）的增減或更動，都足以牽動視覺結構，鬆動平衡，甚至影響美感的自我要求，尤其在電腦的協助之下，現代編輯其實可以更大膽的搬弄版面組合，一直到相對完美的版面出現為止。

二、視覺強化新聞效果

任何編輯當然都希望他的版面吸引人，但是問題是，讀者從來都沒有看完整份報紙的時間或耐性，他們往往好惡分明、挑剔心理十足，卻又立場不一，喜歡好看刺激的故事或照片，但又充滿意識形態的質疑：不喜歡亂七八糟的版型，卻不見得想表達自己的意見。在這些背景底下，專業編輯想爭取讀者的長期認同，顯然必須守住「好看好賣、閱讀又方便」的原則，才可能照顧到報紙和讀者的長久性共生關係。

假如可以把圖片編輯的執行本質簡化概念的話，就是在視覺考量的前提下，忠於報導的精神，以題材的性質或深度做策劃：單張照片注重新聞性、象徵性、趣味性或影像強度，多張照片注重組合效果，專題攝影則注重攝影者投入的深度和廣度，多接觸、多了解、多運用美感直覺和原則。

至於整體性的版面編輯，可以說它是個既重個人美學的發揮，也重其他專業的協調性工作，是個處理各種視覺條件的專業技藝，也是平面媒體的組合藝術。版面的規劃和組合，由於軟硬體的牽涉廣泛，分工越來越細，在歐美國家或者擁有專業圖片編輯體系的報紙（如香港《南華早報》、《蘋果日報》），都是由圖片編輯和美術編輯主理，但是台灣的多數報紙，則是把這個左右腦並用的雙棲工程交給文字編輯去操作，等於是文字編輯身兼視覺設計，這是多年來的習慣，固然有其結構性的優點，但因版面的視覺美學越來越受影像元素的刺激而變化多端，編版組版的工作已經越來越需要圖片編輯和美術編輯的參與協助

三、組合藝術牽涉廣泛

版面編輯如果想要開放觀念，就必須和世界性的專業體系或編版觀念搭上線，成立專業協會是一種辦法，可以為自己爭取權益，或舉辦講習、比賽、研討會或學術研究，把自己的編版理念拿來跟同業的或世界性的編輯觀念相互切磋印證，也可以透過辯證，為這個專業訂定最高表現的基準。只是，台灣平面媒體的編輯理念之傳承，一直都是是關起門來自個兒摸索學習揣摩的，編輯、記者、攝影、圖編、美編這些編輯環節有關的人員，平常除非重大新聞不會兜在一起研究版面，因此，台灣的專業編輯雖說

「獨立」，享有不低的地位，但就某種意義而言，其實是處於半封閉的狀態。

　　不過話說回來，無論是哪一種編輯制度，編輯的日常工作的確經常受限於截稿時間、素材有限、照片品質不佳、編採企劃制度尚未建立、小題太多、稿件零零落落等等問題的限制，而迫使編輯在選編文章照片時「退而求其次」，經常只能屈就普通的影像來編版，其實，這就是一個專業編輯在品管上發揮韌性，盡力奮戰，堅持視覺效果的關頭，專業編輯必須堅持在最短的時間內發揮想像力，同時取得相對較佳的材料——尤其是主照片的找尋和質量之要求，最後以當時當刻可能取得的最佳材料著手編輯，如此，就算當時沒有最好的材料，也不至於編出太差的版面。

第三節　報紙影像構成的整體要求

一、整體版面理念的檢查重點

　　版面應有整體的規劃與設計，才會有一致性的表現，而版面的構成對於編輯的挑戰也是非常嚴苛的，這樣的挑戰不論對於文字編輯、美術編輯或是圖片編輯都是一樣的。蕭嘉慶（1999）就報面影像構成的檢查，提出下列主張：

1.注意整體設計的格調，強調設計內容與媒體本身的主要性格應有密切的搭配。

2.以黃金分割為基礎的軸心、軸線之運用與堅持：對比清

晰，輕重有致，揚棄過去「走文」編輯習慣，堅持塊狀結構，使版面維持清爽高雅。

3.視覺上的均衡與協調，重於幾何上的均衡與協調，編輯觀點一致、風格一致、立場一致，不會改來改去。

4.相對於前一兩章版型的創造性版型變化，應講究變化之中有類同，以建立一定的風格。

5.整體美感的拿捏恰當，版型的動線之掌握，編輯應講究主照片或主焦點的處理技巧與成熟度。

6.在版面上應與廣告的影像有明顯區隔，不至於混淆。

7.服務性高，沒有張牙舞爪的意識形態，提供讀者多面向觀點、內容和選擇。

8.永遠趕在讀者之前一步，提供需要或提醒缺失。

9.雜誌化經營，經常製作專題或（圖文）深度報導。

10.不斷地印證編輯理念，不斷地累積設計品味。

11.每有疑問，可退出自身立場，而以讀者的需要或閱讀習慣作為考量基礎。

二、放大照片的要則

好照片本身可能兼具有獨立、完整、象徵和有機意涵——有機的意思是：能夠引起共鳴，而且越看越有趣，能夠讓這張照片獲得適當（尺寸、位置、方向、獨立性）的編排，是一樁需要執著、需要不斷爭取的事。蕭嘉慶（1999）提出裁切照片、放大照片和處理照片的一些參考原則：

1.照片一定要大到某一程度，才能產生「視覺效果」或震撼

力。但是相反的，當大場景或中景的照片被縮小到只剩下豆腐、郵票大小時，照片不只沒有細節（照片的細膩之處，就在於許多細節的互相對話），刊登的意義大打折扣，就連填空的作用也顯得尷尬。豆腐大或郵票大的影像空間只適合特寫（人頭），至於中景或大場景的照片絕對不應該作成豆腐大，這是為讀者閱讀的權益，為攝影的功能著想，也為報紙的格調著想。

2. 當幾張照片湊在一起，在同一個版面上連同此起彼落的標題形成「多視點、多焦點」的情形時，應該是考慮剔除一兩張照片，放大一張當主照片的時候。有一個觀念就說：「三張小不如一張大」——在有限的版面裡，幾張照片互搶空間，互相抵銷，不如成就最好的一張。

3. 放大照片，需要智慧，需要勇氣，但是為了要讓照片承擔重任，也為了強調編者或報社的觀點，照片放大就變成必要的功夫。

4. 放大照片，是為了可讀性，為了讀者閱讀照片細節的需要，也為了肯定攝影記者的努力。

5. 放大照片，是為了開展版面的格局，也為了賣報紙。

6. 好照片不必多，遇好照片儘量放大，賦予主照片的地位。

7. 主照片到底多大才叫主照片？在時下的台灣報紙，至少是占版面的四分之一到五分之一面積，就可能有此效用。主照片夠大，又和次大的照片具有明顯的尺寸差別，一定能產生對比的美感。

8. 主標題不要跟主照片爭搶明視度，儘量壓抑次要標題的分量。

9. 塊狀組織與主照片具有相輔相成的關係。塊狀組織越完

美，則主照片假如是好照片的效果越強，假如是普通照片則亦顯分量不足——也就是說，良好的塊狀組織將明顯暴露照片的優缺點。

10.有性格的臉譜非常值得放大。不要放大攝影技術不良的照片。

三、大場景、中景和特寫鏡頭的互動關係

1.在單一版面必須使用一組三張照片，而且必須編輯在一起的情況下，這三張照片最好是以「大場景」、「中景」、「特寫」的搭配關係，而且三者的比率為：大場景最大，中景次之（大約是大場景的一半）而特寫最小（大約只及中景的一半），亦即三者呈現1：1/2：1/4的關係，如此，三張照片中的人物大小可以出現較為相近的一致性，差別不至於太過懸殊，以免影響讀者視覺適應。

2.上述的場合，如果決定以中景或特寫的照片作為主照片，則該中景或特寫大照片之旁極不適合再放置任何照片，因為放大的中景照片或特寫照片強度很大（尤其是特寫的照片放大效果特強），任何別的照片都競爭不過。

3.經驗顯示，中景照片是平面媒體最實用也最具傳播效果的照片，因為：

　(1)這種照片需要的空間不必太大（大場景的照片就需要大空間才會出現細節）。

　(2)能夠包含的信息不少。

　(3)可以發揮「選擇性觀點」，尤其是視覺觀點的大作用。

　(4)把它當主照片放大後又具有特寫的強度。

(5)中景照片很適合配合主標題作成主照片。

4.按照一般報紙的屬性，第一落版面如果是我們所了解的「文字重於照片、政治性大於其他」，則這一落的任何一個大版滿版，適合刊登三張照片（一大、一中、一小，大的作主照片）。而軟性副刊的版面則可以增加視覺分量約30％至40％，亦即整版滿版可以使用到五、六張照片。但是照片使用多，並不等於照片的強度跟著增強，因爲如果版面上沒有主照片取得主要的視覺主宰地位，則差不多大小的多張照片之安排，反而使得版面焦點變多，也就沒有主要的焦點。

四、獨立照片和搭配性照片的處理方式有別

所謂獨立照片，是指該照片的內容與新聞無關，身旁沒有相關的新聞或特稿，是個個體的意思，這在處理時，最好是畫上雙框，就是先畫上照片的細外框，再加上一細外框把圖說框進去，形成雙框暗示隔絕其他不相干新聞的意思——這是一種細膩的、爲讀者考量的作法，不希望他們被誤導的意思。而搭配性的照片，顧名思義就是配合新聞的照片。顯然，搭配性的照片最好是放在該則新聞的附近，甚至緊貼著標題而構築成主要的視覺塊狀體，如果這個塊狀夠大（大約占整版的五分之一以上），則可能形成主要的焦點，大抵是主照片的分量了。搭配性的照片在連結（緊靠）文章或標題時，只需要框住照片，不必框住圖說，以表示它不是獨立的照片。

（一）塊狀影像組織的處理方式

兩三張照片組合在一起的塊狀影像組織，最好：

1.彼此有大小的差距，這是為了取得對比的美感。
2.不要把照片作成差不多大小而又編排成一高一中一低的下樓梯（或上樓梯）的形狀。
3.組合成倒金字塔的形狀要比正金字塔的形狀來得穩，也來得好看。

（二）系列照片的處理方式

在同一段時間拍下來的一組照片，彼此的框景相近，內容具有前後的順序關係，就叫做系列照片。通常，系列照片會有一張最有意思或最具有影像強度的高潮影像，那麼這張高潮影像應該予以放大，其大小應該比作成一樣大小的其他照片大兩倍以上，才可能產生戲劇性的效果。例如：一個蹲在屋簷上準備自殺的精神病患，在一一九警員的勸阻下，差一點沒有跳下樓去，警員把跳樓者抱住的剎那照片，當然是高潮，值得做大，這張大照片在其他系列影像的襯托下，將具有勝過電影場景的戲劇性味道。

（三）彩色照片

彩色照片固然好看，但由於彩色照片本身的彩度大，就造成比黑白照片多了「影像的雜亂性」，使得處理彩照比較麻煩，因為彩照的多重視覺焦點，在大標題、小標題的配襯下，將更為擴散，當然可能抵銷照片的效果。因此攝影記者和編輯選擇彩色照片的第一原則，就是挑選視覺較為單純的影像，如果選到的照片

的影像較爲雜亂，則處理的方式是儘量讓它離標題遠一點，以處理獨立性的照片的原則來待候它。

五、照片的動線處理

所謂動線，就是說照片裡的影像假如具有一定的方向性（vector），就必須在編排的時候順應它的方向，以便凝聚版面的力量，要不，版面可能因爲照片搞錯方向而顯得尷尬。例如：照片中的主角往左看，編版的原則有二：一是在裁切該照片時，儘量保留住較多（或足夠多）的左邊的空間，以便讓這個往左看的眼光之動線，擁有向左移動的較多空間，如此將可幫助該影像取得較穩定的結構；其二，爲了不讓照片的動線一下子就溢出版面，一張動線往左發展的照片，在版面上應該是儘可能的放在右邊，以讓它的動線留在版面上久一點。這是視覺心理加上圖片編輯的經驗說，很多的報紙都將之奉爲編版規定。

（一）第三效果

第三效果（the third effect）的表現——所謂「第三效果」，是說兩張也許原本不相干或者碰不在一起、不產生「碰撞火花」的照片，當被編輯以同樣空間大小的配置關係湊在一起時（通常是左右並置），竟然產生了兩相對照的第三種情境（有趣的對比、相對諷刺、不可言喻的影射，或甚至挖苦式的對照效果等等），這種處理方式有點像是無中生有的味道，但在先進國家的報刊，被認爲是編者或作者的敘述觀點之表現。

（二）群化原則

有一個叫做「群化原則」的編版要領，就是說屬性相同的視覺元素（包括照片、標題），在合併處理時（比如說幾張不同色彩、不同場景的照片需要放在同一版面時），為了維持彼此的一致性，也為了減低視覺雜亂，而把相同色彩或相同場景的照片擺在一起（或者同樣去背），形成「群體」的態勢或面貌，如此，讀者的潛意識將被引導而認同這些照片的相近屬性。換句話說，「群化原則」也是為了讓讀者在閱讀上減少誤導、增加順暢感的意思。

（三）大量影劇宣傳照片

時下的影視版有個棘手的狀況，就是大量的影劇宣傳照片，已經成為這種版面的影像主軸，這個問題的嚴重性包括：

1.公關宣傳的意義濃厚，一再侵蝕「新聞」的純正性。
2.照片內容，往往是影視明星面對鏡頭擺弄姿勢的樣子，極度缺乏真實感，也一再拉低攝影的記錄價值。
3.為了宣傳而不擇手段的許多女星，以暴露身體的方式取得刊登的機會，逐漸形成一種風氣。
4.另外，藝文版也出現一個暫無解答的問題，就是藝文表演團體也不斷提供經由安排攝影的宣傳照片，這些照片固然品質絕佳，但意義上仍然是公關性質，連同上述的影視宣傳照片，形成了所謂的「公關影像結構」。

六、裁切照片的必要性

1.為了再也看不出構圖或其他基本毛病。

2.為了使照片的信息變得精簡、達意或更具美感。

3.為了取得不裁切就發揮不了的視覺效果。

4.為了凸顯照片中主要人物的分量、為了引導讀者的閱讀順序。

5.為了讓照片出現筆直而狹長的「戲劇性線條」——假如這種照片作為主照片而放大時，它的效果將非常可觀。

照片去背、加框、加網點、加色塊、疊照片等等想法作法如何？在有格調的報紙，尤其是攝影記者的專業受到真正肯定的國家，專業圖片編輯和美術編輯肯定不可能把照片加以「人工處理」，因為在專業者的眼光裡，照片如同文章、如同創作，不可以隨便裁切「加料」，以免損及著作權的完整。但是在台灣，我們經驗中的影視版就氾濫著大量的「加工影像」，好像影視照片加了料就可以更花俏、更有看頭，但是從嚴肅的角度來看，任何版面只要是這種照片越多，越可以發現該版面的整體視覺或編版能力越差、越顯幼稚。所謂「照片加工」的原則，當然是(1)作者允許；(2)加工後的視覺效果無損原內容的完整，甚至更佳。因此，良好的美感直覺，應為拿捏關鍵。

第四節　照片與標題、圖說的結合

一、數大就是美？

　　標題大就是醒目？大就是好？當然不是的，這是台灣報紙的版面迷思之一。四四方方的中文字體，拼湊在一起的「視覺重量」，確實要比相同面積的英文字重，而且重出許多，尤其是粗體大標題更是重得可以，重得沒有任何視覺媒體可以跟它競爭注意力。標題處理的最主要原則是，假如主編有心編成一個主焦點清楚的版面，願意成全主照片的視覺效果，則主標題的明顯度、「重量」和大小都必須順應主照片的地位，在不影響主照片的強度或跟主照片競爭視覺強度之下，決定它的大小和位置。假如照片大而標題也不能小時，可以把標題換成灰底（30%-40%），減輕其重量和干擾性。

二、避免視覺雜亂性

　　彩色版配上彩色照片是天經地義的事，但是配有彩色照片的彩色版最好配上黑白標題，而且儘量讓標題的字體字號保持單純一致（如果考慮讓標題出現不同的字體，則上述的「群化原則」可以參考），以免上述彩色照片天生的「視覺雜亂性」經由彩色標題的渲染而更形「驚人」，這是版面編輯必須儘可能克制的一點。

三、別小看圖片說明

　　圖片說明在西式版面理應只有一個位置，就是放在照片下方即可，然而，圖說在中式版面則出現上下左右皆可的局面。假如，有個較為人性化的參考原則的話，那就是既考慮照片動線，也考慮讀者閱讀方便，讓圖說緊貼著照片而放，橫的照片就擺在下面，直的照片就擺兩邊，將是理想的搭配方式。有些先進的（西式）報紙如《國際先鋒論壇報》，已經講究到圖說的寬度就是照片的寬度，就是靠圖說撰寫人或編輯的文字能力，把圖說的長度／兩個邊緣（一行兩行都一樣）寫到跟照片的邊緣對齊，顯然已經把圖說看待成圖片的一部分來堅持編版要則。

習題：

1.請試述美術編輯應具有哪些基本條件？

2.美術編輯與文字編輯應如何分工？兩者在工作的倫理上應如何保持和諧的關係。

3.請敘述圖片編輯的角色與功能為何？而圖片編輯與美術編輯的工作內容又應如何區分？

4.從強化視覺的角度來看，圖片編輯與美術編輯應何就各自的專業來施力？

5.獨立照片和搭配照片有何區別？在版面上運用的技巧又是如何？

6.圖片說明應如何處理？在寫作技巧上有什麼要注意的地方？

第三篇　平面篇II
──雜誌與書籍

✳ 第九章　雜誌與書籍的編輯與實務 ✳

第一節　雜誌的特性

　　雜誌對現代人來說，是除了報紙之外，另一項重要的平面印刷媒體，在各大書店中，都可以看到洋洋灑灑各式各類的雜誌，五光十色地鋪列在書架上，吸引著讀者的目光。這其中，有些用透明膠套封住，有些則是可以讓讀者隨手翻閱；為了爭奪市場占有率，幾乎大多數的雜誌都會採取一些促銷手段，例如降價、贈送贈品，甚至還可以抽獎送機票，其目的，都是希望讀者能在上百種的雜誌中，把它挑出來買了帶回家或是長期訂閱。

　　雜誌與報紙，不僅在形式上不同，在內容上也截然兩樣。雜誌業到目前，仍能繼續發展，且不斷有新面貌、新產品問世的原因，有些因素是與報紙不同的。

　　Willie在*New Media Management*書中便指出，這三個因素的重要性：

1. 雜誌不比報紙需要及時的發行系統。由於雜誌的出刊有週期性，因此，雜誌不像報紙必須每天及時送到訂戶手中，使得雜誌在發行上，可以有較多的時間與空間，這也使得雜誌的編輯與印刷，要較報紙更加精緻，故而成為雜誌與報紙在形式上的最大區別。
2. 雜誌反映了社會的進步與變遷，配合著分眾市場而產生不同型式與內容的雜誌，例如保健、電影、消費、裝潢、汽車等，不同的內容均可以滿足特定族群的需要。
3. 縱使電視已經在我們的生活中，占有了舉足輕重的角色，

但是由於雜誌的印刷、用紙、編排、設計均屬精緻高級，因此，頗得到廣告客戶的喜愛，尤其是高單價產品，如化妝品、汽車等，更是需要透過雜誌的精美印刷，來襯托其商品質感（Willie, 1993）。

路易士（Jean-Louis Servan-Schreiber）曾指出，雜誌和其他媒體比較起來，還有其他很多的優點，例如專業化的趨勢，適足以反映出分眾讀者的需要，同時，更重要的是，如果人們在時代的演變中引發新的興趣和品味，也自然會有新的雜誌來滿足讀者的需求。這恐怕也正是雜誌可以歷久不衰的原因吧！

第二節　雜誌的分類與組織流程

一、雜誌的分類

（一）依性質來區分

雜誌依其性質及出刊的時間的不同而有所區分，一般而言，雜誌依性質不同，可分為：

1. 政治財經評論性雜誌：如《新新聞》週刊、《商業周刊》等。
2. 科技財經政策型雜誌：如《天下雜誌》、《遠見》雜誌等。
3. 行銷管理型雜誌：如《卓越》雜誌、《管理雜誌》等。
4. 投資理財型雜誌：如《錢》雜誌等。

5.娛樂型雜誌：如《時報周刊》、《獨家報導》、《壹週刊》
等。

6.生活類型雜誌：如《裝潢家雜誌》等有關裝潢及室內設計
的雜誌、《音響雜誌》、《汽車購買指南》、《釣魚雜
誌》、《攝影雜誌》、《博覽家》雜誌、《TO GO》雜誌等
有關旅遊的雜誌。

7.資訊、學習型雜誌：如《PC Home》等電腦資訊雜誌、
《空中英語教室》等語言教學雜誌。

8.藝文類：如《皇冠》、《講義》、《讀者文摘》等。

9.時尚流行類：如《美麗佳人》、《費加洛》、《NONO》雜
誌等。

10.醫藥保健類：如《長春》、《康健》等。

11.其他。

（二）依出刊時間來區分

1.週刊：每星期出刊一次。

2.雙週刊：每兩星期出刊一次。

3.月刊：每月出刊一次。

4.季刊：每三個月出刊一次。

5.半年刊：每半年出刊一次。

6.年刊：每年出刊一次。

　　一般而言，為了市場占有率，加強與讀者接觸，雜誌在政
論、娛樂、理財投資等方面，以週刊形式居多，由於這類新聞題
材有其時效性，這類屬議題性的新聞，若不能及時快速出刊，往
往會因錯過時效，而乏人問津。

另外生活、學習、資訊、行銷管理、醫藥保健、藝文類等以知識性爲主的雜誌，則以月刊爲主。

二、雜誌的組織分工

　　雜誌的組織分工中，居於靈魂地位的當然要屬發行人（publisher），有些則是由社長全權負責，視其雜誌本身組織生態而定，不論是由發行人或是社長掌控，他們都是雜誌社的最高指揮者，其工作職掌是要爲雜誌內容規劃出大方向，另外還要確實掌握發行策略，包括廣告、售價等，同時與總編輯所帶領的編輯部一起設計內容。

　　而雜誌社編輯分爲文字編輯與攝影編輯、美術編輯等，在雜誌社負責採訪工作者，他們雖然所作的採訪工作與報紙或電子媒體記者相同，但並不稱之爲記者，而稱爲文字編輯或是採訪編輯。

　　文字編輯又依職權的不同，而有一般編輯與執行主編，執行主編相當於編輯直接主管，有時負責稿件的審核、標題製作的審核等。

　　而攝影編輯也是雜誌很重要的人物，因爲雜誌較之報紙，需要更多的圖片，由於印刷及紙張較之報紙更爲精良，圖片呈現的品質就更顯重要；攝影記者除了配合文字記者的需要之外，在某些雜誌攝影記者是負責或是主動拍攝新聞對象，一般被稱之爲「狗仔隊」。攝影編輯因爲照片呈現出來的新聞真實性，往往較文字工作者花費更多工夫，來解說新聞使更具說服力。

　　另外美術編輯負責版面的完成，包括圖片及文字擺放的位置，或是版面必要的構圖設計、表格設計、顏色的搭配、圖片的

選擇等，美術編輯是將文字及攝影編輯採訪所得，做最後呈現的關鍵性人物，因此雜誌社的美術編輯必須要有很好的美工繪畫能力，才能符合雜誌的特性及要求。

文字編輯、美術編輯、攝影編輯是雜誌內容、品質的把關人，他們一起努力，才能完成雜誌精彩的內容，因此，稱他為內容品質的把關人，毫不為過。

雜誌社中另一重要的工作便是廣告、業務，他們必須與編輯部互相配合，使整份雜誌在編輯部、廣告部和發行部共同的努力下，產製出優異並獲得認同與肯定的產品，有時為了廣告業務的需求，編輯也必須配合採訪，以配合發行。

三、雜誌編輯作業流程標準

（一）雜誌作業流程基本要項

1.每期出刊所需字數（共約多少頁、彩色或黑白印刷）。
2.每月幾日出刊。

（二）稿件處理標準

對於雜誌的稿件，粗略可分為內稿與外稿，內稿為雜誌社內的文字編輯所撰寫，外稿則為編輯向社外人士的約稿或邀稿。

另外在新聞處理的難易度上，雜誌的稿件又會有進一步分類，如分為一般稿件，此一部分的稿件為較例行一般性的稿件，採訪者可自行獨立完成，主要是固定的專欄部分。

第二部分為稿件內容複雜度較高，可能需由其他同仁協助採訪不同面向的稿，如核四存廢事件，此一問題涉及環保、經濟、

地方反應、府院運作，甚至地方輿情，由於面向極多，因此需要跨線整合，所以此類難度較高的稿件，截稿時間會較為耽誤一些，一般而言雜誌較之報紙編輯，會更重視報導的深度及廣度，因此編輯需要更了解事件的來龍去脈，才能充分掌握版面的處理原則。

最後，是部分在截稿期限前才發生的突發新聞事件，此類機動新聞必然有其特殊性，因此，往往會在截稿前最後一刻才將稿件送到編輯手中。編輯會待所有稿件均整合、彙整妥當之後，開始標題製作與撰寫前言，進行編輯工作的第一步。（見圖9-1）

第三節　雜誌的編輯作業

雜誌編輯不同於一般報紙新聞編輯，其間最大的差別在於，報紙由於是天天發行，配合目前廣電媒體的快速發展，故其新聞標題製作的面向，較偏向新聞事件的發展。

而雜誌由於屬刊物性質，在隔了一段出刊時間之後，對於所有內容的處理都是經過充分的整理，更重要的是，由於雜誌的價格較報紙為高，因此購買的讀者也會有較高的期待，編輯下標要有「賣點」，也就是能吸引閱聽人花錢購買，標題不但要夠聳動，也要迎合閱聽人的需要，因此，雜誌編輯在標題製作上，應與報紙編輯有所區別。

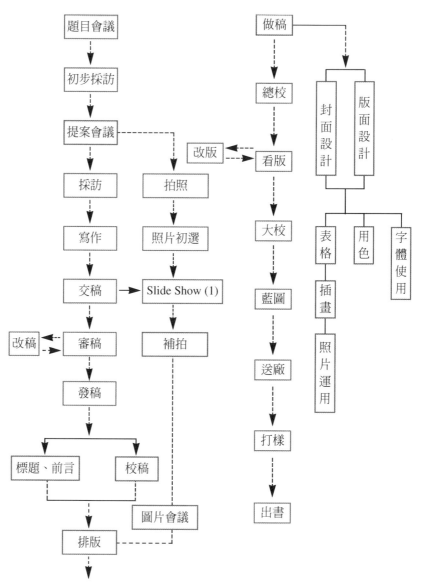

圖9-1　雜誌編輯流程圖

一、標題製作

（一）標題製作原則

◆標題製作要能凸顯文章主題

這是編輯下標最基本的要求，編輯要有提綱挈領的能力，找出該篇報導的精髓，例如中共與美軍軍機擦撞，一則兩造軍機的比較的報導，編輯下標時就要指出事件名稱，再標出出事的軍機特色。

◆標題內容要能迅速引起讀者注意

雜誌能否吸引閱聽人購買，標題能否迅速引起讀者注意是很重要的一環，例如時尚美容雜誌最常使用的標題不外乎「瘦身秘訣大公開」、「豐胸看這裡」、「美麗其實很容易」等吸引女性注意的標題，而政經新聞雜誌則常以「XXX下台實錄」、「政壇地震幕後黑手」、「XXX與XXX的恩怨情仇」等；這個下標題的要點是專攻閱聽人的心理，包括愛美是人類天性的弱點，以及原始的偷窺慾望等，因此心理學也是編輯需要進修的重要課程。

◆標題的型式應勇於創新、改進

雜誌編輯較之報紙更能活潑運用版面及標題，隨著科技的日新月異，時代不斷的在改變，標題的製作型式也應避免一成不變，走在潮流前端的編輯或是能帶領潮流的編輯，應該勇於創新及改變，唯有嘗試創新之後，才能有新的回饋與刺激，標題的型式也是一種創作，創作的好壞較為主觀，但重要的是，若都重複同樣的型式，就失去了創作的意義了。

◆標題的用字，要符合目標讀者的經驗法則

　　所謂目標讀者係指雜誌特有的讀者群，例如汽車、電腦雜誌較多年輕及中壯年男性讀者、美容時尚則鎖定在女性、保健醫學類雜誌則是較多中老年人等。編輯必須要了解雜誌的目標讀者，在下標時，要能與目標讀者群經驗接軌，儘量不要使用太過深奧難解、讓讀者看不懂的字句，以免引起反感；而給老年人看的雜誌就不應使用「粉」、「機車」等青少年的用語，編輯下標若超過目標對象的生活經驗，不算好的標題。

（二）標題用字原則

　　為了能快速引發讀者閱讀的興趣，充分發揮標題的導讀功能，因此在雜誌精美的編排、美術設計及優良的印刷下，標題的美觀性也是一項重要的考量。

　　根據以上的各點考量，雜誌編輯對於標題的用字上應注意以下各項：

1. 用字風格應清新、簡潔、有力，尤其應該避免傳統的、俚俗的、八股的用字遣詞，也應避免不必要的贅語。
2. 為使標題快速吸引讀者閱讀，在標題的字數上應儘量簡短，簡短才能有力，才能快速抓住讀者的眼光，因此字數不要太多，標題在八至十字以內，越短越好。
3. 單行標題語意、文法及文字結構應求完整，千萬不要編輯自己看得懂，自己看得有趣，而卻讓讀者看來滿頭霧水，不知所措。
4. 對於聲韻、修辭應多訓練，文字要簡潔有力，如何符合聲韻、符合閱讀導向，是編輯同仁應思考再三的。

5.在前言部分，雖然自由題型式，但也應儘量簡短，好的前言是把尾巴露在外面，引領讀者進去抓貓，而不是牛肉的精華放在門口，等讀者吃完牛肉，也就是看完前言之後，一看內文卻發現並無其他新意而覺得索然無味。因此，前言的撰寫重要關鍵是，先將全文經過咀嚼消化之後，再針對目標讀者進行前言文字的創作工作。

二、圖片整理

在每一本雜誌中，照片在版面的構成上，占有相當重的分量，一幀照片，可以做為版面的底，也可以是全篇文章的視覺焦點，因此對於雜誌中圖片的製作是需要相當用心與費神的。

在雜誌中，編輯對於照片的處理方式（詳見第八章），最常著墨的就是圖片的小標題。

一幀好的照片配合上恰如其分、畫龍點睛的小標題，不僅頓時讓照片的新聞感躍然紙上，更可強化整個照片的說服力。對於照片的搭配文字部分，編輯可分三方面來加工：

1.在照片的說明文字中加以修飾，必要時可予改寫，使其文字不要太多，最好能在30字之內解決。

2.小標題的製作，更應求言簡意賅，短小精悍亦能達到一針見血的功效，對於新聞的深刻了解，是絕對的必要的。

3.在圖片說明與小標題製作完成之後，標上相襯的字體與字型，則是更關鍵的一步，如何凸顯文字但不會搶去照片精彩度，需要特別注意。

第四節　書籍市場現況與分析

一、書展具有集客效應

由於國內目前普遍受到經濟不景氣的影響，造成消費者的荷包縮水，對於購買圖書的意願因此也相對降低，依2001年來看，整體書籍市場較2000年消費者在購買圖書的意願上，約減低兩成以上，影響不可謂不鉅，這種圖書消費普遍降低的情況，已造成數家大型連鎖書店的財務吃緊，甚至造成虧損。

另外，有鑑於近年來，每於年節假日期間，常在台北市世貿展覽館舉辦大型之國際書展，因為此類展覽極具集客效果，因此，參展的出版社有越來越多的趨勢，不但現場攤位一位難求，甚至在展覽期間，出版商多以低價策略吸引顧客，造成北部許多消費者已習慣在大型書展時，以較低廉的價格一次購足所想要採買的書籍，這種在近年因大型書展所帶動起來的購買習慣，已顯著的導致了每年三、四、五月的書市交易情況極為冷淡。

同時，在價格策略方面，由於相當多種類的雜誌在這些年來陸續創刊，並且同時以低價策略發行，再加上大量的新出版社投入，使這個市場有新的出版品不斷上市，更值得一提的是，由於網路的發達，許多出版的資訊內容均透過網路免費提供網友閱覽，而不去書店購買，綜合以上各種原因，使得台灣這個彈丸之地的有限書籍市場，有供過於求的趨勢，逼使書價不得不一直向下滑落。

二、書籍發行方向改變

台灣書籍市場在這幾年來受經濟不景氣的波及，書籍的發行類別，也有了相當程度的改變，改變的方向可分下列四項來說：

第一，大陸投資類叢書銷售量頗佳。兩岸三通雖在民間喊得震天價響，而台商的腳步跨上對岸，卻已有多年的歷史，從目前港、澳往來大陸的班機班班客滿的情況，可以看出台商投資大陸的熱潮正方興未艾，教導台灣商人如何在大陸投資設廠、如何開店賺錢的書籍，莫不成為重點熱賣書籍，而少數成功台商奮鬥的故事，也成為有志投資大陸人士的必看秘笈，只要有一本書能夠提出在大陸投資點石成金的方法，便立刻成為暢銷書，因此著作與發行投資大陸相關的書籍，也成就了不少作者與出版社。

第二，台灣股市由前年的近萬點跌到近日的三、四千點，數百萬的股票族失血慘重，斷頭殺出都來不及，住進「套房」的更是比比皆是。在往年股市大好的時候，各類股票選股秘笈、投資理財的書應運而生，股票族有獲利，自然對於能夠幫助利上加利、錢賺得更多的書籍，購買起來絕不會手軟，但是等到股市跌入谷底，盤面一片慘綠，使得投資人對於股市投資與理財的書籍也相對興趣缺缺，據業界估計，此類股市明牌、投資理財的書籍，較去年的銷售率狂跌了五成以上。

第三，由於經濟不景氣，股市「跌跌不休」，失業人大幅增加，股市發財的書雖受到連帶影響，但有關心靈成長類的書籍依舊是書籍市場的主流，並沒有因為景氣而滑落。

第四，愛美是人的天性，有關於各式各類的健康、瘦身、美容、豐胸、化妝、服裝搭配等，也是書籍出版的大宗。

書籍市場的發展與出版息息相關，這也是作為一位圖書編輯所必須充分掌握的。

第五節　書籍的編輯作業

當一家出版社要出版一本書時，應該要有哪些考量？自然，除了市場的因素之外，作為一個新書的文字編輯，該注意到哪些編輯要項？才是我們應該去注意的。

編輯一本新書，首先取決於這本書的定位，這本書是一本怎麼樣的書，是小說？是傳記？是工具書還是參考書。定位清晰了之後，我們才能針對定位來擬訂策略與風格。這本書所要帶給讀者的是什麼？它是新觀念還是新素材，這些都有助於文字編輯在編輯一本書時風格形式的形成。

一、新書的企劃與成形

（一）一般的創作

所謂一般的創作，包含了文學小說類、生活智慧類、商業智庫類、休閒娛樂類、語言學習類、美容瘦身類，甚至還包括了漫畫、笑話等等都在內，這類創作由於內容包羅萬象，因此發行量也相對的相當高，在市場上，這一類的創作書籍，平均每月都有上百本新書上市。

（二）專案的企劃

目前出版公司對於書籍發行的選擇，也漸漸由作者的知名度轉向市場上的潮流與趨勢；換句話說，出版公司會依照市場調查的結果、市場潮流的趨勢、政治上的敏感度來進行專業企劃，將所要出版的內容，經過詳細而縝密的評估與計算後，再去找作者或寫手來撰稿，通常這一類的書籍出版與一般創作不同的是，一般創作多由外而內，也就是說，在作者群自發的創作下，由出版公司依市場的需求與公司定位，選擇預備出版的書籍，而專業企劃的方向則恰巧與它相反，如前所述，專業企劃是先有企劃方向，要依據主、客觀條件，如市場、經費的評估，擬訂出詳細的企劃執行方案，再由主編依據所要出版書籍的特性，去選擇合適的作者或寫手來撰稿，例如前陣子紅極一時的「上海經驗系列」書籍，或是「心靈雞湯」系列書籍，又如目前哈日、哈韓風潮，出版公司也會大量企劃日、韓電視劇景點介紹的書籍或明星的介紹，以滿足讀者，以上均是以市場、趨勢為依歸而所企劃製作的書籍刊物。

（三）口述的整理

這類的著作多半為名人的傳記、回憶錄或成功的過程，由於名人不盡然有那麼多的空餘時間，也可能文筆並不很流暢，但是，市場上對於這些名人的種種又會很有興趣，因為名人本身也正是市場上的一個很好的賣點、絕佳的廣告及明星，因此近年來，無論中外均有相當多的書籍是依照此法設計編書的。

通常，出版社在談妥對象後，便會找擅長該領域的作家或寫手，開始進行訪談、錄音、整理文稿的工作。

（四）中外的譯作

有許多出版社都是以譯作為其出版大宗，為數最大的是包括資訊類、商業類、心理方面、醫藥方面、暢銷翻譯小說的書為多，另一類如電影故事等軟性題材，也是市場上喜歡的重點。

二、出書流程的前置作業

（一）選擇題材

選擇適合的題材，恐怕是所有出版公司、書商最傷腦筋的一件事了，什麼類型的書會受到市場的歡迎，什麼樣的題材會大賣，在在都讓出版社費盡心思。

而各出版社亦有自己的風格與出版特色，例如有的出版社是以財經見長，若再細分，有些出版社是以財經人物的傳記為其出版的最大特色，而有些則以資訊、旅遊等為其專長，因此，選擇題材時也要以出版社的特色為考量重點；同時在選材的時刻，除了時機、內容型態等考慮外，行銷目的也是很重要的，譬如說，是否出版品是屬於前後呼應的系列叢書，往往在系列叢書的新書出版之後，也可以帶動舊書的買氣，這些因素，都是在選擇題材時會列入考慮，在企劃會議時詳細討論的。

（二）選擇作者

當一本書的題材確定了之後，出版社便要開始尋找作者，有哪些人適合寫作這個題材，如果自己的出版公司有，則從內部開始著手，如果沒有，如何在外界找到合適的人，也是另一個棘手

的問題，因為懂題材的人，不一定是寫手，而寫得好的人，也不一定懂那個領域，因此，找到合適的人寫合適的題材，的確要費點苦心。從另一方面來說，如果是需要採訪的，在企劃會議中，有什麼管道可供協助，也可一併提出討論。

（三）擬訂出書計畫

有了合適的題材與合適的作者之後，下一步就是擬訂一套完整的出書計畫。出書的計畫包含了出書的流程（見圖9-2），在編

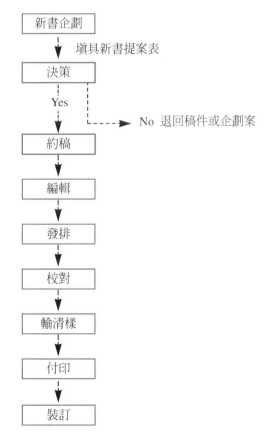

圖9-2　新書編輯流程圖

輯過程中，美術編輯的支援與配合，版型、字樣是否準備妥當，有無需要攝影等，都需要在出書計畫中詳細規劃，有了這套詳細的計畫，出版社負責人只需按表操課，依時程控管進度即可。

三、出書流程說明

1. 編輯與一校：十萬字約需六個工作天完成，而字數每多16,000字必須多花一天。

2. 定版型發電排：電排必須逐頁修正調整，將標題與章名的特殊字體完成，並避免標題在跨頁上、每行字數不一等問題，十萬字的叢書大約編成250頁，需要至少三天才能完成。

3. 申請書號：三個工作天書號可以核發下來，再三個工作天書號分類可核發下來，共需六天。申請書號必須準備──完整的目錄、序或是前言、書名頁、版權頁，如果被發現假造文件申請，書號中心會來電警告，影響爾後申請速度。

4. 封面色稿：依正常作業處理，如改稿會多花一、兩天。

5. 內文三校：此處只核對二校的修正處，如果要仔細校對，需要多用二至三天。

6. 封面打樣：封面打樣如有修改之處，必須多花兩天以便重新打字、輸出網版與製版。

7. 新書報樣：特案的大書，最好在出書前兩個月就和經銷商與連鎖書店採購洽談大量進書的條件。

8. 公關稿與廣告設計：平面與網路媒體的連載或書摘，要等到封面打樣或色稿確定之後才能進行。

9.裝訂：膠裝要兩天、穿線膠裝四天、軟精裝至少七天。

總結：十萬字的書，如果沒有內文照片，在一切流程順利進行之下，從收齊稿件到開始印刷，至少需要16個工作天，包括假日在內，至少需要22天。

四、編輯閱稿應注意事項

1. 編輯在閱稿時，為了尊重作者，理論上是不應擅自更動文稿次序或破壞結構，但如碰到作者在某些部分，寫作時的語氣、語法，有疏忽錯誤時，則應當予以適當的補強或修辭，重要的是，不能因此修改而影響原作者的文意或結構。
2. 必須替作者注意所撰寫之人、時、地、事、物，或引用的文句是否正確。人非聖賢，作者在創作時恐怕也有部分字句或關鍵的地名等，因某些因素或錯記、或筆誤，編輯必須在閱稿時很細心的去加以考證。
3. 文章內如有贅字、錯別字，編輯可予更動，但仍應維持作者原意。如前所述，編輯在作者的語氣、語法有不連貫時，可予修正，同樣的，在閱稿之時如發現有漏字、錯別字或贅字，也應予以刪改。
4. 文章結構如需調整時，應與作者溝通，不應擅自更動。編輯在替作者順稿時，如果發現文章的結構有邏輯上的問題，或前後閱讀的關聯時，則應與作者一起討論是否可予更動，但仍應尊重作者最後的決定，絕對不可擅自更動。
5. 編輯應替作者注意段落的長短是否妥適，標點符點是否使

用正確。作者在寫作之時，可能會疏忽了對段落長短的注意，有時　段或　句太長，會使讀者閱讀時產生不便，編輯此時也應予以修正，但如修正幅度過大，則應該與原作者討論。

6.內文之所有數字、外國文字的大小寫、計數單位都應統一寫法。例如，數字要用中文寫法，還是用阿拉伯數字，計數單位用哩還是用公里，均應有一規定，使全文不致「一國兩制」。

　　以上均為編輯在閱稿時經常會碰到的問題，但最重要的是，在潤稿、閱稿的同時，應時時刻刻記住，必須充分尊重原作的創作精神與風格，如果說作者是一部著作的靈魂，而編輯則可以稱得上是這部著作的守護神，他所付出的心力，讓這本著作更加增添風采，所以，編輯千萬別小看自己的責任。

習題：

1.雜誌與報紙的編排在思考邏輯上與媒體特性上有何不同？

2.請說明雜誌從內容與發行時間上來區別，各有哪些類別？

3.請就您的了解，說明雜誌的文字編輯與報紙的文字編輯在工作型態上有哪些異同之處？

4.雜誌的作業流程為何？

5.雜誌的文字編輯在處理文字時，有哪些要注意的地方？

6.一本新書的成形，一般而言可分為哪幾個方向？

7.請說明一本書籍的編輯在閱稿時應注意哪些重點？

※ 第十章　學生刊物的企劃、編輯與實務 ※

第一節　如何產生一份學生刊物

在校園中的學生刊物形式，大致上可分為二種，一種是雜誌型，另一種則是報紙型，一般而言，雜誌型多為學報或學術刊物，而報紙型的校刊、學刊或班刊，則被廣泛的運用。

雜誌型的刊物，在前面我們曾討論過，在此不多贅述。本節所要探討的是如何製作一份學生報，這點對於大傳、新聞系的同學是相當重要的，學生報的目的，是在統合訓練學生對新聞的判斷與規劃能力，其中包含了新聞採訪與新聞寫作、編輯製作與實務，可以說學生報的訓練，即是在使學生能及早適應媒體組織的工作生態，亦將平日所學，充分與實務結合運用，目前國內、外相當多的大學傳播科系，都會發行自己的學生報。

傳播科系的同學在學校練習時，可將班報做為第一個實習的對象。班報或學生刊物的練習與製作，對於傳播及新聞科系的學生是非常必要的，因為：

◆可在學校親身體會實際製作過程

我們常說：「不經一事，不長一智。」縱使學了再多的傳播理論、上了再多新聞採訪與寫作或新聞編輯課程，但是如果沒有經過這樣一次實戰的驗收關卡，同學仍舊青澀，還是會搞不清楚實際的狀況。

◆充分了解編輯、採訪角色的扮演與彼此的互補性

男生要服兵役，服役的第一步就是教授新兵單兵教練的基本動作，然後才會有班教練、排教練。傳播科系的同學如果只是在課堂上進行個人的「修練」，而沒有與同學在角色上互動的話，

是無法成為一個優秀的媒體人的，需知媒體的所有工作都是由團隊（teamwork）來完成，任何一件新聞的呈現，都不可能是一個人的功勞，報紙、雜誌如此，廣播、電視亦復如是。所以如何從大家的共事中學習經驗，才是更重要的。

◆真正將平日所學綜合應用

平時，傳播科系同學，會分別在不同的年級修習新聞的採訪、新聞寫作或新聞編輯的課程，但卻沒有辦法有一個綜合演練的機會，班報或學生刊物，就是最好的演練機會，透過這樣的訓練，同學才會知道平時學了多少，而能夠施展出來的又有多少。例如，平時在課堂上練習新聞採訪與寫作，但真正一旦上陣採訪時，才會了解時間的壓力、現場的不確定性等等，一則新聞稿的完成，不是那麼容易的。

第二節　組織、分工與責任

要辦一份刊物，首先便要有組織，在班上辦班報，同學可分為數組，每組均包含採訪文字記者、攝影記者、文字編輯、美術編輯，為便於規劃新聞、統籌調度，亦可選出總編輯、採訪主任、編輯主任等職，使新聞整合與分配更加順暢。

一、選擇適合的組版方式

在班上練習時，可依學校或同學的電腦設備，採兩種方式組版：

1.若有電腦桌上排版系統，則可將文字輸入、圖片掃描後，在電腦上進行組版及輸出。

2.若無電腦桌上排版系統，則可以貼版方式進行，在設定好的版頁的大小，如A3、B4之後，即可在版面進行規劃。而貼版的方式，是將文字打字後輸出，就前所言，輸出的規則是要將文字依版面所規劃的欄高進行輸出，如欄高規劃為12字高，則文字依12字高輸出，再配合標題與圖片一起貼在版紙上完成組版。

二、發行班報的準備工作

一份班報的發行，在有了編輯部組織之後，真正的好戲才要開鑼。首先，這一份班報的內容才是這份刊物真正的靈魂；一份刊物能否獲得讀者的共鳴、回響，使得刊物可長可久，這才是最重要的，如果一份刊物推出，內容乏善可陳，自然無法吸引讀者的注意，更遑論編排風格如何，照片標題好不好了。因此，以此類推，在編輯團隊形成之後，第一步，便是要討論：你是要辦一份什麼樣的刊物？一份刊物若僅有漂亮的外表而無吸引人的內容，不僅浪費資源，同學們在製作時也很難學到東西。

通常一份班報的準備動作，可以分為下列五項重點：

（一）決定目標族群

決定可能閱報的目標族群，並針對該族群設計班報的特色。如果我們的班報是以班上同學為閱讀對象，則可將內容規劃的方向，朝著與同學有關、有興趣的內容著手，如系上的活動、考試的消息、校園生活……。

（二）決定班報刊物的名稱

孔子說「名不正，則言不順」、「必也正名乎」，一份刊物也是這樣，如何取一個好聽、響亮、易記的名字，就要看大家的集思廣益了，基本上來說，年輕同學辦刊物，可以在取名字方面不用太八股，但是一份刊物有其使命與責任，因此取名也不宜太過輕佻，原則上活潑、年輕、能代表同學的名字，就是好名稱。

（三）決定各版的版性

如前所述，當確定了閱讀的目標族群之後，便依此原則進行分版規劃，使每一版均有各自的特色與主題，千萬不要版性模糊，這樣會造成新聞不能恰當的歸屬，而造成整份刊物看起來紊亂且沒有秩序。各版的版性可依軟性、硬性新聞來分，端視整份刊物的成立主旨而定。總之，不論是以新聞性質，或是地域、重要性等要素來區分版性，不要忘記的是：每版的版性，就如人的個性，個性鮮明，別人才會記得住。

（四）分配採訪路線及各路線的記者

分版確定之後，相關的採訪路線也隨之產生，這時要在團隊的採訪中開始分配路線，採訪主任在分配採訪路線時，應該採取「適人適性」的用人原則，也就是說，應該善用每一個人的長處，而避開他的短處。舉例來說，如果某位同學反應靈敏、觀察力強，則可以分派採訪較具新聞性的路線，又如某位同學人緣極佳，且活動力強，或許可分派校園活動等路線。因此，以適人適性的原則分配工作，也可減少因同學性格上的不適，而產生的怠惰與不配合。

（五）決定各版的主編同學

有了分版策略，主編的分配版面，也同樣的應採取「適人適性」的原則，如某同學文筆極佳，平日舞文弄墨，功力極高，則可分配去編較軟性、較需在標題上發揮的版面；而如同學分析事理能力很強，或許是硬性新聞版面主編的最好考量。另外，如果同學有美術的長才，例如過去會畫海報，對於版面有一定的認識，對於色彩有敏銳的敏感度，則可以考慮擔任美術編輯的工作。還有，由於目前電腦組版軟體發達，許多學校或同學都有電腦設備，用電腦組版也是很好的考量，因此如果對電腦組版軟體操作熟悉的同學，也可擔任組版的重責大任。

第三節　班報的實際執行與運作流程

我們可先以班報的企劃及製作流程圖（圖10-1）來說明這個情況。

一、班報企劃會議

班報企劃會議的目的，是將本期刊物內容的主幹勾勒出來，主持人可以是總編輯，討論內容將可依各版所設定的版性為主軸開始，觀察最近有無可供討論的議題，有無將發生的事物，也可看看最近有沒有好的專題可供追蹤採訪，或是在校園中有沒有什麼有趣的人、事、物，均可將這些新聞列入分版要目中。規劃好各版的新聞內容後，企劃會議才算圓滿完成。

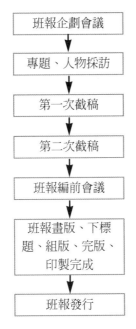

```
┌──────────────┐
│  班報企劃會議  │
└──────┬───────┘
       ▼
┌──────────────┐
│  專題、人物採訪 │
└──────┬───────┘
       ▼
┌──────────────┐
│   第一次截稿   │
└──────┬───────┘
       ▼
┌──────────────┐
│   第二次截稿   │
└──────┬───────┘
       ▼
┌──────────────┐
│  班報編前會議  │
└──────┬───────┘
       ▼
┌──────────────┐
│ 班報畫版、下標 │
│ 題、組版、完版、│
│   印製完成    │
└──────┬───────┘
       ▼
┌──────────────┐
│   班報發行    │
└──────────────┘
```

圖10-1　班報的企劃及製作流程

二、專題、人物及新聞的採訪

　　記者接到採訪主任的指派，文字記者知道自己要在何時、何地進行什麼樣的採訪任務指派後，採訪記者即需進行相關的準備工作，例如是一則會議現場新聞，則在什麼時間、什麼地點舉行，有什麼人會來參加，整個會議有無特殊議題，都需先行了解，且有無派遣攝影記者的必要，也要一併考慮。又如要對某位知名人士進行專訪，則該知名人士的身分、背景或有無著作，都應先行了解，甚至約定採訪時間、準備採訪大綱，也是不可忽視的。

三、分梯次截稿時間

　　為了方便編輯有較充裕的時間，在編輯企劃會議時，便應將文字截稿時間加以明確規範，但為顧及部分新聞的即時性，文字截稿時間可酌分為數梯次，將沒有時間性的稿子提早交稿，而為配合事件發生採訪的新聞，則可容許有較多的彈性，但截稿時間應為所有參與者應謹守的規範，關於截稿時間的重要性，在課堂上均已再三強調，同學應時時記住遵守截稿時間的重大意義。而此同時，總編輯、採訪主任應隨時注意重要新聞，並協調記者避免踩線問題。如遇重大新聞，記者彼此之間要隨時互通有無、互相支援。總編輯、採訪主任要隨時彈性調派記者；版面呈現可以記者○○○、○○○聯合報導方式呈現。如有衝突、爭議新聞，要平衡報導，雙面意見並陳。

四、班報編前會議

　　待採訪同學文字截稿之後，記者們的工作可以暫告一個段落，此時，擔任主編的同學就要上場表演了。總編輯此時應召集班報編前會議，做為主編在開工之前的一次溝通協調機制，參加的人包括採訪主任、編輯主任及各版主編。採訪主任也參加編前會議的目的，是如果在文稿部分需再補充、加強的話，在採訪主任了解後，立即可以調派人手強化內容，至於主編同仁則在總編輯及編輯主任的帶領下，依分版原則進行新聞分版的細部規劃。幾個重要的原則如下：

1.編前會議決定新聞位置，總編輯應主導該會議，並決定頭條新聞、頭版新聞規劃。

2.版面可先構思，預畫版型，決定新聞位置。

3.版性維持持續風格，切忌任意更換版性；維持報刊特色、統合版性，應前後一致、美觀為先，都是應該注意的。

五、編輯下標、畫版及組版

在文字稿截稿之後，採訪記者的工作便可暫告一個段落，此時的主角已換成編輯了。在各版面的主編完成集稿動作後，就可以開始進行「輯」與「編」的動作了，這些細節在第四、五章均有詳細敘述，此處不再多言，但下標題的幾個原則，倒是可以提醒同學注意的：

1.原則：正確、簡明、公正、完整、字不重複。

2.字體採取字族處理，例如圓體、明體。

3.主標、副標要有輕重之分，可用不同字及大小凸顯主標、副標。

4.放大字體、斜體、立體字的應用。

第四節　刊物規格與經費

企劃一份刊物，除了必須考量刊物的定位、對象、編輯方針、刊物的調性、內容等方向之外，經費也是一個非常重要的考量因素，因為再偉大的企劃都必須落實到可執行的層面，即使再

崇高的出版理想、再精緻的內容，沒有經費出版，一切都還停留在空談的階段罷了。

　　通常一份出版品必須用到錢的部分，包括內容和印製兩大支出，內容的製作經費可視內容規劃與文字、插畫、攝影等數量預估經費，甚至有些學生刊物都由學生撰寫，所以學生刊物最大的經費支出是製版印刷的費用，因此訂好刊物的企劃之後，必須先作估價，以確定整個刊物的製作成本都能控制在預算內。

　　作印刷估價時，視刊物的性質而需準備相關的資料供印刷廠作估價。以一份報紙為例，需提供製作尺寸、印製數量、選用紙張、印刷方式（彩色或單色印刷、雙面或單面印刷）、是否需其他加工處理；如果是一份雜誌，則分為封面和內頁的製作，提供給印刷廠的製作需求包括刊物的印製尺寸、數量、裝訂的方式、封面和內頁的製作紙張、封面和內頁的印刷方式，以及其他加工處理等。另外，需不需要包括設計、打字、排版、完稿等，如果提供給印刷廠已完稿的電子檔案，印刷廠僅承製印刷、製版和加工部分，製作費用就會比較低。通常一份刊物的製作尺寸屬於標準開數（例如菊八開、十六開等，可查閱印刷開數表）、紙張少用價昂的進口紙、不用滿版或特別色印刷（如金色、螢光色等特殊顏色）、加工簡單，則印刷費用會較低，而且印刷的單價會隨著印刷的數量越多而遞減。

　　刊物完稿後，即交付印刷廠進行製版、曬版、印刷和加工的處理，而且視刊物的製作方式和印刷廠的排程，會有長短不一的製作期間，例如印雙面（需等印刷面完全乾之後才能印另一面）、內容有摺頁或軋線等加工複雜的刊物，都需要比較長的製作期間。由刊物製作印刷流程圖，可知一份刊物的製版和印刷部分非常繁複，每一個環節都必須不出差錯，才能讓刊物達到預期

的水準。（圖10-2）

　　當完稿交給印刷廠之後，在正式印刷之前，還會有一個確認的步驟，這個步驟就是看打樣，通常單色印刷是看「藍圖」，彩色印刷則是看彩色打樣。由打樣可以看出完稿經過印刷之後的成品樣子，此一步驟通常還可以稍微修改錯別字或調整局部設計，但是若修改的幅度太大或難度太高、程序太複雜時，印刷廠還是會酌收改版費的。

　　雖然現在的印刷業多已電腦化，但還是有些傳統印刷師傅習慣以經驗來作業，而且有些製版廠或印刷廠的作業程序太過隨便，或出版品製作太複雜，而設計者又未和印刷廠充分溝通時，常會導致印件糾紛，所以充分的溝通，以及仔細核對打樣，有時甚至必須到印刷廠盯製程，比較能減少雙方的糾紛。

第五節　學校刊物的組織架構

　　在學校的學生出版品，則可以說是班刊的向上發展，學生校際刊物的發行，則與班刊相較，不論在組織規模、編輯政策、新聞內容、編排設計與發行通路，均截然不同，我們可以這麼說，一份校際刊物，基本上已具有正式新聞出版品的架式，只是規模及成熟度略差而已，但學生如果經過此類綜合訓練，則對於畢業後投身相關媒體工作則裨益甚多，因此，別小看這份B4大小的刊物，如果能夠做得有模有樣的話，恭喜你，恐怕你已經通過了社會大學模擬考了。現在各大專院校設有大傳科系的，均有類似的校際學生刊物發行，也有許多學校將之列為實習或必修的學分，如政大的《大學報》、文化大學的《文化一周》、世新大學的

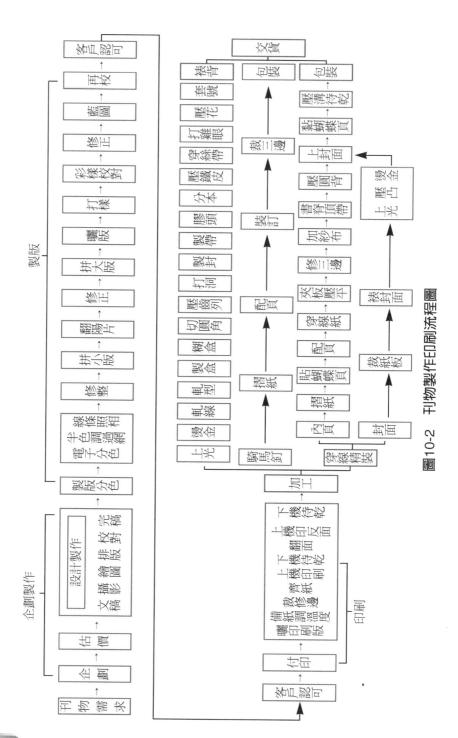

圖10-2 刊物製作印刷流程圖

《小世界》及銘傳大學的《銘報》等，均辦得相當有成績。（見圖10-3）

　　以《銘報》的組織架構為例（見圖10-4），在MOA（media on line）部分，每日由各地採訪記者將採訪來的新聞發稿上網，在上網之前先送到編輯平台上，在經過指導老師核稿之後，才發送上網，以確保新聞的品質與安全，在經過一週之後，將本週相

圖10-3　玄奘大學新聞系的《鮮報》

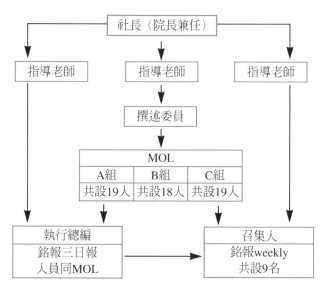

圖10-4　銘報組織架構圖

關上網的新聞編成電子週報（Media News Weekly）發送給訂閱電子報的讀者，同時在每二週的時間，將新聞整理成文字資料，再透過分版、編輯的程序，編成《銘報》，透過印刷、發行之後，寄送到訂戶手中。

基本上，整個新聞體系架構得很完備，當採訪路線分配好之後，新聞便由記者手中自動產出，所有產出的新聞彙集到編輯平台上，再透過審核、編輯之後，稿分兩路，一份上網成為電子報，此一部分，經過一週的時間後，再予重製成為電子週報；而另一部分，則將新聞檔轉成平面，透過報紙編輯，印刷出刊。當然，各校對新聞資訊的處理，手法不盡相同，此處以《銘報》為例，提供作為參考。各校亦可利用本身設備的所長或欲強化訓練同學的重點，加強對同學的訓練，使同學在學校中便得以有機會親身嘗試，透過這樣的模擬訓練，對同學無論在寒暑假赴媒體實習，或畢業後就業時，都會很有幫助。

習題：

1.學生的刊物讓同學在實作的時候能夠從中學到哪些東西？

2.請試敘述要運作出版一份學生刊物，其組織與分工的情況。

3.請為一份班報加以定位，並將每一版的版性清楚說明。

4.在班報的企劃會議中，總編輯、採訪主任與編輯主任應如何主持？在會議中應完成哪些決策？

第四篇　立體篇
——廣播、電視與網路

✳ 第十一章　廣播新聞編輯與實務 ✳

隨著國內經濟起飛，家家戶戶都有兩、三台電視機之後，廣播新聞尤其是中廣，從曾經是強勢媒體的角色也隨之改變，甚至為因應二十四小時的電視新聞播出，廣播新聞也不斷地調整，從中規中矩的新聞播報，到辛辣、刺激、反諷的新聞評論；近年來各大廣播公司的新聞編輯，有些在時間上力求隨時更新新聞的時效性，有些則創新、顛覆傳統廣播新聞。

　　廣播新聞媒體不同與電視新聞或是網路新聞，雖然並非強勢媒體，但也不會在這些高科技的新聞媒體環伺下而消失，主要原因在於廣播媒體的經營成本較小，電視媒體尤其是有線電視新聞，在做現場連線時必須要透過衛星傳送，攝影記者的器材、SNG車、攝影棚等，都需要很龐大的開銷，而網路新聞也要有很先進的資訊科技輔助，相對於廣播新聞，只需要一個輸出功率即可，其經營成本相對低很多。

　　另外，廣播媒體具有無線移動的優勢，是所有媒體中，唯一可以一邊收聽，一邊做其他事情的媒體，例如家庭主婦可以邊聽新聞邊炒菜，上班族也可以同時間聽新聞又工作。

　　更有趣的是，看報紙或看電視新聞或網路新聞時，閱聽人會懷疑其真實性，但收聽廣播新聞時，反而較不會引起新聞真實性的質疑，有可能是閱聽人在看新聞時，會經過思考，而聽新聞則是直接聽取，不會有太多的思考，評價新聞的真實性。

　　針對專業廣播新聞而言，國內目前有兩家具代表性的廣播新聞台：超過八十年歷史的老字號的中廣，以及開台約三年的News98，以下就以這兩家新聞專業廣播電台為例，針對其組織編制、新聞製作流程、廣播記者的訓練等，做進一步的探討。

第一節　組織編制

　　談到目前的新聞專業廣播電台中，以中廣新聞台人員的組織編制，是目前所有廣播新聞公司中陣容最堅強的，其中共分成新聞採訪組、新聞編輯組、新聞行政組等。（見圖11-1）

　　台北地區新聞採訪組共有二十一名線上採訪記者，包括政治線記者七人、經濟線記者四人、生活線（包括科技、藝文、體

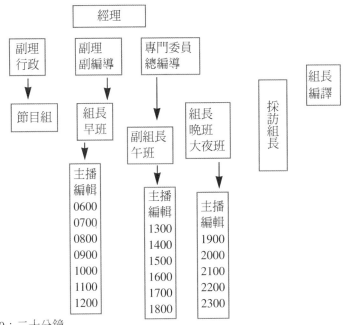

1000：二十分鐘
1030：十分鐘
2200：半小時
2400至0500各十分鐘
半小時新聞扣除十分鐘話題，大約需十五到二十則新聞

圖11-1　中廣新聞台新聞部組織圖

育、環保、消費、影劇等軟性新聞）記者有六人、社會線記者四人，共二十一人。

　　新聞編輯統稱為編播組，有主播、編輯共十六名，另外還有編譯八人，編播組負責隨時改寫新聞，並安排新聞的提要、流程、播送等工作。

　　新聞行政組約六人，負責節目規劃工作、行政工作、安排廣告、專題安排時間、負責插播帶、機器維護、資料整理、歷史檔案整理及事務機器維護。

　　另外中廣全省有九個分台，包括新竹、苗栗、嘉義、台中（又稱台灣台）、台南、高雄、台東、花蓮、宜蘭，每個分台約二至五人，其中以台灣台和高雄台編制最多。

　　News98有二十一名記者，路線分配分別為：黨政記者三人、國會記者三人、財經記者三人、警政記者（社會線記者）二人、市政記者一人、生活記者三人、娛樂記者二人、中部記者一人、南部記者二人及一人專門負責大夜班突發新聞。

　　廣播記者由於是單機作業，也就是一名記者自己拿著錄音機、麥克風，因此機動性高，記者們會互相支援，也會視情況設有任務編組，不論是中廣或是News98新聞台都是如此，例如地震、重大災難事件或是政治事件、與民眾切身相關的重大新聞，都會成立小組彼此協調採訪，不同路線的記者一同分工採訪該重大新聞，而新聞工作的分配則由新聞部主管負責。

第二節　廣播新聞採訪流程

一、中廣新聞網新聞製作流程

為確保各節新聞播出之新聞，掌握快速、正確和完整性，樹立資訊權威，老字號的中廣有形諸文字的新聞採訪作業程序，規定記者與編播、編導群的工作內容及作業流程：

(一) 新聞採訪方面

1. 文字記者在每日下班前，將次日之新聞線索及規劃採訪之議題告知各組召集人或分台科長。駐外記者直接和採訪組長聯繫，分台科長向採訪組副組長報告。
2. 記者如掌握充分資訊，可先行預發新聞，如有時效，次日清晨採訪會議之前，和編導群聯繫，確定新聞處理方式。
3. 記者掌握各媒體新聞焦點，如需反應，及時完成採訪及撰稿傳送。
4. 每日上午九點，由經理召集編輯組、編譯組、行政及採訪組正副組長與各小組召集人開「採訪會議」，副總視實際狀況需要得列席督導，會中依記者所提之新聞線索，討論篩選，確定當日採訪工作重點及方向。
5. 採訪會議結束後，組長與相關記者聯繫，轉達會議決定之新聞重點和方向，協調分工，避免衝突重疊。
6. 遇有突發新聞，記者迅速回報，採訪組長或編導群安排現

電台詢問。

因此，「新聞重複」的拿捏尺度，是廣播新聞媒體需要更注意的地方。

（三）新聞專題製作流程方面

1. 為求廣播新聞節奏緊湊、易懂，一般新聞長度規定在一分鐘內結束，因此可以用專題新聞補齊不足處，因此，記者可就新聞事件背景進一步做深度報導，製作新聞專題，記者可加入主觀及客觀的採訪內容。
2. 除了單純性新聞事件可製作專題之外，記者也可針對各項民生議題、政治議題、社會事件、醫藥保健等，不論是關懷或批判，都可主動提出製作議題，或由編導群規劃系列報導，責成記者製作。
3. 每一專題採訪約三至四分鐘。

原則上，記者每個月都規定必須製作專題，其他地方分台尤須以專題補足新聞的缺乏。

二、News98新聞台新聞製作流程

在新聞採訪上，前一天由線上記者向廣播電台以E-mail回報新聞及線上狀況，告知編輯台新聞的重要性與最新的情勢發展，作為台內採訪分派依據。

當天上午八點鐘左右，再由編輯部門與記者以電話進行確認，分派新聞，提示採訪重點，並協調新聞的上線時間，如遇突發性重大新聞，或線上新聞採訪人力不足的情形，則會透過編輯

台協調，調度人力以為支應。

　　以電台新聞工作方式而言，新聞記者通常不進辦公室，但若新聞採訪工作需要聯繫或協調，記者也會隨時回到電台，在該新聞台的人力調度上，以「減少記者在路上耽擱的時間，能迅速趕到下一個新聞現場」作為最主要的原則。

三、重大及突發新聞事件緊急處理流程

　　不論是電子或是平面媒體，要看出真正新聞實力及新聞功力，就必須從重大或突發新聞事件的處理見真章。

　　根據中廣新聞部的要求，遇有重大及突發新聞事件時，記者必須在第一時間掌握重大事件迅速回報，回報是非常重要的守則，因為廣播講求時效性、及時性，廣播記者不能花很多時間採訪新聞，卻不回報新聞重點，因為這樣無法達到廣播新聞的要求，以及其特色。

　　另外記者也必須隨時回報更新新聞內容，讓閱聽人掌握最快的新聞內容。

　　中廣在重大新聞的內部新聞處理程序，除了記者必須迅速回報之外，正常上班時間，週一到週六上午九點到晚間七點之間，記者必須和採訪組長或是代班人聯繫；非正常上班時間，週日、例休日或晚間七點以後、凌晨六點以前和編輯台聯繫，值班主播視狀況需要和採訪組長聯繫，以作緊急處理。

　　此時編導群協調決定插播或是現場新聞處理，如需停止節目，應聯繫經理決定，如需連網亦需聯繫經理通知播出時間。

　　而記者依據安排的時間，撥電話進現場，電話務求清晰，如用行動電話，應先行測試通話狀況，報導時務求簡潔，開頭不需

贅語，如記者是誰，或是位於何處，直接切入重點。

同樣的，遇有特殊狀況，News98設有任務編組，例如重大交通事件，主跑交通相關記者，則成為新聞主軸，其他不相關路線記者必須協助採訪，共同完成事件的報導工作。

第三節　廣播新聞提要製作

在記者撰寫新聞稿時，由於每則新聞播報時間約一至一分半鐘，導言撰寫必須力求清晰、迅速、明確、節省時間，長度約在一百字以內，整則新聞的字數也約在三至四百字左右。

廣播新聞力求簡潔，而且議題儘量不要太複雜，若同時牽涉多項議題，則需將新聞拆開報導，記者傳回新聞稿之前，必須要將播報的重點精華以簡要的導言的方式撰寫，而導言必須要有提要的精神，換言之，記者所撰寫的導言，必須是可以讓編輯製作提要所使用。（見範例一及範例二）

（範例一）

不想罹患肝炎，謹遵「身體髮膚受之父母，不敢毀傷」的孔子訓言，醫師警告時下喜愛穿洞的年輕人，穿洞的同時，可能導致肝炎病毒感染。請聽記者○○○報導。

在舌頭、肚臍、嘴唇甚至乳頭打洞，在e世代被認為是超炫的行為，不過肝病防治學術基金會許金川執行長提出警告，B肝和C肝病毒的傳染途徑，是經過血液及體液，因此共用不潔的針頭、輸血、不當性行為，都有可能傳染，而打洞族若在打洞時，器械遭受病毒污染，感染肝炎的機率就會

大幅增加。（許金川執行長說Tape）

　　事實上，打洞族除了感染肝炎機率增加，也有可能因細菌感染而導致局部發炎潰爛，奉勸想要打洞的青少年，千萬要三思而後行。

（範例二）

　　針對前國民黨主席李登輝先生提出「要死也要和國民黨一起死」的說法，國民黨主席連戰首次提出回應，認為「應該沒有什麼壞意」，不過，連戰也強調，黨的生命是永續的，個人的生命是有限的，「隨時可以去見耶穌、佛陀」，請聽記者○○○的報導。

　　剛結束英、法訪問行程的國民黨主席連戰，今日在國民黨中常會後，親自召開記者會，對於李前主席在美國的談話，提出自己的看法。（連戰說Tape）

　　連戰說國民黨的先賢先烈都是以「生為國民黨人，死為國民黨魂」，但黨是大我，個人是小我，兩者應區分出來。

　　記者精要的導言，可以讓編播群在整理記者稿子時，使其儘速掌握新聞重點，方便快速編排播報次序，以中廣為例，每節新聞開始，都是全國連播，主播以二分鐘左右的時間，播報六至七則提要，利用這些簡單的新聞提要告知閱聽人該節的新聞內容。

　　絕大多數的新聞提要都以一句話為主，而且編輯要特別注意提要內容不能與記者新聞稿內容重複，同樣的記者撰寫導言及內容也不宜重複，編輯所整理的提要很簡單扼要，例如「北市遊覽車遭劫持事件落幕，人質全數平安獲救」、「地牛翻身，宜蘭發生六點二級地震」、「最新研究顯示，服用維他命C會破壞DNA」等。

廣播新聞的提要，就像是平面媒體的標題，凸顯報導的新聞重點，也是吸引閱聽人收聽新聞的重要工作，因此廣播新聞的提要或是平面媒體的標題在新聞編輯具有極大的功能性，重要性十足，而訓練記者撰寫精簡的導言，也可以幫助記者掌握新聞重點。

第四節　廣播新聞播放流程

一、中廣新聞網

　　強調新聞持續滾動播出，隨時進新聞，播出掌握時效，政治、經濟、生活以分類搭配使用，上午十點半以後，至晚間十點，每節新聞半小時，扣除話題新聞，每節大約需要十五至二十則新聞，另外中廣首度嘗試每逢尾數八分，播出即時財經股匯市指數及匯價；每逢時間尾數六分、三十六分，播出即時交通路況訊息以及氣象；每逢尾數十五、四十五分，播出國內外最新體育賽況結果。

　　原則上，中午一點半以前的新聞以財經為主，中午以後則以政治為主，社會、生活、體育新聞則分別搭配。

二、News98新聞台

　　以整點新聞為週期，在概念上可再區分為以十五分鐘為一節，一個小時區分為四節；這種類似電視台的新聞安排概念，源

自於電視收視率調查以十五分鐘為單位。

　　據此，在新聞編輯上，一個鐘頭的時間中，新聞重要性的安排，並非第一則到最後一則依次遞減；而是將最重要的新聞安排在第一個十五分鐘的第一則，在前十五分鐘裡，約有二至三個新聞重點，而次要的新聞，則可能安排在第二個十五分鐘的第一則。

　　不過上述的新聞編輯方式，較適合於綜合台的新聞編排上，或僅為新聞台的參考原則，新聞台需面對隨時由記者發送進來的各類新聞，隨時調整新聞排序與內容的壓力，也隨時挑戰編輯對於新聞重要性的判斷能力。一般而言，記者連線報導的時間約一分半鐘。

第五節　廣播記者的訓練

　　新進記者必須接受公司安排課程，在上課過程中，可以了解機械操作，例如該如何打電腦、如何傳送、如何利用電腦系統報稿、如何上線報稿，另外還要了解採訪基本動作，所謂基本動作就是「隨時回報新聞、時時更新新聞」。不管遇到任何狀況，廣播記者第一個動作就是回報，讓公司得知記者所掌握的新聞，否則記者沒有回報，編播群無法即時寫稿，現場的新聞就無法即時、搶時效的播出。

一、嫻熟所有器械操作

　　由於廣播記者是單兵作戰，記者必須要很嫻熟所有器械的操

作，以中廣而言，記者傳來的新聞全部交由電腦錄音，而非以打電話的方式報稿。

在各廣播電台林立後，新聞記者的聲音，已經不會被太過強調，必須要字正腔圓的時代已經過去了，不過畢竟是老字號的中廣，對於一些口音真的很奇怪的記者，還是會安排接受正音訓練。

其實，一般記者只要多多上線，勤快報導，多數都可以慢慢調整其奇怪的口音。

二、掌握新聞現場與背景

台灣近年來的廣播播報方式，多習以live連線方式呈現，透過台內的主播與現場記者或新聞事件當事人進行即時對話，因此記者必須掌握新聞現場相關訊息與背景，因此要有新聞現場的新聞組織能力，臨場判斷以何種方式報導較為合適，同時要有清楚、適切的口齒與發音及表達能力，同時也要注意新聞的最新發展，更新新聞內容，所以擔任電台記者工作的挑戰性很大。

換言之，廣播記者必須熟習現場連線報導的流程，廣播記者與電視台記者的相同點為，電視台記者一定要有畫面說新聞、呈現新聞，而非乾稿，電台記者則一定要採訪聲音，以新聞當事人的聲音來表達新聞事件的內涵，因此在採訪工作上，困難度相對較高。

三、兼具文字聲音駕馭能力

廣播記者也有不同於電視記者的地方，電視台採訪工作分屬

文字記者與攝影記者，但電台採訪工作通常是「單機作業」，也就是說，記者集合了文字（採訪、寫稿）與工程人員（如錄音）的工作於一身，還要額外分神克服工程上所遭遇的困難（如傳送品質不佳的問題）。

對於廣播新聞台來說，與電視台新聞一樣，每一分鐘都是截稿時間，一個新進廣播電台的新聞記者，初踏入此領域時，必須面對技術上的考驗與適應，因此，若能先具備平面媒體的文字駕馭功力，適應廣播新聞工作的時間，相對的會較為縮短。

在新聞播報上，現有許多電視台進行SNG連線報導時，記者容易受到新聞現場的影響，而投入個人的情緒，使呈現在新聞報導中的角度易受影響，針對這一點，記者應秉持新聞客觀、中立原則，忠實呈現新聞事件的原貌，而不應加入任何個人的反應或意見，若線上記者有類似的反應，新聞部主管應透過在職訓練，與線上記者溝通。

習題：

1.請試述新聞專業廣播電台的新聞部組織架構並說明其功能。

2.新聞的取捨就新聞台來說有哪些要點？

3.請試述遇到重大突發新聞的處理方式與流程。

4.製作新聞提要應注意哪些要點？

5.請說明作為一名廣播記者應該具備哪些訓練？

✻ 第十二章　電視新聞編輯與實務 ✻

1995年以前，台灣之電視新聞僅三家無線電視台每日三節新聞，而有線電視開放之後，二十四小時新聞台前仆後繼地出現，先進的電視新聞技術與製播概念迅速引進台灣，不僅對三台造成強大的衝擊，更改寫了台灣的媒體生態，甚至政治生態，譬如當天發生的重大事件，過去最快也必須在中午或晚間新聞，甚或隔天的報紙才看得到，然而有線新聞台興起之後，台灣乃至全球發生之重大事件，在事件發生之後不久，甚至是事件發生的當時，便可以在各節整點新聞當中得知。

　　電視新聞編輯，與平面媒體有諸多共通之處，但亦有許多相異之處。在判斷新聞之重要與否以及是否有播出價值上，除了平面媒體在新聞的選擇上所必須有的考量之外，電視新聞還必須考量聲音、畫面等等因素，換句話說，與平面媒體相較，電視新聞有讓觀眾如臨現場之優勢，但亦有其限制。

第一節　從技術面論電視新聞編輯

　　觀眾在螢光幕上看到之未出差錯之電視新聞，先不論其訊息的內容或精彩的程度，光從技術上而言，一則電視新聞能夠順利播出讓觀眾看得到、聽得到，它至少包括了幾項配合好的、沒有任何差池的要素：

　　1.畫面訊號（包括新聞帶或SNG現場衛星連線或來自海外之衛星畫面訊號）。

　　2.聲音訊號（包括新聞帶的聲音、攝影棚以外之來源的聲音，包括電話連線、SNG傳送回來現場的聲音訊號或來自

海外之衛星聲音訊號）。

3.讓聲音與畫面同步播出的系統。

而這三項要素，又各有諸多技術上的要素必須齊備，而且在播出時都能夠沒有任何障礙、沒有任何故障，才能夠讓觀眾看到完整的聲音與畫面；而編輯在這些技術層面上雖然不直接負責，但卻是這些聲音及畫面的提供者與運用各種機器設備將這些聲音畫面順利播出的工作人員之間，扮演重要的橋樑角色。

一、電視新聞之格式

電視新聞以聲音、畫面之搭配，約略分為DRY（乾稿）、BS（before sound）、SOT（sound on tape）、SO（sound on）、SO＋BS、MTV等六種格式：

（一）DRY（乾稿）

沒有畫面，只有供主播播報之文字稿。此一格式適用於具有時效性、重要，但尚無畫面傳回之訊息，譬如重大天災人禍、重要的國家大事與國際大事，在畫面傳回之前先以乾稿處理，在第一時間將訊息向觀眾傳達。

（二）BS（before sound）

BS有文字稿，也有新聞帶，在文字方面，BS分兩部分，第一部分為稿頭（相當於報紙新聞之導言），第二部分為BS稿，兩部分皆由主播播報，主播播報完稿頭之後，新聞畫面隨之出現，惟係沒有聲音的新聞帶，畫面播出同時，由主播唸BS稿搭配

之。

BS形式適用於以下幾種情形：(1)還在發展中，隨時有變化
的新聞，譬如天災人禍，在事件還沒有落幕之前，死傷人數及災
情隨時有變化，如果做成聲音畫面完整的新聞帶，其中的訊息隨
時有過時之虞，因此以BS稿處理較爲適宜，方便隨時更新；(2)
重要性不太高之新聞；(3)畫面不精彩或不夠長，但新聞本身尚
有價值之訊息。

（三）SOT（sound on tape）

SOT在文字部分供主播播報者僅有稿頭，新聞帶部分則是經
記者或編譯製作，聲音畫面皆已齊備之帶子，這也是SOT名稱之
由來，意指聲音已經在帶子裡（sound on tape）。SOT適用於重要
性高或畫面精彩或事件訊息已經完整之新聞，以及分析、評論、
深度報導、側寫、花絮等等。

（四）SO（sound on）

所謂SO，是指新聞帶裡只有事件當事人或關係人或其他消
息來源所說的話，沒有記者或編譯的過音。此種形式適用於搭配
主新聞，用以補強、澄清或反駁事件中其他人士之論點，或是此
人談話重要性非常之高，值得以大段時間讓觀衆仔細聽清楚其談
話內容，譬如總統之全國性談話、美國聯邦準備理事會（Federal
Reserve）主席對於聯準會利率決策之走向，或是熱門新聞中的
各個事件主角的談話等等。

（五）SO＋BS

此一格式之電視新聞，文字稿分兩部分，新聞帶亦分兩部

分。文字稿有稿頭及BS稿，新聞帶分為SO（有現場音，或為談話、或為事件現場的聲音）以及BS畫面（沒有聲音），在新聞帶上，有清楚標示之SO長度以及BS的長度（譬如21"＋40"，代表SO有21秒，沒有聲音的畫面有40秒）。播出順序上，主播播報完稿頭之後便播出有聲音的畫面部分，以21"＋40"的帶子為例，導播在帶子播到11秒時便會開始倒數計時，主播聽到導播倒數到1的時候，便會開始播報BS稿，這時帶子也播到了沒有聲音的部分。

（六）MTV

MTV的新聞帶，畫面可能是電腦字幕（譬如新聞小辭典），可能是精彩漂亮的畫面（譬如服裝秀、珊瑚產卵、自然景觀……），聲音部分則是音樂。在文字稿方面，有的有稿頭，有的沒稿頭，沒稿頭者接在相關新聞之後播出，即使有稿頭，也可以不播報稿頭直接帶接帶播出，所謂「帶接帶」，即是一支帶子播完之後，鏡頭不轉回主播，直接接著播出下一支帶子。

編輯在編排新聞上，可以靈活運用上述幾種不同格式的新聞，甚或針對新聞中欲凸顯的重點，事先預做小片頭搭配使用，營造出該節新聞不同於別節新聞的鏡面設計及節奏。

二、電視新聞之編排

電視新聞之編排，原則與一般平面媒體無異，包括重要性、影響性、趣味性等等原則，與平面媒體殊無二致。如果將一個新聞節目比喻為一場盛宴，則編輯便是主廚，決定這場宴席的前

菜、主菜、配菜、點心……，以及上菜的順序。在新聞選擇上，首先當然是從記者、編譯提供之國內外新聞中，選擇該節新聞所要凸顯的重點當做頭條新聞，再選擇其他角度的訊息做搭配。一節新聞可能只有一件重大新聞當主軸，也可以有多個主軸，以宴席打比方，主菜可能只有一道，其他的菜色則扮演搭配的角色，也可能有多道主菜，端視編輯如何搭配，如何上菜。儘管不像平面媒體可以以版面順序、圖片搭配、文章長短及分析、邊欄、特寫等等形式清楚區隔、包裝，但電視新聞也可以透過播出的順序、格式、長短及破口（進廣告），來營造節目的整體感、節奏以及起承轉合。

以一個小時的新聞節目而言，扣除片頭、主播開場、廣告、片尾，大約有45分鐘的時間，這45分鐘裡播些什麼，播出的順序、格式等等，都掌握在編輯手中，編輯必須決定這一小時的節目分為幾段幾破口，譬如四段三破口便代表四段新聞，三段廣告。編輯同時必須決定每一段的主新聞（主菜）是什麼，用哪些東西來搭配（配菜）？以及整個節目裡所有新聞的播出順序。

（一）排序（rundown）

每一節電視新聞，長或兩小時，短或五分鐘，都必須有一份編輯事先編排妥當的節目表（rundown），副控室裡的所有工作人員，包括導播，負責字幕、畫面、聲音等等的三至四名助理導播，以及攝影棚裡的主播、攝影及其他所有工程人員，每人手中都有一份rundown，才有所依循，知道每一則新聞播出的格式，以及播出的順序，俾按表操課。

一份完整的rundown，至少必須包含以下幾欄：序號、標題、作者、摘要、格式、長度。

◆序號

視新聞時段的長短，從第一則到最後一則，序號從01到20、40……，按照編號順序播出，這些序號跟著新聞走，播出順序可以調動，但是序號不能更改，否則將會引起混亂。譬如導播、主播等工作人員拿到手的rundown，排定的序號01是「央行降息」，02是「利率走低」，03是「股市大漲」，04是「利率預測」，如果編輯臨時更動播出順序，譬如欲將第三則「股市大漲」調到新聞一開始就播出，rundown的順序就應該變成03「股市大漲」、01「央行降息」、02「利率走低」、04「利率預測」；而不是01「股市大漲」、02「央行降息」、03「利率走低」、04「利率預測」，因為對導播、主播以及所有的助理導播而言，每一則新聞的新聞稿以及新聞帶（VCR），其代號（亦即rundown上的序號）具有無比神聖的意義，序號如果錯亂，就會導致助理導播播錯帶子、主播唸錯稿子的混亂情形發生。而序號的編定以及播出順序之調整，完全由編輯主導。

◆標題

從記者、編譯寫稿開始，每一則新聞都必須有一個標題，譬如「股市大漲1200 SOT」，代表的是這是一則標題名叫「股市大漲」，完成時間是1200整點新聞可以頭一次使用，有完整新聞帶（聲音＋畫面）的新聞。記者、編譯的新聞稿以及製作完成的新聞帶，標題必須一致，編輯根據記者、編譯發出的新聞稿、時間以及格式編排rundown，助理導播根據編輯的rundown準備帶子，導播根據同一份rundown指揮唸稿的主播、播帶子的助理導播、負責聲音訊號的助理導播以及負責字幕的助理導播，讓觀眾看到主播播報正確的文稿、看到正確的畫面、聽到正確的聲音、看到正確的字幕標題。譬如助理導播拿到手的rundown如圖12-1。

序號	標題	摘要	格式	作者
01	立院打架1200		SOT	
02	總統譴責1300		SO＋BS	
03	在野聯盟1200		SOT	
04	各界反應1400		BS	
05	國外反應1800		SOT	
06	打架歷史1800		MTV	

圖12-1　Rundown範例

　　助理導播便根據這份rundown，在開播前將所有的新聞帶找齊，按照序號排播。如果負責製作「立院打架1200 SOT」的記者，文稿上的標題是「立院打架1200 SOT」，編輯根據此一標題排入rundown，但新聞帶上的標題卻是「立院衝突1200 SOT」或「立院打架1100 SOT」或「立院打架1200 SO+BS」，助理導播便無法找到符合rundown序號01的新聞帶。

◆作者

　　作者欄的作用，在於分辨、追蹤一則新聞之文稿及新聞帶的正確性、製作之進度以及該則新聞之相關責任。

◆摘要

　　摘要欄之作用，在於以簡短文字讓編輯知道每一則新聞的重點及與其他相關新聞的角度區隔。

◆格式

　　一則新聞的格式，決定了該則新聞的播出形式，譬如記者發出的文稿標明某則新聞的格式是BS，rundown上的該則新聞播出格式也是BS，則主播便知道稿頭播報完之後，緊接著播出新聞帶的同時，主播還必須配合畫面播報BS稿；如果標題上標明的

是SOT，而新聞帶也標明是SOT，卻只有畫面沒有聲音，其結果將是螢幕上只有畫面卻寂靜無聲。

◆長度

每一卷新聞帶都必須精確計算其長度，以便導播發號施令何時鏡頭轉回主播，編輯也根據每一支新聞帶的長度，視所剩下的時間決定何者該播、能播，以及何者該抽掉不播。

（二）編輯重點各台不同

一節新聞的編輯重點，視該電視台的屬性以及播出的時段之不同，其所強調的重點，以及製作的角度，都應該有所不同。屬性是指電視台的台性，譬如有些是綜合新聞台，有些是以社會新聞為導向的新聞台，有些則是以財經新聞為導向的新聞台；播出的時段則是指該節新聞播出的時間，如果是一天當中的早晨播出，它就應該是回顧過去二十四小時發生了哪些重要事件，並展望未來二十四小時會有哪些重要的事情會發生；如果它是中午播出，便應側重上午的最新消息，以及一些還在發展中的事件的最新進展；如果它是晚間播出，則重點就應該放在整理一整天發生的重要事件及其深層涵義，以及為觀眾預告明天將有哪些事情值得注意。

下面這兩張圖，便是一家綜合新聞台晨間播出的第一節新聞（見圖12-2），以及一家以財經為導向的新聞台晚間最後一節新聞的rundown（見圖12-3），從兩者之間的編排，就可看出這兩份rundown係依台性與播出時間而有所不同。

序號	標題	記者	攝影	摘要	格式	片長	總長	時間
%	2001.04.24 06:00			整點新聞		0:00		
%	TEASER					0:27		
%01	清標交保0600	家中	#		sot	2:26	2:43	
%02	登輝就醫2300	國際	#		so+bs#		1:00	
%03	登輝一天1800	沛珍	#5		sot	2:39	2:54	
%05	預算攻防2000	清清	#		sot>BS	2:28	2:58	
%06	金平人物1800	文琪	#		SOT		0:20	
%07	正平補助1900	佳佳	#		so+bs		0:33	
%08	李安母校1830	小娟	#2		SOT		0:16	
%09	金庸偉忠1800	珮琳	#		sot		0:11	
%10	油槽會勘1800	秋子	#1		sot>BS	2:00	2:13	
%11	油槽追蹤1830	南部	#2		sot		0:05	
%12	正平新華2000	上海	#1		sot		0:27	
%13	其琛台灣2000	上海	#		bs		0:49	
%15	預告　21						0:03	
%16	*********** **** ****			****** CM1 **********			******	
%17	主播姓名						0:01	
%18	美股收盤0600	國際	#		bs		0:48	
%19	歐股收盤0600	國際	#	全跌	bs		1:07	
%20	氣象						0:00	

圖12-2　某二十四小時新聞台早上06:00的Rundown

序號	標題	記者	攝影	摘要	格式	片長	總長	時間
%加	北市槍擊0600	社會	#		bs	1:09		
%21	嘉義兇殺0600	南部	#		sot	0:16		
%22	萬華車禍2400	小佳	#1		sot	0:07		
%23	警察車禍2330	佳勤	#		sot	0:14		
%24	新莊縱火2000	安康	#2		sot	0:05		
%26	預告 30					0:03		
%27	*********** **** ****				****** CM2 *********		******	
%28	主播姓名					0:01		
%30	初選衝突2230	中部	#1		sot	0:14		
%31	KMT席次1800	何薇	#1		sot	0:21		
%32	日本大選1900	中中	#		sot#	0:09		
%14換	軍售神盾0600	國際	#		bs	0:40		
%33	歌手失業1800	杜哥	#1		sot	0:19		
%35	預告					0:00		
%36	*********** **** ****				****** CM3 ***************			
%37	主播姓名					0:01		
%38	花蓮溺水1800	東部	#		sot>BS	0:00		
%40	台語片尾1730			日本夏日舞蹈祭	MTV	0:12		
%41	ending OK					0:00		

（續）圖12-2　某二十四小時新聞台早上06:00的Rundown

序號	標題	記者	攝影	摘要	格式	片長	總長	時間
%	2001.04.23 2300					0:00		
%	2300 TEASER			登輝就醫 其琛台灣 籃球對抗		0:31		
%01*1	登輝就醫2300	國際			so+bs#	1:01		
%02大	登輝一天2000	編輯			sot	0:27		
%03	登輝報導2000	編輯			sot#	0:19		
%04	登輝旅費1800	孟之			sot	0:31		
%05*1	秀蓮中日2100	林宜			so+bs	0:50		
%06*1	其琛台灣2000	上海			bs	0:44		
%07	軍售前夕2000	編輯			sot#	0:02		
%08	正平補助1900	喜惠			so+bs	0:36		
%09	金平人物2000	編輯			sot	0:18		
%10	林全人物1800	錦秀			sot	0:29		
%11	全球商情2100	玲雅			sot	0:26		
%12	美股連線2315	秀之			tel	0:38		
%13	歐股開盤2000	秀之			bs	0:46		
%14	亞股開盤1930	千千			sot	0:06		
%15	推案新低2000	莉亞			bs	0:50		
%16	下節預告					0:00		
%	***** **** **** *****廣告（一）******** **					0:00		
%	小片頭					0:00		
%99	清標家屬live	仲強	重一	090784209 LIVE 還押家屬反應		0:05		

圖12-3　某財經新聞台23:00的Rundown

序號	標題	記者	攝影	摘要	格式	片長	總長	時間
%18	定南承武2000	淑敏			sot	0:01		
%20	布希地球1600	秀珠			sot	0:13		
%21	環保網站1600	遠珩			sot	0:13		
%22	起死回生1500	鈺豪			sot	0:24		
%23大	喜劇首映1600	倫林			sot	0:16		
%24	下節預告					0:00		
%	******* **** ******廣告（二）********** ****					0:00		
%	小片頭					0:00		
%26	連戰接見1400	編輯			sot>bs	0:15		
%27	KMT席次2000	編輯			sot	0:11		
%28*1	初選衝突2100	喜翔			bs	0:31		
%29	失業再高1300	家俊			sot>bs	0:20		
%30	失業補習1800	鈺傑			sot	0:00		
%36	下節預告					0:00		
%	******* **** ******廣告（三）********** ****					0:00		
%	小片頭					0:00		
%35	美股最新2345	子豪			bs	0:40		
%37*1	籃球對抗2200	維玲			sot#	1:35		
%38大	NBA職籃1400	子豪			sot#	0:22		
%39大	美國職棒1700	慶芳			sot#	0:24		
%片尾	夜報片尾2200	淑芳		七彩鯉魚 旗飄呀飄	MTV			

（續）圖12-3　某財經新聞台23:00的Rundown

第二節　電視新聞編輯制度

全世界之電視台，在新聞製播的制度設計上，大抵不脫編輯制、製作人制或二者並行，西方國家之電視台絕大多數採取製作人制，台灣電視台則大多係雙軌並行，重點經營之時段配置有製作人，尤其是具有高知名度之主播播報之時段；而一般新聞時段則大多採編輯制。（見圖12-4）

一、歐美皆採製作人制

國內各新聞台目前並沒有任何一家完全實施真正的製作人制度，只有部分高知名度主播擁有類似製作群的資源，實際運作模式採製作人制，但是一般新聞台的整點新聞，基本上還是採取編輯制。

而歐美的電視台，無論是無線電視台的新聞節目，或是有線新聞台，皆採製作人制度，其中新聞台鼻祖CNN就一再強調CNN are run by producers。這裡即以CNN為例，說明製作人制度的運作。

在CNN，不僅是所有新聞台的作業，製作人制度功能強大，就是連一般的特別報導、新聞雜誌節目，或是主題式節目，都一律由製作人制度主導，而非由日常採訪單位或編輯台主導。其原因是，採訪單位一來工作繁重，二來後製包裝技巧非記者所擅長，因此非另設專責製作單位不能竟其功。

而採訪單位和製作部門的分際何在？簡言之，採訪部門提供

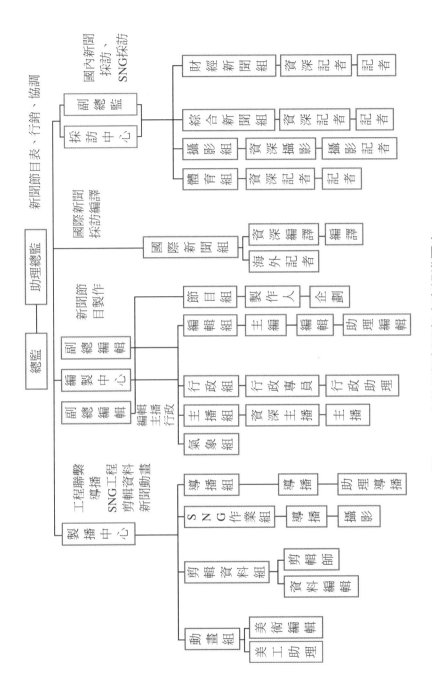

圖12-4　有線電視新聞部人事組織圖表

素材，製作人負責將採訪部門提供的素材，像個大廚般搭配、加味料理端上桌。

製作人制度與編輯制度相較，製作人制度功能、權限，遠較編輯制度強大，編輯僅能以採訪部門提供的素材，編排順序，主播按照編輯排好的順序和記者寫好的文稿播報，其結果是，如果一則新聞是當天的重點，從早到晚，該則新聞聽在觀眾的耳裡，看在觀眾的眼裡，都是一成不變，不過編輯制成本較低，係為台灣電視台喜用編輯制之主因。而製作人可以透過改寫主播稿頭和重新剪輯，將採訪單位提供的素材，加上後製，根據當節新聞的需求，利用有別於其他整點新聞的內容和鏡面元素運用，凸顯不同的重點，呈現不同的風貌，塑造該節新聞或節目的整體風格。

二、CNN的製作模式

以CNN為例，在製作人制度的運作之下，CNN旗下十個新聞頻道，就像十家口味各異的餐廳，有的提供道地美國風味（CNN-USA）、有的像速食餐廳（CNN-Headline）、有的像南北味餐館（CNN International）；有的像西班餐廳（CNN西班牙台）、有的則是獨沽財經口味（CNN-Finance）……

為了供應這麼多口味各異餐廳所需，CNN的內容供應部門——採訪部門，就採取中央廚房式的模式以及權責強大的製作部門模式。

製作人到底做些哪些事呢？一般而言，製作人手下大致擁有一名副製作人、人數多寡不等的編寫（writers）以及執行製作。總括而言，這樣的一個小組，主要針對該節新聞或節目的編排、內容、鏡面，設計出該節的重點和特色，實際的工作包括：

（一）重點撰擇

在當天或當週所發生的事件當中，撰擇一個或一個以上的重點做為該節新聞或節目的重點，選定重點之後，再決定搭配哪些角度的新聞或分析。

（二）決定整節新聞或節目的結構和節奏

利用重點安排、稿子及帶子的長短和音樂的運用，營造出不同於別節新聞或節目的結構和節奏。

（三）包裝

以何種方式包裝上述重點，可以選擇的方式非常多，除了常見的由記者做帶子之外，還可以利用製作小片頭、電腦繪圖、電腦動畫、音樂、特效等等的方式去包裝新聞，此外，也可以利用和記者、家族內別台主播、專家學者、當事人、政府官員等等的電話連線、現場衛星連線或請來賓上現場和主播或主持人深入對談。

在規劃上，製作部門亦負有重任。以CNN為例，製作人部門的主管，還必須負責規劃未來幾天、未來一週、甚至未來一年（譬如千禧年專題從兩年前就開始規劃），把CNN全球十七個採訪站接下來的工作做個概要式的規劃。（見圖12-5）

（四）經驗之傳承

CNN每一個時段的製作人，都必須在其內部溝通平台上建立各自負責之時段編輯製作原則，圖12-6即為CNN International台午夜12:00時段製作要點。隨著時間的演進，此類製作要點累

1.SPECIAL PROGAMMING/MANDATES
當天全部的特別報導

***mandated/sponsored hajj coverage----
7a eu/riz khan live shot (hajj floating feature break needs to folo this live shot）
早上7:00劫機案現場衛星連線

1p riz khan pkg (hajj floating feature break needs to folo pkg)
下午1:00劫機案特別報導

*1230am The Kosovo Crisis, a CNN special report (All Regions)
中午12:30科索夫危機特別報導

*1am, 1pm, 4pm: Computer connection sponsored feature package
凌晨1:00、下午1:00、4:00，電腦連線專題報導

*3a (AS) replay of Q&A Asia will be from March 15
凌晨3:00，在亞洲重播Q&A節目，當時是亞洲時間三月十五日

topic
當日重要議題

Sino-U.S. relations (first half):
中美關係（上午）

Pollution (second half):
污染（下午）

10p TENTATIVE-CNN produces a Kosovo Crisis special report
科索夫危機特別報導，暫定晚間10:00播出

2.LIVE/GUESTS/BEEPERS
現場live連線

時間	地點	人、事	議題
2a	Belgrade	Mintier live shot	Kosovo

圖12-5　CNN1999年3月23日的當天重點新聞規劃

2:00am	貝爾格雷德	live	科索夫危機
3a	London	Akis Tsohatzopolous/Greek Def Min	Kosovo/ Greece-Turkey
3:00am	倫敦	希臘國防部長	科索夫危機／ 希土關係
7a	Mecca	Riz khan live shot WINDOW IS 715-730	THE HAJJ
7:00am	麥加	劫機受害人遺孀	劫機案
7a	Belgrade	Mintier live shot	Kosovo
7:00am	貝爾格雷德	live	科索夫危機
9a	Belgrade	Mintier live shot	Kosovo
9:00	貝爾格雷德	live	科索夫危機
11a	DC	Nebojsa Vujovic/ Yugo.Charges D’Affairs	Kosovo
11:00am	華府	南斯拉夫駐科索夫幫辦	科索夫危機
2p	DC	Lt.Gen.Thomas McInerney/ Fmr USAF	Kosovo
2:00pm	華府	美國空軍少將	科索夫危機

3.INTERNATIONAL STORIES/COVERAGE
國際要聞

BELGRADE Mintier will be doing early live duty and turning morning package. Amanpour will take over live duty through much of the day and late into the evening Tuesday.
貝爾格雷德：記者Mintier負責早上的live 以及早上的新聞帶；Amanpour則接手當天其餘時間的live，一直到週二傍晚

KOSOVO Burns handles morning coverage/Sadler picks up in afternoon
科索夫：Burns處理早上的報導，下午由Sadler接手

--Funerals begin at about 7am est for the four Serb policemen who were killed.

（續）圖12-5　CNN1999年3月23日的當天重點新聞規劃

Burns will use the funeral elements in a KOSOVO/SERB PERSPECTIVE pkg whick will be available for feed later in the afternoon.
--四名被殺的塞爾維亞警察葬禮於美東時間早上七時開始，Burns會在「科索夫／塞爾維亞」專題裡做葬禮的報導，預定下午可播

--Sadler will use funeral elements and other events of the day for his day wrap.
--葬禮以及中午以後的最新進展，則由Sadler負責做新聞

MACEDONIA Matthew Chance will continue to monitor the flow of refugees into Macedonia and is planning to turn a package later in the day
馬其頓：Matthew Chance會繼續注意湧入馬其頓的難民潮，稍後有完整的sot帶

AVIANO Martin Savidge arrives in Italy Tuesday and heads to Aviano to be in place for a trip to a carrier ship.
艾凡諾：Martin Savidge週二抵達義大利後會趕往艾凡諾上運輸艦

MOSCOW Dougerty will file a KOSOVO/RUSSIA RESISTANCE pkg, which will include the departure of Primakov to DC. We'll have the pkg by 7am est.
莫斯科：Dougerty會傳回一則「科索夫／俄羅斯反抗軍」的報導，其中有包含俄羅斯總理普利馬可夫啓程前往華府，我們會在美東時間早上七點收到這則報導

BRUSSELS Kelly will monitor NATO actions and plans on filing late in the day Tuesday.
布魯塞爾：Kelly會負責盯北約的行動，她打算在週二晚間傳回報導

LONDON Obasajjo visit continues/Kibel covers.
倫敦：Obasaijo 訪問繼續／由Kibel報導

LONDON Lowrie files advancer to Wednesday's House of Lords ruling on pinochet
倫敦：英國下議院週三議決智利獨裁者皮諾契特是否引渡，Lowrie今天預先報導

（續）圖12-5　CNN1999年3月23日的當天重點新聞規劃

LONDON/BELFAST British government asks a court to hold up the release of four IRA prisoners, including one who tried to kill former Prime Minister Margaret Thatcher. Hearing set for Tuesday.
倫敦／巴爾發斯特：英國政府要求法院暫時勿釋放四名愛爾蘭共和軍囚犯，其中包括一名曾經企圖刺殺前首相佘契爾夫人。聽證會週二舉行

INDONESIA Ressa in Borneo-will folo up the ethnic violence
印尼：Ressa在泗水，會繼續追種族暴動

MALAYSIA If agencies provide video, Kasra Naji files a follow on the killer Virus. Expers, including a team from the CDC will be in Malaysia on Tuesday.
馬來西亞：若馬國當局提供錄影帶，則Sasra Naji會傳一支有關殺手病毒的報導，其中包括CDC的一組人員週二會到馬來西亞

KUALA LUMPUR The final phase of the Anwar Ibrahim trial begins on Tuesday with final arguments presented.
吉隆坡：前副總統安華的審判週二開始進入最後階段，雙方律師會做結辯

VIENNA OPEC ministers are expected to approve production cuts at a meeting in Vienna
維也納：石油輸出國家組織預料將在維也納會議中通過減產案

PAKISTAN National day is marked in Pakistan with a military parade in Islamabad.
巴基斯坦：國慶日，伊斯蘭馬巴德會舉行閱兵典禮慶祝國慶

AFGHANISTAN U.N. special envoy, Lakhdar Brahimi, will go to Afghanistan on Tuesday seeking an agreement between warring Afghan factions on the next date for peace talks.
阿富汗：聯合國特使Lakhdar Brahimi週二將會抵達阿富汗，在阿富汗交戰各派系間進行斡旋，望能針對下一回合的和平談判達成協議

（續）圖12-5　CNN1999年3月23日的當天重點新聞規劃

SWEDEN Ukriane's president leonid Kuchma heads to Sweden on Tuesday to confer with the country's leaders and sign several bilateral agreements.
瑞典：烏克蘭總統leonid Kuchma啓程赴瑞典與瑞典領袖會談，將簽訂多項雙邊協議

VENICE Chinese President Jiang Zemin continues official visit in Italy through Wednesday.
威尼斯：中國國家主席江澤民繼續在義大利的官方訪問行程，週三結束
MANILA Chinese and Filipino diplomats contiues talks aimed at easing tensions over conflicting claims to Spratly islands in South China Sea.
馬尼拉：中國與菲律賓外交官員繼續談判，企圖化解雙方因南海南沙群島主權問題引發的緊張

4.DOMESTIC STORIES/COVERAGE
國內新聞

WASHINGTON U.S. Vice president Al Gore and Russian Prime Minister Yevgeny Primakov scheduled to meet as part of a series of regular talks between high-level commissions from both countries (To March 25)
Primakov arrives apprx 4p et/attends a dinner w. Gore
華府：美國副總統高爾與俄羅斯總理普利馬可夫將舉行高峰會談，至三月二十五日

WASHINGTON President Bill Clinton will discuss the latest developments in Kosovo with Republican and Democratic leaders of Congress early Tuesday, a White House official said Monday
華府：總統柯林頓週二上午將與共和、民主兩黨領袖討論科索夫危機之最新發展

（續）圖12-5　CNN1999年3月23日的當天重點新聞規劃

*Regions:

該時段收視地區：

Monday-Thursday: Asia and Latin America

週一至週四：亞洲與拉丁美洲

Friday-Saturday: Europe/Africa, Asia and Latin America

週五至週六：歐洲／非洲、亞洲與拉丁美洲

Show length: 28 minutes

播出時間：28分鐘

Next show:

接著播出的節目：

Monday: "The Best of Insight"

週一：最佳深度報導

Tuesday-Friday: "Insight"

週二至週五：深度報導

〔編輯要點〕

The editorial focus of the 12am is decidedly non-European. Since the primary viewing audiences are in Asia and Latin America, it is a good idea to draw heavily from the 10pm World News Americas program, and the 7p Asia This Day show for story ideas.

午夜12點的編輯焦點，絕對要放在非歐洲地區，因爲這個時段，主要的收視群是在亞洲和拉丁美洲。自晚間10:00播出之【世界報導】及7:00播出的【今日亞洲】裡取材，是非常不錯的點子。

Also, it is important to remember the 12am is the first show for the overnight shift. If the producer intends to request more than 3 or 4 new writes, it is critical （he/she coordinate such demands with the Chife Copy Editor when he/she arrives at 9pm. Moreover, if there is a lot of new material, it is helpful for the show Copy Editor to have the rundown as early as 10pm.

此外，請千萬記得，午夜12:00是夜班的第一節新聞，若製作人要重做三則或四則以上的新聞，請務必在【重製組】夜班主管於晚間九點到班時與他或她協調，如果有太多新的東西要做，【重製組】主管最好在10:00以前就拿到Rundown。

註：CNN除了有國內的新聞台之外，還有國際台，上述收視地區，便是指某個
　　時段播出的新聞，必須視適合全球哪些時區的觀眾收看來調整新聞重點。

圖12-6　CNN美東時間午夜12點新聞規劃及製作要點

積了許多前人的智慧及提醒，讓後進者有所依循、檢討、改進，長此以往，將是電視台以及電視新聞業非常重要、珍貴之資產。

第三節　SNG連線作業實務

　　電視新聞編採工作，由於衛星傳輸科技的進步，使得這世界的任何角落發生的任何新聞事件，只要現場有SNG設備，都能夠在事件發生的同時，將現場的情形，透過衛星，呈現在世人面前。而利用SNG做現場連線報導，與傳統的新聞採訪最大的不同點在於，現場連線報導，也就是所謂的live，播出後便無從更改，與傳統的先錄再後製的播出方式不同。因此，利用SNG做live，就必須突破傳統的採訪觀念，以迅速、準確的判斷及準備，正確、快速、清楚地將新聞事件呈現給觀眾。而電視編輯工作人員，雖然不親臨現場，但是由於SNG牽涉的技術、人員及變數相當複雜，電視台內副控室與現場SNG人員的配合，攸關現場連線的成敗，而現場連線只有一次機會，錯了就不能改變，編輯又是電視台內副控與現場導播之間唯一的橋樑，為求現場連線能夠順利播出，編輯人員不僅必須對於SNG的相關問題，以及其他配合的同仁在做些什麼，有基本的了解，並且必須負擔起事前溝通協調的重責大任。

一、SNG車的配備

　　所謂SNG，係Satellite News Gathering之簡稱。一般而言，SNG車必須具備下列硬體設備：

1.發電機：提供車上發射衛星器材的所需電力。

2.碟型天線：分為正焦與偏焦天線。

3.編碼器（encoder）：將聲音及影做數位壓縮，成為衛星使用的訊號。

4.調變器（modulator）：將訊號作整理及數位分割。譬如電視選台，就是一種調變。

5.升頻器（up-converter）：將頻率升到衛星所使用的高步率。

6.高功率放大器（high power amplifier）將訊號透過天線，作高功率發射，傳送到衛星。

7.頻譜（analvzer）：將頻率轉成波形，以便監看載波的增益比。

8.接收解碼器（intergrated receiver decoder）：接收衛星訊號，並將訊號轉為畫面與聲音後播出。

9.混音器（audio mixer）：將記者聲音以及現場聲音混合調整在一起，送回電視台的副控室播出。

10.畫面切換器（video switch）：將攝影機畫面與現場播帶的畫面，集中成一路訊號。

11.剪接機：在SNG車上做看帶、剪帶以及播帶之用。

12.無線電通話器材。

13.內線通話器（intercom）：供SNG車與文字記者、攝影記者之間使用。

14.顯示器（monitor）。

15.導波管（wave gauge）：將高功率放大器產生的波，引導至集波器，準備發射。

16.集波器（feed）：裝置在車頂，形狀像喇叭。

17.降頻器（LNB）：過濾集波器的雜訊。

衛星發射示意圖見圖12-7、圖12-8。

二、SNG連線編輯應該注意的事項

編輯雖未親臨現場，唯編輯為現場連線時，電視台副控室與SNG工作人員之間聯繫、溝通的唯一窗口，因此必須對現場連線的整個流程、SNG工作人員的分工情形，以及所有可能發生的變數，都必須有清楚的認知，尤其是突發事件連線，講求準確、迅速、熟練，同仁間的默契一定要夠，否則任何一個環節出問題，都會影響播出。

（一）連線前編輯準備工作

1.了解事件的來龍去脈：編輯平常便應多注意重大新聞的發展，包括即將發生的事，或已發生的事，編輯都應該有基本的了解，尤其是還在發展當中（on-going or continuing）的新聞事件後續發展與延伸，以便立即進入狀況。此外，新聞人物往往是一個新聞事件的重心，尤其是政治新聞，編輯必須對政府官員、民意代表以及各界重要人物，都應有基本的認識。

2.在SNG車及工作人員抵達現場，做好各項準備與測試之後，編輯便必須與現場導播及記者聯繫，詳細詢問現場狀況，譬如現場事件的最新發展、稍早攝影記者已拍到什麼畫面？文字記者已做過什麼訪問？事件當事人或記者訪問到的人、或會在現場發表談話的人士姓名、職稱等等，以

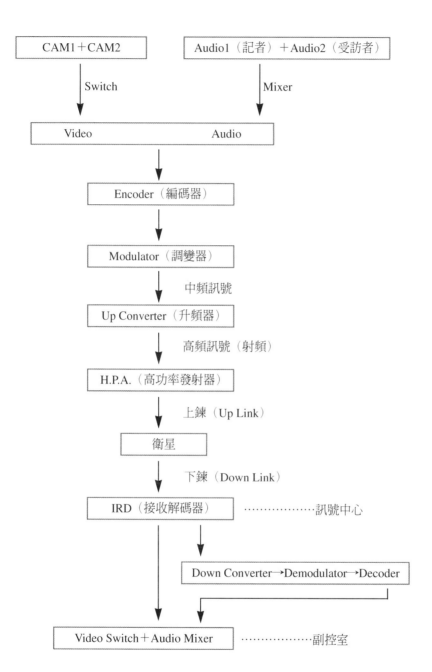

圖12-7　衛星訊號發射示意圖

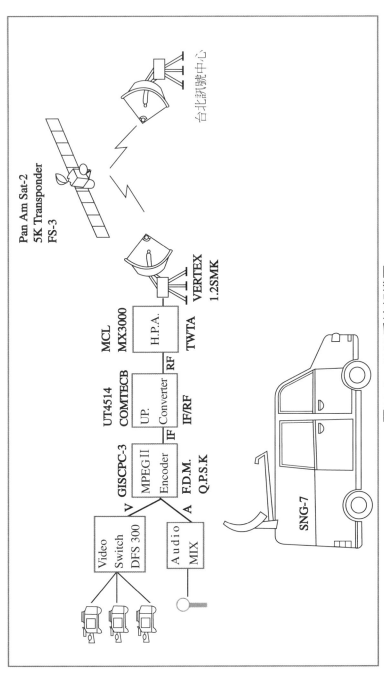

圖12-8　SNG系統架構圖

便編輯在副控室裡鍵入及下標題，另外，最重要的是，編輯必須與現場導播及記者協調連線的時間、連線的長度以及連線的方式，例如在開場及結尾時是否需要記者入鏡？要不要開框（讓棚內主播與記者在連線剛開始時同時呈現在畫面上）？是否要在SNG車裡播稍早時的畫面？是否要請現場記者串接連線之後副控室裡要播出的下一則相關新聞？

3.請SNG人員與電視台副控室做畫面與聲音的測試。

4.連線時間分秒必爭，編輯對現場導播與記者的指令及口令，必須要明快清楚。

（二）連線時的注意事項

1.編輯是副控室與現場之間溝通的唯一窗口，還有多久連線、連線前副控室播放最後一則新聞的秒數倒數、以及請記者開始講話等等，現場SNG導播都是聽編輯口令，再轉告SNG所有工作人員及記者，編輯角色的重要性，由此可見一斑。

2.注意事件的發展，以便隨時更新切合最新發展的標題。

（三）連線結束後的注意事項

1.與現場導播檢討方才呈現的方式及效果。

2.敲定下次連線的時間及方式。（見圖12-9）

3.請SNG將最新與精彩的畫面傳回，以便製作播出帶。

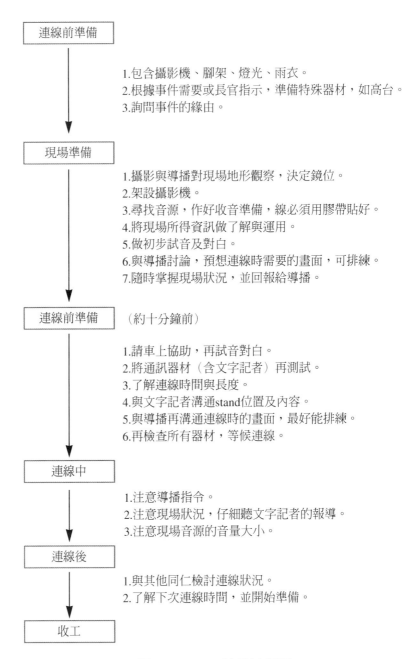

連線前準備

1.包含攝影機、腳架、燈光、雨衣。
2.根據事件需要或長官指示，準備特殊器材，如高台。
3.詢問事件的緣由。

現場準備

1.攝影與導播對現場地形觀察，決定鏡位。
2.架設攝影機。
3.尋找音源，作好收音準備，線必須用膠帶貼好。
4.將現場所得資訊做了解與運用。
5.做初步試音及對白。
6.與導播討論，預想連線時需要的畫面，可排練。
7.隨時掌握現場狀況，並回報給導播。

連線前準備　（約十分鐘前）

1.請車上協助，再試音對白。
2.將通訊器材（含文字記者）再測試。
3.了解連線時間與長度。
4.與文字記者溝通stand位置及內容。
5.與導播再溝通連線時的畫面，最好能排練。
6.再檢查所有器材，等候連線。

連線中

1.注意導播指令。
2.注意現場狀況，仔細聽文字記者的報導。
3.注意現場音源的音量大小。

連線後

1.與其他同仁檢討連線狀況。
2.了解下次連線時間，並開始準備。

收工

圖12-9　SNG連線流程圖

習題：

1.請試述電視新聞的格式有哪些？相互間的關係為何？

2.一份完整的節目rundown應包含哪些要件？

3.請試分析國內有哪幾種型態的有線新聞台？並請以新聞的
　觀點分析各台整點新聞編排的優缺點。

4.請試分析編輯在電視新聞編播當中扮演的角色與重要性。

5.在SNG連線前，編輯有哪些準備動作？

※ 第十三章 網路新聞編輯與實務 ※

網路編輯是網際網路發展後所形成的另一種工作類型，其工作型態雖部分沿襲傳統下面編輯的工作內容，但卻也衍生出更多變化，提供給時下加入網路工作的人，另一發展與思考的空間。

　　網路編輯，廣義可指所有從事網頁更新與維護工作的人，包括個人網頁、個人網站、公司團體網站，甚至程式撰寫人員；狹義則可縮小為網頁的文字與圖片處理人員，或從平面編輯的概念推廣，專指在電子報內，從事文字與圖片處理的新聞工作人員。

第一節　網路新聞編輯的角色

　　從工作內容來說，網路編輯的工作類型是多樣化，沒有限制的。在個人網頁上，網路編輯可以說是版主（web master），將一個網站從無到有架設起來，填入內容，使其運作，提供資料檢索查詢功能。

　　在大型的網站中，網路編輯的工作大致可以區分為文字與圖片處理人員、程式撰寫人員與網路管理人員（也稱工程師）。

　　隨著網站的屬性不同，所處理的內容（content）不同，工作型態也不同，如在入門網站的網路編輯，工作的內容主要在資料的整理與分類（前端），在電子報的網站中，網路編輯的工作主要在新聞的處理與呈現（後端）。

一、網路編輯的工作型態

　　除此之外，網路編輯的發展也相當寬廣，網路編輯也可成為總經理，獨立對外與廠商洽談各種合作事宜，作各項的決策、監

督與執行。在這樣的發展下，網路編輯也可以成為業務總監、企劃總監、行銷總監、創意總監或廣告代表，對外負責內容與合作的洽談。

　　網路編輯也可成為圖書館的館長，負責資料的蒐集、整理、分類與上架（update），將各式各樣的資料，依不同的內容分類，設定關鍵字，以資料庫檢索軟體來套用，成為可供網友查詢的資料內容。

　　而在網路電子報中，網路編輯可成為新聞產製流程中的一員。凡從事實際撰寫工作的，可發揮報社中主筆的角色；將資料製作成網頁的，可扮演編輯的角色；從事新聞與資料蒐集撰寫工作的，可從事網路記者的工作；將外電翻譯成為新聞稿的，是擔任編譯的工作；而從事版面設計與圖片影像處理的，則是美編的工作。從另一個角度來說，網路編輯也專事網站內美觀的設計與生產的品質，故也扮演了藝術總監的工作。

　　由此可知，網路編輯是一種全新的工作型態與類型，具有挑戰性，且有無限發揮的空間。各種不同的工作，也適合不同屬性的人來參與，扮演著上、中、下游的角色。

　　但是，由這些多變的角色扮演，也顯示出在公司中角色劃分的混淆，一位網路編輯的工作，需跨越多大的範圍？扮演多少種角色？一方面牽動公司的需求，一方面也攸關個人的能力。參與的角色太多，需學的專業技能太多，所學不精，耗費太多的人力與精神，也可能影響產出與個人發展。且若以企劃團隊的角色來看，與各專職部門，如美編部門、業務部門的職權劃分為何？這在網路普遍是新興公司，各種人事、組織與營運方式都在摸索的情況下，的確很難釐清。況且，目前的網路公司經營者，入門時間都不長，更增加協助網路編輯在定位上的困難。

網路編輯的角色說來自主性很高，但相對來說，卻也處處顯得綁手綁腳，在公司裡，需要更多的折衝與協調，以尋求與其他部門合作上的融洽，讓一個企劃案能平順的推展，否則，就必須由上到下，一手全包，事倍功半了。

二、參與企劃與營運工作

對於個人而言，若個人的性向較為外放，適合挑戰與自我要求，則能在工作上尋找出路，不斷的嘗試新的工作，將所扮演的角色發揮到淋漓盡致，並挑戰不同的工作，而最終朝向經理人的角色發展。但若個人的性向較為保守，適合從事機械性、少變動的工作，則專攻一項工作，深耕鑽營，也可以發揮一片天空，作一個專業的技術人員，換句話說，是「人人有機會，投入就有把握」。

目前的網際網路發展，仍停留在技術層面，因此需要大量的網路製作技術人員，網路編輯在這個時間點可說是搶手貨。但長遠來說，在網路成為生活的一部分，網路經營的模式確定，網路生態與秩序被確定後，網路經營與管理的人才必定是主流。因為唯有經營與管理者從成本、獲利各方面加以考量，才能為公司帶來更多的利潤。因此，網路編輯發展的遠景，應由技術面逐步轉化為經營與管理面。

所以，除了具備基本的技術外，一個網路編輯應該多做市場的分析與觀察，培養對於網路市場的敏感度，適時參與網站的企劃、營運與轉型的工作，以發揮更大的功能，且藉由對於網站實際的操作，檢討出利弊得失，以作為管理的依據。

曾有美國的趨勢學者表示，未來人類的生活將多樣化，產業

生命週期的循環將比現在更快，這意味著人類在其一生中將不只從事一種工作，培養第二專長是很重要的，一個人約十年就會換一種工作……，在面對網路如變形蟲的生態中，這個預言已提前來到，面對這樣的情勢，預作準備，學習各種適應技巧，是網路編輯的天職與宿命。

第二節　網際網路的發展歷程

傳播學者巴利·薛曼（Barry Sherman）在其所著的 *Telecommunications Management: Broadcasting/Cable and the New Technologies* 書中提到，由於新傳播科技不斷的發展，使得媒介組織內工作人員之間傳統的分工界限不斷地模糊不清，也使得工作內容不斷發生變化。新聞媒體也無法避開數位革命的大潮流，無論是電子媒體或是印刷媒體，都只有面對與接受數位科技時代來臨一途。（Sherman, 1995）

一、網路帶來媒體全新挑戰

自從活字印刷術從中國傳到歐洲、並在古騰堡（Gutenberg）轉化成為印刷報後，直到廣播出現之前，印刷報紙一直是大眾傳播的主流、並具有主控地位的媒體。印刷報業在這段歷經數個世紀的時期中，享有獨占大眾傳播市場壟斷的特權。美國報業自從一九六〇年代以來，就開始必須回應讀者數量不斷下降的挑戰，做過的嘗試像是改進版面設計，或是限制每一則新聞的字數（以 *USA Today* 最為明顯），甚至在一九七〇年代時，還嘗試將新聞用

電傳視訊（videotext）的方式傳送（Jolkovski and Burkhardt, 1994）。不過，這些嘗試在尚未見效時，新的、更嚴峻的考驗接踵而至——網際網路的興起。

網際網路也早在七〇年代後期出現，但是直到World Wide Web（WWW）在1993年出現後，才正式讓新聞媒體見識到厲害。網際網路的發明，使得訊息自由流通於全世界成為可能，但是WWW技術的出現，則更使新聞資訊有了更好的呈現平台（platform），而使用者也有更簡易的操作與讀取介面。1998年，Editor & Publisher Interactive統計全世界報社（日報與週報）開辦電子報的總數，共是2,859家網站（即電子報），其中美國報業設立電子報的數量又超過一半（1,749）。這數字一方面顯示出世界各國電子報（由大型報社設立）在五年之內成長速度之快，另一方面，也顯示出，報業對於電子報所賦予「增加與維繫讀者群、提升廣告量」使命的肯定與重視。（Peng, Tham and Xiaoming, 1999）

二、電子報引發激烈競爭

曾有預言，認為電子報以及數位科技帶動的媒體整合，將會使得報紙媒體消失。不過，西元2000年5月有1,483家的美國報社主管齊聚紐約，召開美國報業協會2000年會，會中卻透露出美國報業對前景的樂觀分析。會後，美國*USA Today*專欄分析美國報業為何在九〇年代不但未因網際網路興盛而消失無形，反而在訂報人口上逐步成長時認為：當資訊慾望越發強烈，人們看得、聽得、讀得越多時，其實，人們對於可以提供更廣、更深資訊的媒體需求更大，而報紙媒體通常是最能滿足這需求的資訊提供者

（Neuhrth, 2000）。在過去，沒有網際網路的時候，資訊散發的管道以及流通有限，近來反而因為網際網路讓新聞資訊流通層面廣、速度快、流量大，造成資訊需求的量反而不減反增（ibid）也因此，美國的幾個大型全國報的訂閱人口，在2000年上半年增加許多。報業不消反長的事實，著實給了美國傳播巨亨泰德‧透納（Ted Turner）以及微軟王國創建人比爾‧蓋茲（Bill Gates）對報業發展前景的預言一記大耳光（Ted Turner與Bill Gates 分別在1981年、1988年預言報紙將消失，並被網路電子報取代）。

　　不過，也由於電子報不斷出現所帶來的激烈競爭，以及所肩負任務的多樣，電子報成員的工作內容也不斷面臨挑戰。其中，尤其是電子報的新聞工作人員，一方面要堅守新聞產製流程中，篩選新聞以及管控新聞呈現的守門人工作，另一方面，更要具備在傳統報業中編輯工作無需具備的網頁製作能力、美術設計製作能力，以及簡單的電腦系統設計能力。更嚴重的，在電子報廣告業務仍遠不及傳統印刷報廣告量的情形下，為了支持電子報的生計，新聞工作人員（當然包含編輯人員）可能還要面臨新聞與廣告合作的道德挑戰。總此，電子報新聞編輯工作其實已經由於電子報角色的逐漸被重視，與其功能的逐漸被倚重，在工作的質與量上都發生了改變。「界限的模糊」一詞，原本是傳播學界用來形容數位科技對傳統媒介之間（如電視、廣播、報紙、雜誌、電影等），原本壁壘分明但卻逐漸整合的乖離現象。本文也借用這個名詞以及概念，用來描述電子報新聞編輯工作，同樣因為數位科技而有所改變。

第三節 網路人口質量的成長與變化

　　根據尼爾森行銷研究顧問公司在1999年公布的資料顯示（AC Nielsen, 1999），國內網路使用人口在量與質兩方面，在1997年到1998年之間，發生了幾個明顯的變化，值得網路電子報業者重視：首先，網路使用人口從1997年的197萬人成長到1998年的306萬人。而這個成長的人口，同時發生在不同的性別、年齡層以及學歷背景中。雖然整體而言，網路使用人口中，占最大多數的仍以大專程度以上，以及年齡方面，15-34歲之間的人口，不過在1997年至1998年間，女性、中壯年人口，以及中低教育程度者的網路使用人口增加有明顯成長的趨勢。

一、上網成癮人口增加

　　其次，在該份調查報告中，關於網路使用者的其他媒體使用情形調查結果顯示出，高頻次網路使用者（internet heavy users）相較於低頻次網路使用者與不使用網路者，在印刷媒體（如報紙、雜誌）的閱讀時間，呈現明顯較多的現象，而廣播媒體則是在上班時間（週一至週五）的日子內，也呈現同樣的研究結果；不過，電視卻是唯一呈現與電腦網路使用時間相拉鋸的媒體：高頻次網路使用者的電視觀看時間，較低頻次網路使用者與不使用網路者的電視觀看時間明顯來得低。這個研究發現，其實與研究新傳播科技對社會的影響的傳播學者E. M. Rogers在1985年的研究發現相雷同：40%具有高教育背景的電腦使用者，表示電視使

用的時間每天減少了1.5個小時（Rogers, 1985），Vitalari、Venkatesh與Gronhaug在1986年的資料也曾顯示67％的受訪者，因為電腦使用而減少了電視觀看的時間（Vitalari, Venkatesh, & Gronhaug, 1986）。使用與滿足理論對於電腦網路使用與其他媒體使用時間分配的關係，這些研究發現提供了一個較清晰的解釋：若將網路使用者視為「資訊尋找者」（information seekers），則他們對於可滿足其資訊需求慾望的媒體，自然使用時間上有所增加，例如報紙、雜誌、廣播等。電視由於媒體特性，提供聲光娛樂的功用大於資訊提供功能，並且在媒體使用上有排他性，與不方便性，因此較不受資訊尋求者的青睞。不過，高頻次網路使用者也不盡然一定是資訊尋求者，Perse與Dune在1998年的研究中發現，為了尋求娛樂、殺時間以及連絡溝通目的，而主動將家中電腦上網的比例也很高（Perse & Dune, 1998）。Chou同樣在1998年調查台灣上網人口的目的時，也發現「逃避壓力」、「隱匿溝通」與「人際溝通」也是上網成癮的人的目的之一。

除了AC Nielsen的網路人口觀察研究，蕃薯藤網站在1999年的網路民調結果則顯示（蕃薯藤，1999），在網路使用人口的量方面，在1999年時，已經突破400萬人。在網路人口特質方面，男性與女性的比例分別是57％與43％，較前一年的68％與32％，女性上網比例成長了10.76％。從上網平均年齡來看，下降到24.5歲。教育程度上，具有大專／大學以上背景者占78.3％，而網路使用者的平均收入是28,958.03元，扣除學生、家管、退休、待業中則是40,739.29元。至於上網場所方面，仍以家中最多（64.47％），但是研究也發現從公司上網的人數，已從前一年的15.4％增加到17.88％。對於網路電子報較有價值的發現，在於：第一，使用WWW功能仍是大多數網路使用者的第一理由（63.6

％），而其中，最常瀏覽的網站類型，除了搜尋引擎網最高之外，依序接著是：生活休閒資訊類、資訊產品類、電腦資訊類、下載軟體區與新聞媒體類。亦即除了網路使用者最關切的電腦資訊相關網站外，國內網路使用者最常去的網站是生活休閒資訊類與新聞媒體類。同樣在調查中顯示：閱讀新聞／雜誌是網路使用者在網路上最常進行的五大活動之一（ibid）。

二、電子報發展仍有空間

另外，也值得國內電子報經營者重視的，在瀏覽網路時，國內網路使用者絕大多數都是以上國內網站為多（83.6％受訪者），而令網友困擾的網路使用經驗，除了「上網後塞車」之外，就屬「網站內容貧乏」了。當然，該項調查並未針對網路使用者對國內電子報的意見進行進一步的調查，但是該研究發現也再次呼應網路使用者特性中，關於「資訊尋求者」的部分特質。對國內電子報經營者來說，應該重視的應該是如何進一步加強網站內容的豐富性（例如：生活休閒資訊的加強提供，與一般新聞資訊的深化）與資訊流通的速度（page loading的問題），以作為一方面回應國內網路使用者的高度倚賴，一方面強化生存的條件。

另外，雖然網路上普遍流行著一股免費的文化（Peng, Tham, & Xiaoming, 1999），以及「交易安全」仍被絕大多數國內網路使用者認為是進行線上交易最大的障礙之際，當被問及未來願意透過網路從事的商業活動時，「資訊服務如（付費）訂閱電子報」是最高四個選項其中之一（蕃薯藤，1999）。顯示出，即便在調查中，已經有58.6％的受訪者表示有主動訂閱電子報並且平均訂

閱2.09份，但是未來電子報若以收費方式提供國內網友新聞資訊，仍然存有很大的空間，尤其是一般新聞類的電子報，是除了資訊產業訊息類與產品資訊類電子報之外，網友主動訂閱排名第三高的電子報。

三、電子新聞重要性日增

報業設立的電子報，相較其他類型（如：學術、產經、醫療、文化、資訊產品等）的電子報，具有更多元、更廣泛的新聞資訊，而較之於其他電子媒體設立的網站（與電子報）具有更深度、更完整的優勢。在國內網路使用人口逐年增加、特質也逐漸明顯之際，電子報的新聞工作，其重要性應不言而喻。

Glen與Patricia在1995年的研究也證實，電子報與傳統印刷報最大的不同，在於電子報的高度互動特質。透過網路，電子報提供讀者一個更易於接近媒體、記者與編輯人員的管道。電子報讀者一方面可以用電子郵件投書表示意見，更可以針對特定議題與記者溝通討論。此一特質幾乎完全顛覆傳統印刷報業中，「菁英辦報」，或是中國報業發展歷史上「文人辦報」的特色——做之師、做之尊的單向傳播型態。電子報的出現與興盛，非但不僅僅是新的資訊提供者，更儼然成為民主社會中公共論壇的一部分。

第四節 電子報新聞編輯的認識

一、讀者對資訊需求強烈

由於網際網路的全球性與普遍性，使得電子報的讀者廣被四海。雖然有研究指出，電子報的讀者比較喜歡接觸到非本地的、突發的新聞，但是由於國內網路人口的逐年快速增加，加上對新聞資訊的需求強烈，因此電子報提供的新聞內容，國內、外新聞均不能任意偏廢。報業設立的電子報在這方面就比其他公司甚至其他媒體設立的電子報占有優勢。報紙媒體在新聞數量上、報導的完整性與深度方面，原本就不是電子媒體所能相較的，因此在國內、國際新聞方面所能涵蓋的範圍就比較大。不過，也由於報社記者作業習慣一天發一次稿，因此如何在即時性、突發性新聞的作業流程上改進，同時發揮報紙媒體原本就較為完整的新聞控管流程特性，避免電子媒體現場直播時記者信口開河式的新聞弊病，將會是提升電子報在回應網路使用人口，對電子報認知圖像上的一大改進。

二、發揮多媒體新聞優勢

由於頻寬限制，電子報雖然挾有數位科技整合力量的特性，應可儘量發揮多媒體呈現新聞的優勢，但直至目前為止，國內報社設立的電子報（即：中時電子報、UDN）多仍以文字輔以照

片作爲主要的呈現方式。因此，未來如何繼續在系統與技術方面尋求突破，以結合影、音、動畫、文字於一體的方式呈現新聞，將會是電子報新聞編輯人員的一大考驗。電視媒體所設立之電子報在這方面顯然具有較大的資源。國內多家電視台年來也多已經架設新聞網站，提供網友影、音新聞服務。不過，在新聞的品質以及呈現的方式上，則又囿於電視新聞作業流程的限制，不但在新聞數量上顯然少很多，在以文字呈現方面，也多直接使用播報時口語文字，因此字數較少、新聞處理的程度較淺。而在即時性與突發性的新聞表現方面，國內由電視台成立的新聞網站顯然並未展現SNG般的網路直播特性。因此，擁有報社資源的電子報新聞編輯人員，如何善用報社資源，並努力發揮網路原生媒體的特性，呈現新聞內容，將是把電子報從網路附屬媒體型態轉變出來的關鍵之一。

三、網路電子報的互動性應該加以運用

電子報作業流程中，其實大多數的工作已由電腦自動化完成（例如：發稿作業、改稿、審稿作業，以及將報社文字檔直接轉成電子報內容等）。因此，報社成立的電子報編輯人員，已不必負擔傳統報社中編輯人員審稿、改稿以及下標等的絕大多數工作。相反的，由於電子報編輯人員常常必須面對大量網友寫來的電子郵件，以及維護開放討論區的內容，因此，相較於傳統報社編輯人員「編輯台上的黑手」角色，電子報編輯卻儼然是第一線工作人員。爲了發揮電子報在互動性的特質，編輯人員應該也具有對新聞內容、新聞記者群以及報社政策的了解，才能正確回應讀者對新聞報導的要求與詢問。再者，電子報編輯也更應該具有

直接處理讀者來信的意願與親和力。在規劃互動空間方面，電子報除了應該提供讓網友使用的電子郵件信箱之外，也應該儘量開設公共論壇空間，並設立與執行論壇規範。

第五節　電子報新聞人員的工作內容

電子報的運作，新聞工作人員當然不是唯一的要素，另外還應有系統人員、美術人員、廣告業務部門人員以及行政管理人員等。新聞工作人員存在於電子報內是毋庸置疑的，不過，對電子報新聞編輯的功能，以及應該發揮的工作內容，則有許多不同的看法。

一、仿照傳統媒體編制

首先，在職位頭銜方面，S. E. Martin（1998）發現，報社設立的電子報新聞工作人員除了被稱爲「編輯」之外，也有被稱爲「製作人」（producer）的情況。在國內，「明日報」裡負責審核新聞內容、加照片、加相關報導連結，以及刊出前最後審查工作的人，除了有被稱爲「編輯」或是「助理編輯」的人外，另外也有「製作人」與「副製作人」的職務頭銜。不過以「中時電子報」爲例，在其新聞中心中，則沒有所謂製作人的稱謂，而是稱爲助理編輯、編輯、主編、執行主編、副總編、總編輯等。從職位頭銜除了可以看出一些電子報從報社衍生過程的痕跡之外，另一方面，可能也可以據此窺探該電子報在經營策略的方向：是經營「網路原生新聞媒體」，抑或經營「資訊中心」。例如，在強調網

路原生媒體的電子報中，雖然仍然有新聞產製流程的控管人員，但顯然並不被認為產製流程後端的「編輯人員」，而是新聞內容的「製作與規劃人員」──重點在於新聞產品表現與陳述的規劃與製作。若朝向「資訊中心」的角度出發，則新聞品質的控管顯然比如何表現、包裝來的重要，因此比較可能使用傳統新聞室內的管理結構以及職位頭銜。

二、工作內容具多樣性

就報社設立的電子報而言，根據J. B. Singer、M. P. Tharp與A. Haruta的研究結果，電子報新聞工作人員工作內容其實與電子報是否獨立於報社之外有關。而電子報是否獨立經營，又與該報社報紙的發行量有關。發行量越高的報社，其設立的電子報獨立經營的情況就比較多。在那些非獨立經營的電子報內，新聞工作人員通常是報社人員兼任的，其中尤其是報社的copy editors最多被指派兼任電子報的出版作業。另外，報社內負責視覺設計與製作的人（例如：攝影、美編等），也多會直接被指派擔任電子報出版工作。在這些非獨立經營的電子報中，編輯人員除了要負責基本的分稿工作外，也表示常要負責「寫作」、「娛樂新聞編輯」、「電腦操作」，甚至「電話接聽」。相反的，隨著報社發行量增加、電子報獨立經營的規模擴增，電子報新聞工作人員的數量也就增多，工作分項就比較清楚。

回到前文所述關於電子報編輯人員的職位頭銜上，工作分項較細的電子報，編輯工作就可以從不同的頭銜了解一二：「新聞編輯」（news editor）、「美術編輯」（design editor）、「版面編輯」（section editor）、「首頁編輯」（frontpage editor）、「運動新聞編

輯」（sports news editor）、「系統支援編輯」（liaison, assistant managing editor for technology）、「版面編輯」（on-site managing editor）等等。

三、地位經驗不如母報

同樣的研究指出，電子報新聞編輯人員普遍來看，地位與經驗都比不上其母報內的編輯。這點一方面從其薪資差異得到驗證，另一方面可從組織架構上得知。該研究發現美國報社設立的電子報，其編輯人員有逐漸從傳統新聞室的新聞產製控管的系統中脫離的現象，轉而向較低層級的主管負責，例如：廣告製作部門、研發部門、企劃宣傳部門等等。當然在美國也仍然有電子報的編輯保持直接對發行人或是社長負責的部屬關係，但是前者現象的出現，不禁令人感到訝異，更對報社設立之電子報其新聞媒體屬性的絕對性開始存疑。

另外，部門之間歸屬問題也常困擾電子報編輯，J. B. Singer、M. P. Tharp與A. Haruta的研究就發現，電子報編輯較報紙編輯來的更希望「覺得他們是『母船』（mother ship）的一份子」。顯然報社編輯是不用顧慮這一層。

四、製作維護負擔沉重

相較於報紙編輯，電子報新聞編輯的工作內容，可能還因為電子報規模的不夠大，而要兼負業務的考量。電子報編輯有會關心他們的產品會不會賺錢，並視網路為賺錢機器的現象，相反的，傳統報紙編輯人員就沒有利用報紙賺取利潤的渴望，反倒是

只希望有更多的錢來花用。電子報編輯人員在J. B. Singer、M. P. Tharp與A. Haruta的研究中，同時也呈現出身分與角色的混淆與困擾：在美國，許多時候電子報的新聞產品與報導，必須仰賴行銷部門的幫助才能生存，因此編輯工作在許多時候，與廣告業務工作之間的界限逐漸模糊。

　　雖然目前大多數報社設立的電子報有自動轉檔的程式，將報紙上的新聞轉成電子報所需的網頁格式，但是轉完並不表示電子報就完成。進一步了解電子報編輯人員工作的內容時，則發現編輯人員也仍然會修改新聞內容。修改的部分，包括加入超連結（占84.5%）、改標題、修改照片與美術設計，以及新聞報導結構與修辭。Martin在觀察美國兩家報社（*Newark Star-Ledger*與 *Raleigh News and Observer*）設立的電子報作業流程後發現，該二家電子報新聞編輯人員的工作其實很繁重，從新聞資料的蒐集，到抓報社文字與圖片檔轉成電子報HTML檔，修改新聞內容（篇幅長短、標題圖片尺寸、檔案格式），視覺美觀的設計與製作，網頁維護，新聞專輯的企劃、製作與維護……都屬於編輯的工作內容。因此來看，電子報編輯工作其實並不比報社編輯工作來的輕鬆，相反的，因為同時處理新聞工作與電腦網路作業，使工作加倍；電子報的編輯工作除了保留了傳統報社編輯工作之外（Martin, 1998），另外其實還要加上許多與電腦、系統、出版、動畫等相關的作業項目。不過，當然如果電子報的規模夠大，專業人員夠多，在各司其職、專業分工之下，電子報編輯人員的工作量是可以減少的，但是專業性與必要性仍不容忽略。網路編輯與傳統新聞編輯工作之比較見表13-1。

表13-1　網路編輯與傳統新聞編輯工作之比較

網路編輯與傳統新聞編輯對比之初探			
		網路新聞編輯	傳統新聞編輯
新聞內容	速度	即時，速度快，每秒截稿；生命週期短，獨家可能五分鐘	新聞生命較長，以天為單位；新聞規劃、發動時間較充裕
	縱深	新聞橫向、縱向深度並重；必須自行搜尋、生產新聞縱深	較重橫向連結；素材由採訪單位提供
	層次	由1.時序稿序 2.標題字體顏色交互構成，標題外露，新聞隱藏	由1.版序稿序 2.標題字體字形交互構成，標題內文合一
	編務	最重速度、創意、附加價值；立體網頁整合	高專業、高作業密度；平面圖文整合
	閱聽	三維新聞架構，球狀閱讀；須考慮每則新聞獨立性	平面新聞架構，線性閱讀；新聞配套性強、標題可較靈活
專業技術	標題	1.更口語、更明晰：因新聞隱藏 2.層次變化較少：引題、副題少，但可應用實題、空題 3.字體變化受限：只用細明體，但可應用粗體及顏色變化	1.較重文字優美、創意巧思 2.層次變化多：引題、主副題、插題、橫直錯落、包文盤文 3.字體變化多：除圓體、仿宋，廣用行書、魏碑、陰體等
	技能	1.須具備資料搜尋能力 2.基礎網頁語言能力	1.組版技術能力及術語 2.新聞專業能力
	壓力	1.處理新聞機動性高 2.判斷及作業時間短	1.作業時間集中 2.需面對降版壓力
	知識	1.新聞廣泛知識 2.熟悉網站及搜尋連結	1.新聞專業知識 2.版面專業知識
	團隊	1.分工較不明確 2.作業獨立性高：主要為圖編，供稿單位、出版人員僅為輔助	1.分工分版明確 2.作業團隊性高：分核稿、組版員、美編
	養成	1.理論典範建構中 2.較無範本可供遵循	1.實務理論、術語已建構 2.多重視線上培訓
	限制	1.不受版面框架、字數限制 2.標題字數較自由、形式較嚴格	1.版面、字數限制大 2.標題字數嚴格、形式開放

第六節 個案分析──中時電子報新聞中心編輯工作內容

以中時電子報為例，其編輯部共有新聞中心、出版中心、數位設計中心、圖片資料中心，以及寬頻開發中心等五大部門。由於人員數量與編制齊全、分工明確，因此新聞中心編輯人員大多時候可從其他部門獲得所需要的系統、美編、照片供應等支援。以下特別針對新聞中心的組織架構與編輯人員背景進行說明。

組織架構方面：以中時電子報為例，由總編輯總負其責並設有副總編輯協助處理相關編務，另規劃有總監、執行主編、主編、編輯等職位。依照工作內容，新聞中心編輯群的組織架構如圖13-1。

電子報的新聞呈現大體來說可分成：即時新聞、最新焦點、報系當日新聞、新聞專輯、新聞評論與當日新聞照片集錦。分述如下：

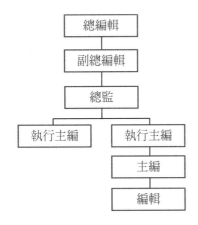

圖13-1 中時電子報新聞中心組織架構圖

一、即時新聞

（一）呈現方式

在電子報首頁區域版面位置、尺寸均以程式固定，設定一次最多僅能容納多少條即時新聞，因此當有最新的即時新聞進來後，將自動出現在第一條，先前的即時新聞依序向下推擠。被擠掉的即時新聞會自動分類（類別已於記者發稿時定義完成）到即時新聞專區（另起頁面），如果網友有需要知道所有當天曾發過的即時新聞，可以點選進入「即時新聞區」，該區依照新聞內容，大致分為政治、社會、大陸、國際、財經、藝文等類。即時新聞內容的版面為了與各報內容作為區隔，因此另有新的版面呈現。而每一則即時新聞發布時，標題下方均有發布時間，提供讀者以及編輯作為參考。

（二）內容來源

即時新聞最先設立時，內容完全來自中央新聞通訊社。新聞經由中央社連到電子報的專線，自動轉檔發布在電子報上，或由各電子報之母報成立網路新聞供稿單位，直接提供新聞，後來也增加由中時報系記者的即時發稿系統供稿。（圖13-2）

（三）編輯作業

報系供稿中心的即時新聞發出後，將直接進入電子報系統主機，並自動轉成HTML檔，標題（含時間）自動刊出於電子報首頁，而全文則自動進入即時新聞區，並依照類別歸類。過程完全

中國時報編輯部　記者　總字數：7116　90/08/29　19:53　第1頁
中國時報新聞分版提要稿單　見報日：九十年八月三十日（第一頁）

版別	內容提要	字數確估	發稿單位	備註
二	「經發會後續新聞」：		政治組	
	一、土增稅調降部分：			
	A行政院宣布土增稅兩年減半修法後實施（政治組）	997		
	B降土增稅，張揆拜訪立法院（政治組）			
	C審計長下午拜訪王金平（政治組）			
	D各黨團對土增稅態度（政治組）			
	E蕭萬長贊成調降土增稅（政治組）	573		
	F損失上百億土增稅，馬籲中央修法補助（市政組）	600		
	G財政部說法（經濟組）			
	H建商歡聲雷動，營造、金融業者皆認受益（經濟組）			
	I誰獲利最多？誰帳面獲利未來受損？（經濟組）			
	J市場面正回應，台股大漲一四〇點（經濟組）			
	K學者看法（經濟組）			
	L工商團體將強力遊說立院通過（經濟組）			
	M分析（經濟組）			
	N（欄）舉債可做經常支出，政府財政潰堤在即（政治組）			
三	二、兩岸部分：			
	A大陸投資新審查機制九月底前實施（政治組）	700		
	B林鍾雄：銀行到大陸設分行應有規範（政治組）			
	C擴大境外航運中心功能修法，九月四日啓動（教科文組）	600		
	D戒急用忍鬆綁，呂秀蓮認為應做有效管制（地方中心）			
	E台灣鬆綁戒急用忍，中共報紙反應冷淡（大陸中心）（續下頁）			

續下頁

圖13-2　中國時報新聞分版提要稿單

版別	內容提要	字數確估	發稿單位	備註
三三二	F 新華社訴戒急用忍評論　　（大陸中心） 二、政黨協商會議及其他： 　A 政黨協商會議預計九月上旬舉行，不變	606		
	B 扁總統張俊雄宣布經發會後修法進度（政治組）	700		
三二	C 勞委會擬定工時彈性說帖（教科文組）			
	D 九月一日起馬、泰、越外勞薪資內含膳宿（教科文組）	600		
六	一、美「中」台關係： 　1 扁盼參加亞太經合會，與對岸領導人進行對話	1828	〃	
	2 府秋雷演講，支持扁參加ＡＰＥＣ，訪問華府			
	3 美智庫學者：在野黨赴要中共對扁強硬 　4 學者研討亞太情勢			
六	謝長廷實領節簽署提升全代會決議文案		〃	
六	一、選舉： 　1 民進黨中部選戰會報（地方中心） 　2 台聯：失業率高，賄選更易成功（政治組）	700	〃	
	3 林志嘉、王建（火宣）會面協商民調（政治組） 　4 連戰為桃園黨提名縣長、立委候選人授旗並拜會民進黨執政地（地方中心）			
	5 警政署強化選舉治安工作九一開跑（社會組）	792		
八	政院通過性騷擾防制及申訴處理要點	700	〃	
四	一、「劉冠軍案」： 　1 李慶安質疑劉冠軍聲援媒體 　2 李慶安批軍法官看白白不聽證詞	564	政治組	
四	一、「軍購弊案」： 　1 監察院拉法葉小組院外約詢前海總司令葉昌桐 　2 監察院約談葉昌桐談拉法葉案	433	〃	

續下頁

（續）圖13-2　中國時報新聞分版提要稿單

中國時報新聞分版提要稿單　　　　　　見報日：九十年八月三十日（第三頁）

版別	內容提要	字數匯估	發稿單位	備註
三	（我思我見）陳水扁統領立委質詢幾個軍事問題	837	〃	
六	「北縣市打水仗」： A 北市緊急支援基隆、汐止用水，送水車下午出動（市政組） B 馬英九送水到基隆，送桶、送水車（地方中心） C 民進黨立委率眾抗議，溝通無共識（市政組） D 市府駁蘇：勿把總統九二供水和短線一起（市政組） E 張揆籲停止水戰：手心手背都是肉（政治組） F 朝野立委再談北縣、市搶水問題（政治組） G 爭水風波，縣府、省自來水低調回應（地方中心） H 吳育昇晚上二一○○（重要才發稿）（市政組） I 翡翠、石門和新山等北部地區民生用水拉（地方中心） J （欄）北縣不要給基隆、彰顯救急不救窮（市政組）	900 500 600 800	市政組	
五	色情光碟			
四	「金融人事異動」： 一、台企銀部分： 1 台企銀蕭介仁被撤換，王榮周接任（經濟組） 2 蕭介仁人物與台企銀風波（經濟組） 1 羽田機械貸款弊案，檢調懷疑台企銀等高層涉案（社會組） 2 檢調偵辦台企銀弊案，兩度約談前董事長蕭介仁（社會組） 二、台銀部分： 1 台銀總經理李勝彥接任（經濟組） 2 業界反應（經濟組）		經濟組	

續下頁

（續）圖13-2　中國時報新聞分版提要稿單

版別	內容提要	字數匯估	發稿單位	備註
四	「駱志豪洩密案」： 1 駱志豪洩密案，高院二審洩密罪仍判三年　（社會組） 2 駱志豪人物　（政治組） 3 （欄）駱志豪判決，顯示政府箝制新聞自由　（社會組） 4 政府機密必須解密，才能避免駱志豪事件再度發生　（林照真）	800	社會組	
八	1 景文案，檢調約談前北縣工務局長李正庸等十三人　（社會組） 2 景文案，續約談十三人　（地方中心）		〃	
八	蔡辰男欠債未還，法官通知說明未到，遭限制出境		〃	
八	王文義私生女與法律上父親父女關係不存在		〃	
八	合庫貸款弊案，檢方起訴三重支庫前經理等三人		〃	
八	金鼎員工陳三寵涉嫌司法黃牛遭檢方聲押		〃	
八	簽賣命身契「與蛇共舞」涉賭博，檢方不起訴		〃	
八	北市社會局拆遷填墓出錯，判國賠及安遷費		〃	
八	司法院人審會通過法官調動，十七檢察官准調		〃	
八	法務部：支持行政院所屬績效獎金實施計畫	600	〃	
八	五株妹冰毒搖頭丸，幕後幫派份子操控		〃	
八	北投郵保大合作破獲偽鈔案，起出偽鈔二百張	400	〃	
八	大安查獲五萬美金假鈔		〃	
八	淨網專案，查獲十五個不法網站		〃	

續下頁

（續）圖13-2　中國時報新聞分版提要稿單

中國時報編輯部　記者　　總字數：7116　　90/08/29　　19:53　　第5頁
中國時報新聞分版提要稿單　　見報日：九十年八月三十日（第五頁）

版別	內容提要	字數確估	發稿單位	備註
八	台鐵宿舍疑遭縱火，十餘部機車遭殃		〃	
八	情人節禮品是贓物，偷法院書記官家的小偷被逮		〃	
八	東區出現「問路之狼」，專挑智障女下手	597	〃	
八	呂姓官兵凌虐張姓積櫛西施事件	386	〃	
九	「末代大學聯招」相關新聞： 1.聯考大烏龍，元智長榮短收或超收八、九十名	800	教文組	
	2.元智：大考入系短收八十四生，也有好處	614		
	3.黃富源：反對對楊姓受刑人化療斷時去勢	700		
九	八十技專校院今年僅一校調高學雜費	978	〃	
九	東華花師將合併		〃	
九	「RU486」： 1.網路販售假RU486，墮胎不成反助孕	600	〃	
	2.合法使用RU486，廿到卅五歲個案居多	600		
九	「中」、台、美、日、韓決成立國際地質處置技術研究論壇		〃	
九	中、北部午後出現大雷雨，明還有機會下雨	445	〃	
九	國人研發昆蟲桿狀病毒表現重組蛋白質技術	600	〃	
九	網路調查上班族以投資理財為最大宗開銷	600	〃	
廿二	長榮集團進軍大型購物商場市場	500		
八	吳敦義聲請高雄地院法官迴避，拘提案檢方稱依法辦理	600	地方中心	
八	北監截獲三封以高濃度海洛因浸泡過的信件，收件受刑人不同，也非毒犯，疑為降低警覺而為，但查不出發信者和真正收信人		〃	
八	北縣一父親因長期失業在家，涉嫌悶死兩名小孩再上吊自殺		〃	
八	中和瘦身中心有風化，前科老闆為顧客推脂，診機性侵害		〃	
八	花蓮張秀員命案，檢方起訴嫌犯		〃	

續下頁

（續）圖13-2　中國時報新聞分版提要稿單

中國時報新聞分版提要稿單　　　　見報日：九十年八月三十日（第六頁）

版別	內容提要	字數匯估	發稿單位	備註
八	東泰高職宿舍被兩名歹徒入侵，搶走各四千、三千元		地方中心	
	張院長拜會立法院及各黨團		影像中心	
	泛藍軍整合，王建（火宣）會晤林志嘉		〃	
	駱志豪案宣判及下午記者會		〃	
	北縣立委針對翡翠水庫用水問題向北市府抗議		〃	
	中共外交白皮書出刊		大陸中心	
十一	楊潔篪在美發表演說		〃	
	中共對台灣部署飛彈，美國會納入考量		〃	
	中共專家對南水北調問題意見分歧		〃	
十一	中共指要嚴控農民提留，以減輕農民負擔		〃	
十	日本自製之H2－A運載火箭首次發射升空，順利將所載物送上地球軌道	1000至1200	國際中心	
十	澳洲特種部隊接管闖入澳洲水域、滿載四百餘難民之挪威貨輪	800	〃	
十	美國預算盈餘銳減，國會勢將刪國防預算	900-1000	〃	
十	科學家預測加納利群島火山爆發，將引發大海嘯	1000	〃	
十	美國空軍「颶風獵人」中隊今年和航太總署合作探測颶風之形成與運動	1200	〃	
十	尚比亞裔大主教米林戈毀婚事件演成不信仰的爭鬥	1200	〃	
十	當年統治印度海德拉巴之土邦君主的珠寶於新德里展出，全印度為之目眩	1000	〃	

總編輯：＿＿＿＿＿＿　核稿：＿＿＿＿＿＿　主編：＿＿＿＿＿＿

主任：＿＿＿＿＿＿　核稿：＿＿＿＿＿＿　記者：＿＿＿＿＿＿

校改3：＿＿＿＿＿＿　校改2：＿＿＿＿＿＿　校改1：＿＿＿＿＿＿

（續）圖13-2　中國時報新聞分版提要稿單

由電腦自動化處理，電子報新聞中心編輯人員不須手控。不過，電子報編輯人員仍須隨時監控。

二、最新焦點區

（一）呈現方式

呈現最新焦點區的位置多在首頁上方，放的是最新焦點的標題，最新焦點新聞內文則是另起頁面。呈現方式多以照片輔助，新聞內文的右側有當日相關新聞的連結，以及相關網站與專輯的連結（稱為「加值」）。版面設計與即時新聞、報系當日新聞的版面不同，以作為區隔，以及為改版動作所作的市場測試。最新焦點版面位置與大小並未限制，因此可由人員（多由出版中心人員協助）控制位置以及停留在首頁上的時間。

（二）內容來源

仍以即時新聞內容為主，有時輔以監聽、監看其他媒體新聞，並經查證後彙整刊出。

（三）編輯作業

由主編輪班負責即時新聞，以及監看、聽其他媒體新聞報導，處理成最新焦點新聞。編輯工作內容方面，雖然作業介面已有視窗作業環境，編輯人員僅需在新聞價值與處理上做判斷即可，至於網頁製作部分的工作完全由電腦自動轉檔完成，但是新聞編輯工作中的選擇新聞、挑選照片、製作照片（由圖片資料中心支援此部分）、改寫標題（或增加標題）、挑選標題字型、大小

與顏色、新聞加值、新聞排序等，在前述視窗作業程式（轉檔程式）未完成前，電腦操作與網頁製作工作均由相關技術人員協助完成。

三、報系當日新聞

引用相關報系新聞（含社論、論壇文章）彙整後，依照焦點、政治、社會綜合、國際、大陸、財經產業、股市理財、資訊科技、醫藥保健、影視娛樂、運動天地、藝文出版以及社論論壇等類，以方便讀者閱讀時參考。新聞呈現時，所有新聞均沒有照片輔助，僅於下方做提供相關新聞與相關網站等加值服務，目的在於提供閱讀者對該則新聞有較深入的認識，以及有對該新聞事件歷史脈絡回顧的機會。

四、新聞專輯

（一）呈現方式

在各電子報中，「新聞專輯」均有獨立的專區。該專區可由首頁連結選擇連結到「新聞專輯區」首頁，或是各專輯首頁。如果某新聞專輯與新聞時事相關程度高（如總統大選前的「2000總統大選專輯」，或是大選後的「邁向新世紀、領航新台灣：阿扁新政府特輯」等），則會於電子報首頁最上方（刊頭附近）顯眼處增加連結圖示。新聞專輯內容的呈現，則沒有固定的版面格式限制，多由負責規劃製作的電子報編輯人員自行設計。

（二）作業流程

新聞專區企劃書經總編輯同意後，必須開始協調以下工作：

1. 版面製作：由數位技術中心協助製作版面（有時是提案編輯自行製作，有時是由執行主編支援）。
2. 轉檔程式撰寫：由技術中心程式設計師撰寫轉檔程式。
3. 上傳（up-load）作業：與系統部門人員協調上傳作業中新聞專輯區的新增檔案，以及防火牆外主機的空間。

上述工作平均需要一週左右（視專輯內容而定）完成。完成後，負責的提案編輯必須開始將新聞資料依照企劃內容歸類、轉檔、製作頁面、建立連結，最後將所有頁面組合，完成完整的新聞專輯網站。完成後，經測試無誤、可以刊出後，由總編輯決定是否在中時電子報首頁上方刊頭處加上連結圖示。新聞專輯推出後，則由編輯群共同負責維護資料的更新。更新時，編輯作業內容包括：新聞的挑選、抓文字檔、轉檔、新聞重新分版、排序、下標／改標等。

五、新聞評論

「新聞評論」與「最新焦點」一樣，內容來源也是由報系供稿中心規劃撰寫人員輪值表，撰寫人員由資深記者或主筆擔任。評論內容是專門提供電子報使用。

第七節　電子報新聞編輯角色、功能的討論與建議

　　在進一步與不同的編輯人員深入討論後，其實可以發現，在電子報的新聞中心中，編輯群本身，對於網路新聞編輯角色與功能的認知有很大的差異。

　　例如，負責新聞專輯區的主編，對於網路編輯的角色與功能，便是認為是放在網頁的更新與維護。因此，對他來說，即便是擔任電子報新聞中心的主編工作，但是其編輯工作是以「網頁製作、內容（以新聞為主）開發與維護」為中心的。也因此，在他的分類中，網路編輯工作其實是分成三種的：文字與圖片處理人員、程式撰寫人員，與網路管理人員（或稱工程師）。新聞網站的編輯人員與其他網站（如入口網站）的編輯人員，差異其實僅在於編輯的內容不同罷了，後者處理的內容是網站資料蒐集與分類，而前者處理的內容是新聞，但是總而言之，都是網站的「版主」。從上述主編對工作內容的描述與用字，以及工作人員的分類，很明顯的，是比較傾向「網路媒體中心」（online-media-oriented）的論述。

一、身分角色混淆造成困擾

　　另外，電子報主編也面臨到類似J. B. Singer、M. P. Tharp與A. Haruta的研究中指出，國外電子報人員身分與角色混淆與困擾的現象。一位網路編輯的工作，須跨越多大的範圍？扮演多少種角色？一方面牽動公司的需求，一方面也攸關個人的能力。目前

的網路公司經營者入門時間都不長，更增加協助網路編輯在定位上的困難。很顯然，對於網路編輯工作一方面雖然很樂觀的預測前景很被看好，但是另一方面，卻也困擾於在電子報中新聞編輯工作的未見釐清與尚不明確。

二、新聞產製與來源有關

電子報新聞編輯工作就新聞產製過程，或是從守門人功能的角度來看，發揮空間的大小，其實有相當程度與電子報設立背景與新聞資源來源有關。以中時電子報來說，在幾乎所有新聞內容都由中時報系提供的情況下，電子報編輯人員不管是總監或是執行主編、主編、編輯人員，其實修改新聞內容的空間（與權力）都不大，更不要說在「編採合一」制度中，編輯人員調度記者採訪新聞方向的權力。頂多，只能挑選、加標（與副標）、改個字型、換個顏色等，再來，就是在最新焦點區，對新聞呈現順序的排列、決定加（或是不加）什麼照片。相對而言，當新聞資訊來源來自電子報自己的記者時，編輯工作中守門人角色才有較大的發揮空間。

中時電子報新聞中心編輯還有一個工作是在傳統報社編輯台中比較沒有的，就是電子報討論區題目的規劃以及討論區的維護，還有對讀者來信的回覆。這部分的工作並不包含在電子報新聞編輯工作內容中，因此也沒有在前文中論及。作為網際網路媒體的一份子，電子報提供的公共論壇、聊天室以及網路民調，是發揮網路互動特色的一個重要的空間，也是在民主、資訊化社會中，凝聚（crystallize）公共意見與論述的良好管道。另一方面，電子郵件也讓電子報讀者有更方便的管道接近媒體以及媒體

工作人員。因此對中時電子報新聞中心的編輯而言討論區題目的
規劃和討論區的維護，應是非常重要的工作內容之一。

三、建議

綜上所述，對於電子報的編輯工作提出以下幾點建議：

(一) 在使用網路人口質與量變化的方面

首先，是國內網路人口在總的量方面，是呈現持續成長的趨
勢。也就是說，光是國內，電子報將「可能」接觸到的讀者，是
越來越多的，這其中有很大一部分是不習慣每天讀相同報紙的讀
者的人所組成的，他們傾向於不僅只讀當地的新聞與報紙，也讀
其他的報紙，對於非本地的新聞也很有興趣，電子報出現以前，
他們常常苦無辦法，但電子報的出現，充分滿足了他們在這方面
的慾望。也因此，這群人將會是電子報的忠實讀者（只是不一定
會鎖定某一個電子報就是了）。在質的研究發現部分，電子報編
輯應該可以嘗試除了賡續提供廣且深的新聞資訊外，也提供生活
休閒方面的資訊，以避免因「內容貧乏」而遭到嫌棄；另一方
面，在系統技術方面，也應該儘量往減少page loading的方向努
力，以減輕網路塞車之苦。

(二) 在對電子報認知圖像方面

電子報應嘗試提供更強、使用更方便的特定新聞（與廣告）
搜尋的機制，讓網路使用者一方面可以把電子報當作一份網路報
紙逐頁閱讀之外，也可以把電子報當作新聞搜尋庫，閱讀起來更
有效率，滿足「資訊搜尋者」的需要。另外，也應該繼續強化即

時新聞與最新焦點的新聞專區，以發揮網路新聞的即時性以及報紙媒體背景的新聞可信度。

（三）經營理念及中、長期發展目標

　　整個來說，對於電子報的經營理念，以及中、長期發展目標方面，應該有更清楚與具體的說明與釐清，讓兼任行政管理工作編輯人員知道何所依循，以及往何方向努力。進一步，編輯人員在此公司快速發展之際，也才能知道如何規劃編輯作業的分工，以及建立與其他部門合作的模式。

習題：

1.請試述在新聞網站中，新聞編輯的功能與角色。

2.從網路人口的發展，請試分析會看電子報的讀者的特質。

3.請試述國內電子報的發展與未來的前景，並請分析各大新聞網站的特色與內容的優劣。

4.如果要作一名網路新聞編輯，在學時應從哪幾方面自我加強？

第五篇　結論

✷ 第十四章 新聞編輯與法律問題 ✷

第一節　誹謗罪對媒體的影響

　　報禁開放十年後，媒體百花齊放，充分發揮「第四權」的監督功能，但卻也發現有越來越多的媒體記者，一不小心就觸犯刑法中的加重誹謗罪，引發輿論界的重視，希望能推動誹謗罪除罪化，先進國家如美國，就是以民事損害賠償來取代刑責處罰；不過，大法官作出的釋字五○九號解釋，認爲不實施誹謗除罪化，並不違憲，否則有錢人豈非可以任意誹謗他人名譽？

　　名譽是人的「第二生命」，各國無不於民法、刑法中設有規範，藉以保護和救濟。我國現行刑法第三百十條也明定：對於所誹謗之事能證明爲眞實，而且與公共利益有關，並不涉及私德者，誹謗罪不成立。第三百十一條也明定免責條件，以善意發表言論而有因自衛、自辯或保護合法之利益者、公務員因職務而報告者、對於可受公評之事而爲適當之評論者、對於中央及地方之會議或法院或公眾集會之記事，而爲適當之載述者不罰。

一、除罪化呼聲此起彼落

　　通常，公眾人物之隱私權比一般民眾爲少，必須接受媒體較大程度的報導和批評，中外皆然，但媒體記述仍不得涉及個人隱私或虛構事實，否則就可能要負民、刑事責任；但有關刑責部分，卻要求由媒體來「證明爲眞實」，媒體基於保護新聞來源，無法舉證時就得處於劣勢，也因此長久以來，要求將誹謗罪除罪化的呼聲就此起彼落。

大法官五〇九號的解釋文，明確點出「惟行為人雖不能證明言論內容為真實，但依其所提證據資料，認為行為人有相當理由，確實其為真實者，即不能以誹謗罪之刑責相繩，亦不得以此項規定而免除檢察官或自訴人於訴訟程中，依法應負行為人故意毀損他人名譽之舉證責任，或法院發現其為真實之義務。」將現行要求行為人必須證明自己行為，不構成犯罪的不合理情形條件放寬，是這號解釋最積極的意義。

事實上，屬英美法系之美國模範刑法法典，並未將誹謗列為刑事犯罪，美國法院一向認為，輿論對公共事務本有批評監督之權利，社會大眾對於公共事務亦有「知的權利」，這兩種言論自由之權，與處理公共事務之公務員個人名譽的保護，難免發生衝突，對於憲法所保障之言論自由，如果有不實陳述時，是否應該負責？美國聯邦最高法院於1964年曾做成判例，除非被告有「實質惡意」，否則不能請求損害賠償，美國不科以刑責的作法，也是目前經常有人引為宜將誹謗罪除罪化之立論。

二、寒蟬效應限制監督功能

至於解釋理由書指「一旦妨害他人名譽均得以金錢賠償而了卻責任，豈非享有財富者即得任意誹謗他人名譽」此一說法只說對了一半；國外常有些媒體、出版社，因為被判賠高額的賠償金而倒閉，沒有人會跟自己的財富過不去，國內民眾所畏懼誹謗責任，還是伴隨刑事附帶民事的損害賠償，這才是問題的重點所在。

楊肅民（2000）指出，目前新聞界動輒得咎，沒有「實質惡意」的報導也常挨告，民眾自我意識提高，懂得保護自己權益不

受損原本是好事，但有人卻濫訴成習，加上實務運作，對於這類告訴或自訴，法院原本非有必要應先傳原告，但卻常先傳被告，導致新聞記者常跑法院，而怕麻煩的後果，將使媒體「第四權」的批評、監督尺度先自我設限，產生所謂的「寒蟬效應」，這樣的結果將嚴重影響自由言論所能發揮的功能，戕害憲法所保障的言論自由。

第二節　對於人格權具體的保護、救濟的方法與程序

　　名譽是指一個人在社會上應該受到與其個人社會地位、人格相當的尊敬或評價。因此，法律上的保護常隨個人主觀價值、社會觀念或法律評價而不同，例如，指責一般人「沒有法律常識」，並無問題，但指責一位律師「沒有法律常識」，則可能造成名譽之損害。因此，名譽權之保護因人、因地、因時之不同而不同。言論自由的行使，如故意或過失逾越言論自由之範圍，侵害他人之隱私、肖像、姓名、信用甚至生命、身體、自由，則應分別情形依法負起民事或刑事責任。

　　人格權包括名譽與生命、身體、自由、貞操、肖像、姓名、信用、秘密等權利，我國民法第十八條規定：「人格權受侵害時，得請求法院除去其侵害；有受侵害之虞時，得請求防止之。前項情形。以法律有特別規定者為限，得請求損害賠償或慰撫金。」所稱損害賠償可分為財產上之損害賠償，與非財產上之損害賠償（指精神上之損害賠償，又稱為精神慰藉金）。至於損害賠償數額之多寡，因名譽權與有形之財物不同，其計算自有差異。以下就民法相關規定，依受侵害情況分別加以介紹：

一、名譽權受侵害之保護

法務部所出版的《第二生命何價？名譽權的保護與救濟》（85.5）一書指出名譽權受侵害的處理方式：

1. 名譽權可能將受侵害時，可以請求法院加以防止。例如，對於對方未印好的雜誌或書刊，如果有侵害自己名譽時，可以請求不得印刷，已印好的可請求不得發售、散發；對於已沖洗之相片，可請求不得使用。

2. 已受侵害時，則可請求法院加以除去。例如請求除去張貼之誹謗海報；請求收回已經寄售的書刊。

3. 如有財產上的損害，得請求賠償。例如，著名商品被不法廠商冒用商標，致其商譽受損，得請求金錢賠償，但請求時應注意提出有受損害之有利證明。

4. 如所受損害，不屬財產上之損害，也可以請求賠償相當之金額或請求回復名譽之適當處分。

   (1) 請求賠償金額：依民法規定，因名譽權受侵害而得請求賠償者，以相當金額為限。所謂「相當」，須顧合理性。依目前實務上所見，須考慮下列因素：

   　A. 實際加害情形與名譽所遭受的影響是否重大。

   　B. 加害人與被害人雙方之身分、地位、資力。

   　C. 加害人行為之可非難性。

   　D. 被害人痛苦之程度。

   而相關具體撫慰金額，由法院依個案情形決定。

   (2) 回復名譽之適當處分：所謂回復名譽，具體措施如要

求媒體更正、登報道歉等。如何才算適當處分，也要考慮被害人的主觀認知及必要性，否則時過境遷，大家都已淡忘之後再行提出要求登報道歉，豈非二度傷害？

依以上方式請求時，還必須注意民法第一百九十七條第一項規定之時效問題，如時效已完成，即不得再行使該項權利。

二、遭受侵害之救濟方法與程序

名譽權或其他人格權受侵害，常會因為被害人所採取救濟方法不同，而產生不同程序。通常被害人在發現被害時，為防止損害之繼續或擴大，第一個步驟就是自己以口頭通知或書面通知（以普通信函或郵局存證信函，其中郵局存證信函較具有保全證據的效力），或聘請律師發催告函，通知加害人解決或補救，並採取以下方法，以便尋求救濟：

（一）私下和解

被害人通知加害人後，雙方可以自行私下和解。如和解成功，對雙方來說，是最省時、省事又省錢的方法。

（二）調解

調解的方式有二種：

1.依「鄉鎮市調解條例」辦理調解。當事人可以用書面或言詞向鄉鎮市調解委員會聲請調解，調解除有勘驗必要，須繳交勘驗費外，不收任何費用。調解成立時，經過法院核

定之民事調解書，與民事確定判決有同一效力，經法院核定之刑事調解，其調解書在一定金額的案件也具有執行名義。

2.私下無法達成和解案件，依民事訴訟法規定，有應先經法院調解及得聲請法院為調解情形，聲請調解時，不必繳交聲請費，但應說明相關法律關係及爭議之情形。調解成立時，與訴訟上和解有同一效力。調解如果不成立，視同起訴，法院得依一方當事人之聲請，開始訴訟之辯論。

（三）向法院起訴

向法院起訴時，須繳交裁判費，裁判費用之計算，依所要求之賠償金額，每100元交1元，提起第二審或第三審之上訴者，加繳裁判費十分之五，即每100元交1.5元，例如上訴請求10萬元，須交1,500元。向法院請求時，依其受侵害之情形，可作下列主張，而在審理中如能在法官調停下，達成和解（與判決有同一效力），最為簡便。

1.防止可能受侵害者，可請求法院判命被告禁止為海報、雜誌、報紙、書籍等之印刷、出售、散發或使用。

2.除去已受侵害者，可請求法院判命被告將涉及誹謗之布條、看板、張貼物等除去。

3.如有財產上之損害，請請求賠償。例如請求法院判命被告給付若干元之賠償。

4.關於非財產上之損害，得請求回復原狀或回復名譽之適當處分，如請求法院判命被告登報道歉。另可依法請求慰撫金之金錢賠償。在向法院起訴前，對於請求金錢賠償者，

為恐日後求償困難，可先進行下列主張：

(1)聲請法院對加害人之財產假扣押，例如公司商譽受損害，為使將來順利求償起見而先行查封加害人之動產或不動產。

(2)對於金錢請求以外之請求，可以聲請假處分，例如聲請法院禁止已印好的書刊，不得售賣。聲請假扣押、假處分時，法院會依職權酌定相當的擔保金額。實務上累積的經驗通常會酌定為請求賠償金額的三分之一，該項擔保金額，依提存法第十六條規定，債權人得於供擔保原因消滅，或已獲勝訴判決等情形時，聲請該管法院提存所返還提存之擔保金。

第三節　行政法規相關規定

名譽權之保護，在行政法規中亦有相關規定。例如「廣播電視法」、「有線電視法」均對於尚在偵查或審判中之訴訟事件，或承辦該事件之司法人員，或與該事件有關之訴訟關係人，不得評論，並不得登載禁止或報導公開訴訟事件之辯論。本條立法目的在防止因評論致影響承辦人員處理該事件之心理，故「尚在偵查或審判中之訴訟案件」應解釋為自檢察官開始偵查之日起，至偵查終結之日止，及自法院審判之日起，至判決確定之日止期間內之訴訟事件。至於「訴訟事件」，則包括民事、刑事及行政訴訟事件。而承辦該事件之司法人員則包括法官、檢察官、書記官及通譯等一切承辦人；與該訴訟事件有關之訴訟關係人，則包括告訴人、告發人、自訴人、原告、被告、代理人、辯護人及一切

與該事件有關之訴訟關係人。「兒童福利法」對兒童之秘密、隱私及個案資料，均有不得洩漏或公開之保護規定。另外，對少年及兒童進行輔導或管訓時，亦有應注意少年之名譽及其自尊之規定。

　　人民之名譽權如受侵害時，依現行行政法規之規定，所能採取之救濟手段，在不同領域中也有不同之方法。

一、對加害人要求相當之回復措施

1.一般人民或機關如被新聞媒體為不實之指涉時，可要求更正或登載辯駁書；日刊之新聞紙，應於接到要求後三日內更正或登載辯駁書；非日刊之新聞紙或雜誌，應於接到要求時之次期為之。

　（註：新聞局經採納業者建議，並衡諸目前歐美先進國家鮮有出版法，故經慎重討論後，於民國八十七年九月決定陳報行政院廢止出版法，行政院於同年九月二十四日經院會通過廢止，並函送立法院審議，立法院於八十八年一月十二日三讀通過，同年一月二十五日總統令公告廢止，實施長達六十九年的出版法正式走入歷史。
　由於許多人對於出版法已廢止並不清楚，故上列條文仍然列出，重點在於因出版法已在民國八十八年一月廢止，故上列條文所載之措施是依出版法而定，該法廢止後已於法無據。）

2.對於電台及有線電視之報導，利害關係人認為錯誤時：

　(1)得於播送之日起十五日內，要求更正。電台並應於接到要求後七日內、有線電視系統經營者應於接到要求後十五日內，在原節目或與原節目同一時間之節目中，加以更正；電台等如認為報導並無錯誤之理由者，並應以書面答覆請求人。

(2)要求給予相當之答辯機會。

3.「著作權法」第八十五條規定：著作人之名譽受侵害時，雖非財產上之損害，被害人除得請求前述民事賠償外，並得請求表示著作人之姓名或名稱、更正內容或為其他回復名譽之適當處分。

二、申請行政機關為適當之行政處分

媒體之節目等如違法侵害個人名譽時，被害人得申請主管機關依法作適當之行政處分。

新聞媒體、電台或有線電視系統經營者，於接到利害關係人要求更正錯誤之報導，不加以更正、不以書面答覆請求人或不予相等之答辯機會者，行政院新聞局可依申請或依職權對其為下列之處分：

1.警告。
2.罰鍰。
3.停播。
4.吊銷執照。

三、請求評議

國內八個主要新聞團體為推行新聞自律工作，提高新聞道德標準，共同組成中華民國新聞評議委員會，此為自律性質之組織，一般民眾因新聞、評論、節目、廣告等播送而利益受損時，直接受害之當事人可向新聞評議委員會提出陳述案，當事人對新

聞評議委員會所爲之裁決如有異議時，得於收文後十五日內申請
覆議。

第四節　刑事法規對名譽的保護

一、犯罪型態

（一）以被害人區分

我國現行刑法及特別刑法體系對名譽之保護甚爲周密，其犯
罪型態如以被害人區分，可分爲：

1.妨害一般人名譽罪：
(1)公然侮辱罪。（刑法三〇九條）
(2)誹謗罪。（刑法三一〇條）。
(3)妨害信用罪。（刑法三一三條）
2.侮辱誹謗死者罪。（刑法三一二條）
3妨害友邦元首或外國代表名譽罪。（刑法一一六條）
4.侮辱公務員及公署罪。（刑法一四〇條）
5.其他侮辱罪：如侮辱辦理兵役人員罪（妨害兵役治罪條例
十六條）、意圖侮辱外國而損害外國國旗國章罪（刑法一
一八條）、意圖侮辱中華民國而損壞國旗、國徽及國父遺
像罪（刑法一六〇條）、侮辱宗教建築物罪等（刑法二四
六條）。

（二）以行為時間區分

1. 平時的名譽侵害：如前述犯罪類型均是。
2. 選舉期間的名譽侵害，包括「公職人員選舉罷免法」所規定意圖使候選人當選或不當選而散布虛構事實罪。（「公職人員選舉罷免法」九十二條、「總統、副總統選舉罷免法」八十一條）

二、妨害名譽之型態

（一）侮辱與誹謗及不罰事由

◆侮辱之意義

侮辱是未指明具體事實而為抽象之謾罵以致貶損他人之人格。例如公然罵「下賤、他X的」名譽權的保護與救濟等，均構成公然侮辱罪。如以強暴之方式侮辱他人者，還要加重處罰，如對人潑糞洩憤、當街掌摑他人等均是。

◆誹謗之意義

如指摘具體事實，損害他人名譽者，則為誹謗。例如隨意傳述某人與他人有染，或在報紙或雜誌發表某人跳票倒債之不實報導等行為，均構成誹謗罪。

此外，如以散布文字或圖畫方式誹謗他人者，刑法有較重之處罰規定，例如將上述事實在報紙或雜誌刊登報導之行為即是。

◆侮辱與誹謗之區別

對妨害名譽罪，司法院解釋已明確指出：「凡未指定具體之事實為抽象之謾罵者，為侮辱罪，如對具體事實有所指摘，損及

他人名譽者，則爲誹謗罪。」可知侮辱並未涉及具體之事實，故並無捏造事實之問題；而誹謗則因涉及具體事實，與指摘是否眞實有關。

◆侮辱誹謗死者罪

如侮辱或誹謗之對象爲死者時，例如：公然指摘某人已逝之先人爲「惡棍流氓」，或撰文散布某人已逝之母親與別人有債務糾紛等不符事實之行爲，均構成侮辱或誹謗死者罪，如蔣孝章與兪揚和告前聯勤總司令溫哈熊涉及誹謗死者罪。

◆誹謗罪之不罰事由

保護名譽應有相當之限制，否則即可能箝制言論自由，反而有害於社會，因此不處罰行爲人於下列情形時的誹謗罪責：

1. 對於所誹謗之事不但能證明爲眞實，而且與公共利益有關，並不涉及私德者。誹謗罪是否成立，與能否證明事實之眞僞有關。但所指摘之事縱屬眞實，如與公共利益無關，且爲涉及個人私德之事，仍不許傳述或散布，才能兼顧公共利益及保障個人名譽。例如：指某人爲私生子之事雖爲事實，但某人有無爲生子係涉及私德且又與公共利益無關，故仍應負誹謗罪責。

2. 以善意發表言論，而有下列情形之一者，不罰：

   (1) 因自衛、自辯或保護合法之利益者：如張三爲恐被指涉有竊盜嫌疑，而對別人陳述事實之原委或登載於報紙，指稱事發當時其並未在場，而是李四在場，使李四之名譽受損者。

   (2) 公務員因職務而報告者：如警察因調查案件，向長官報告調查之結果，內容涉及他人名譽。

(3)對於可受公評之事，而為適當之評論者：如對於某政府官員與私人企業間有不正當之利益輸送事實，在報章撰文評論。

(4)對於中央及地方之會議或法院或公眾集會之記事，而為適當之載述者：如報導立法委員在立法院開會時動手打人或罵髒話之事實。

（二）妨害信用罪

散布流言或以詐術損害他人之信用者，即構成妨害信用罪。所謂「信用」，專指經濟上之能力而言，例如：傳述某銀行將倒閉造成擠兌；又如傳布某公司股票大跌、即將破產等不實傳言。

三、救濟方法與程序

（一）提出告訴

1.刑法上妨害名譽罪，均為告訴乃論。因此，被害人在知悉加害人之時起六個月內，得向轄區內之警察局（派出所）或地方法院檢察署提出告訴，請求偵辦。對於誹謗死者罪，死者之相關親屬得提出告訴。

2.至於侮辱公務員或公署罪、侮辱中華民國國旗、國徽及國父遺像罪及「公職人員選舉罷免法」之散布虛構事實罪，均屬公訴罪，檢察官如知有犯罪嫌疑，即應開始偵查。

（二）提出請求

對友邦元首或外國代表之妨害名譽罪及侮辱外國國旗國章罪

為請求乃論之罪，必須經外國政府請求處罰，才予追訴。

（三）提起自訴

除向警察局或地方法院檢察署提出告訴外，被害人亦可直接向法院提起自訴，請求法庭審理。

（四）判決書刊登報紙

犯刑法妨害名譽及信用罪，被害人或其他有告訴權人得聲請法院裁定將判決書全部或一部刊登報紙，其費用由對方負擔。

（五）附帶民事訴訟

被害人在案件起訴後，第二審辯論終結前，得附帶提起民事訴訟（免繳納裁判費），請求回復原狀及損害。附帶民事訴訟原則上與刑事訴訟同時判決。

第五節　新興電子媒體衍生之法律問題

隨著電腦網路的發展與普及，每個人都可以透過網路與他人相互溝通。然而，由於在電腦網路上發布訊息，往往可以使用化名或代號，因此便有人利用這種身分隱密之特性，而在網路上張貼新聞以誹謗、侮辱特定對象，更有甚者是利用電子郵件進行恐嚇。

法務部《第二生命何價？名譽權的保護與救濟》一書中指出，很多人都以為在電腦網路上任意發表言論，是因為目前無法可管，其實電腦網路的發展，並不能提供一個可以不被察覺而得

1992）。

　　由上述可知，報業電腦化的第一波即為「電腦檢排時代」，以71年《聯合報》率先採用電腦檢排為起點；第二波為「全頁電腦組版時代」，以77年《中央日報》宣布採行全頁電腦組版為嚆矢；第三波則為「編採自動化時代」，使報社的編輯作業、印前作業電腦化成為事實，此時代的開啟以80年9月《聯合報》開始實施「編採全程自動化系統」為濫觴。（表15-1）

　　隨著報業資訊革命的腳步，新科技對報業的最大衝擊，在於面臨了迥異於以前的生產作業方式：中文報業印刷由人工鉛字檢排到電腦打字貼版，面臨了生產作業上的第一波改變，編輯人員與拼版師傅走出充滿鉛味與油污的傳統檢排廠；繼之而來的是採用電腦全頁組版系統，使得編輯與檢排廠人員再度面臨第二波的生產環境衝擊。然而由編輯依原先作業模式發稿，由技術人員專責組版，仍舊是片面、局部性的進展，對整體的產能與效率提高幫助有限，於是全面全程自動化始成為新一代報業生產的考量，將印務的改良轉變為編採作業方式的提升，的確可以稱得上是報業生產面臨的「第三波」，報業必須慎思如何在作業上、思考上、整合上讓報紙由傳統走向現代。

表15-1　台灣報業自動化發展階段

	第一波	第二波	第三波	新世紀
起始年代	民國71年	民國77年	民國80年	民國九○年代
階段	檢排自動化	電腦全面組版	全面全程自動化	整合性新聞網路系統
影響層面	印製部門	檢排端	記者端 編輯端	內部所有層面

資料來源：陳萬達整理。

二、大型報紙具指標作用

然而，電腦全頁組版系統的建立，只是讓報業通過「第二波」的考驗，緊接而來的「第三波」挑戰，不僅考驗報社內部能否做更有效的整合，也考驗報社對外來刺激的反應能力。黃肇松（1994）即指出，「第三波」的挑戰，見諸於報面，見諸於報社如何統合內部戰力，更見之於報社如何在編好報紙之餘，面對自動化、資訊化的洶湧波濤，想出更好、更管用、更有效的因應之道。能夠贏得第三波的挑戰，報紙發展未可限量，否則能否存活，恐怕都成問題。

因此，未來報業發展趨勢必定朝向將資訊管理系統（MIS）、新聞資料庫系統（DBS）及生產電腦化（PCS）三者結合，報業生產自動化乃是從記者採訪、編輯發稿、文字檢排、影像處理、剪貼拼版、圖形美工、照相製版、遠端傳版、控墨印刷至出報發行一體完成。

自77年以來，中文報紙的編採自動化發展未曾停歇，《台灣日報》也已於87年9月宣布實施報業電腦化；可以預見的，其他尚未實施電腦化或正在執行階段的報社，也正前仆後繼地投入編採自動化的浪潮中。

根據CSC Index估計，美國有超過四分之三的企業流程改造專案無法達成預期目標，而有四分之一的專案是失敗的，更有許多實務界人士認為失敗率應遠高於此（Cafasso, 1993）。因此，一個成功的中文報業編務自動化改革，應是中文報業的良好典範。特別是大型報紙開始進行電腦化後，對中、小型報紙電腦化也有示範作用。而一個經完善規劃之編務自動化能為中文報業帶

來另一競爭契機。即使是自詡爲「科技聖地」的MIT媒體研究室，其研究室標語是〝Demo or die〞，充分顯示講究實證的精神。

第二節　中文報紙電腦化相關研究

　　自一九四〇年代以來，自動化、電腦化的概念即運用於製造業的製程上，而後管理部門的電腦化也成爲企業競爭的新利基。至於報業的自動化發展，也是循此模式，最初是印務部門的自動化，而後爲管理部門的電腦化，至於編輯部門的電腦化議題則遲至近十年來，才討論得如火如荼，也促使許多報社開始認知到編輯部電腦化的重要性。由於報業編採部門電腦化的概念於其時仍屬創新，過去的相關研究多集中在技術層次的探討，或編採電腦化初期的檢排電腦化分析，忽略了組織在電腦化過程中的變遷，而對於報業實施編採自動化後的評估更是付諸闕如。下面我們將分別探討報社實施電腦化、推動過程與電腦化效益等相關議題。

一、報社編輯部之電腦化研究

　　由於報社的電腦化是一相當實務取向的議題，且各家報社的電腦化發展通常也是各家獨力運作，難得相互研究取經，因此中文報紙的電腦化相關研究並不多，以國內中文報紙爲例，例如葉綠君（1990）研究中文報紙電腦化對組織結構變遷的影響；潘國正（1993）以《中國時報》地方新聞中心記者採用電腦打稿的電腦化使用者研究；李雅倫（1995）則以個案研究的方式探討電腦

化對小型報紙的影響。

　　葉綠君（1990）指出，國內中文報業電腦化發展起步較晚，嚴格來說是民國71年，《聯合報》以電腦檢排取代傳統檢排之後，正式進入中文報業電腦化時代，較美國《洛杉磯時報》進入電腦化作業晚了二十年。葉綠君於民國79年對中文報業電腦化的研究指出，當時國內中文報業仍以檢排房電腦化為主，所以當時以印務部所受到的衝擊最大，工作流程產生全新的變革，而電腦文字輸入也是各報進行電腦化時最受重視的部分。編輯部則因當時尚未進入電腦化作業，因此所受影響微乎其微，只有編輯本身的作業略有變化。而出版印刷科技因為資訊電腦科技的快速發展而有重大突破，硬體價格的下降和軟體的普及使成本下降，更加速編採自動化的腳步。

（一）作業方式產生改變

　　當報社編輯部實施編務自動化時，最明顯可見的是編務流程因應電腦化而使作業方式產生改變。（見圖15-1）而正因編輯部的流程複雜與茲事體大，使編務自動化的流程改造難度提高。因為中文報業自動化包括三個重要節點，一是記者端，二是編輯端，三是製版端。記者端只要負責將新聞內容輸入電腦，成為數據資料而能發送出來即可，比較不複雜；而製版端則是把結果輸出，複雜性有限。而在完成頭端的記者打稿電腦化後，即進入編輯端的電腦化作業階段，但就報業電腦化的過程而言，編輯端是最為複雜的一個環節，其所牽涉的範圍，包括左右上下的接應。所以在編採自動化的過程中，最困難的應屬編輯部的電腦化。因為報業的組版至印刷的生產過程每天作業的格式是相同的，是最適合電腦化的部分。但是人文色彩較濃厚的創作部分，即從構思

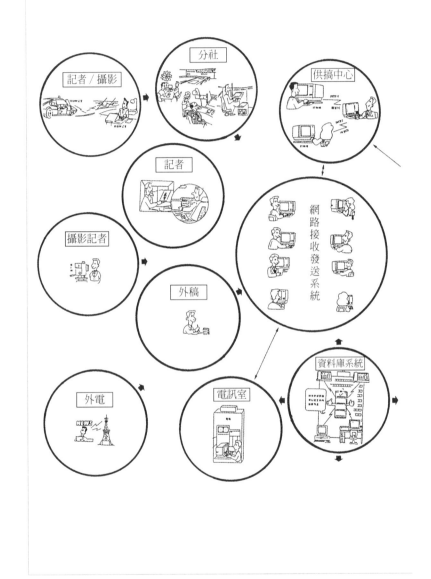

圖15-1　新聞電腦化作業藍圖

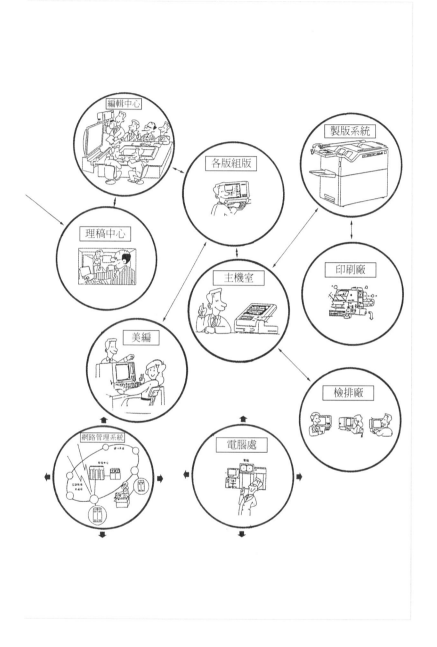

到組版的過程，也是電腦化過程中必須給予較高度的自由，使創造力充分發揮，內容的品質才能提升（那福忠，1993）。

由於編輯部的編務自動化人文色彩較重，充滿許多不確定因素，要將傳統的編輯台以紙筆作業與人力傳遞稿件的方式，轉變成以電腦鍵盤與網路傳輸為主的自動化模式，其間的作業流程與組織結構調整、人力資源配置，在每日忙碌不堪與截稿壓力沈重的編輯部，將是一個工作流程改造的大工程。

（二）審慎因應不適應期

由於電腦化作業是摒除以往以傳統方式來編報，改以機器（即電腦）來取代筆、紙、組版師傅的工作，使此一流程能與後方之生產自動化（即製版、印刷）銜接上，產生節省時間、提高產能的效益。但機器畢竟是機器，目前傳統的編採流程已經行之有年，每一個人所擔任的角色，其功能、主從、上下游關係均能瞭若指掌，而現在卻改用全新的機器來取代以往的工作，包括記者、編輯、分核稿人員、改稿人員均需各有專業訓練，不但要訓練，還必須訓練後熟練才可運作，因此，適應期是免不了的。而初期的不適應，是可以藉由調節的方式來改善。

尤其大報對新科技的採用，其成敗往往對小報產生示範作用。李雅倫（1995）的研究指出，報業電腦化的趨勢與大型報紙的附從有很大的關係，因為許多中小型報紙的電腦化是來自於競爭的環境壓迫。如同Weick（1979）所言，大型組織對其他組織的影響力常比環境來得大。所以大型報業的電腦化也會對小型報紙產生示範作用。

二、中文報紙電腦化過程研究

　　國內對中文報紙的電腦化研究相當少，尤其報社電腦化所牽涉的部門眾多，如行政、發行、廣告、印務與編輯部等五大部門，每一部門的電腦化作業即相當複雜；而以編輯部電腦化為例，又涉及編務作業的上下游作業，以最密切的部門而言，即自編務、印務到發行一貫作業；若僅將研究範圍鎖定編輯部，則自頭端的採訪作業、文稿打字、編、審、校對而至美工等，範圍仍相當複雜，所以編輯部電腦化一貫化作業的研究，至今仍付諸闕如，而相關論述則散見各期刊論文的討論。

（一）組織與管理科技的調適

　　編輯部決定實施電腦化，通常以金錢及技術的考量為先，那福忠（1993）認為，報紙的自動化目標能否達成，必須考慮自動化的範圍和層次為何，因為範圍越廣，層次越深，自動化的目標越能達成；而科技的知識與使用設備的經驗也是重要因素，因為自動化系統中，每一個人均為系統的一部分，所以知識越廣，經驗越熟練，系統的運作越順暢，自動化越能夠成功，所以說，自動化的運作因人而成功，也因人而失敗。此外，組織與管理科技的調適程度也相當重要，因資訊電腦沒有適應力，但是人卻有適應力。所以自動化以後，組織的變動與運作的管理務必適應科技，因科技不易適應於人。Engwall（1978）研究報業組織時，即將科技、環境、人事問題列為重要因素。

（二）面對員工的難題

除了金錢與技術問題的考量，報紙電腦化還必須面對以下幾個難題：

◆編採人員以電腦寫稿？

編輯部的電腦化改革之所以困難，在於自動化顛覆了傳統的編報方式，黃肇松（1996）指出，自動化在初期對報社和工作人員都是一大難題，難免產生一些陣痛。鑑於中文報紙近百年的傳統，記者寫稿、編輯作標題都是用「寫」的，而非用「打」的，所以很多人認為除非是職業「打手」，一般人是無法面對電腦打出新聞的。因此將多數稱得上是「電腦文盲」的編採人員導入電腦化作業習慣，也是一項困難重重的難題。

◆編輯以電腦編組版面？

中文報紙由於排字和版面的專門和複雜性，電腦操作不易，台灣報界在1989年以前還沒有把編輯作業由傳統式導入自動化的經驗，而美國報紙至遲已在一九七〇年代中後期全部完成報社作業電腦化（黃肇松，1996）。鑑於人員對新科技的排斥，於電腦化推動上即面臨阻力。

◆抗拒的力量？

Smith（1980）指出，各報在進行電腦化之初，必須面臨工會的抗拒力量、組織員工的心理衝擊等。

◆剩餘的人力？

報業電腦化會改變組織成員的工作型態，會使個人的職位產生變換及人員裁撤，也有部分成員因不適任新的工作而導致職位出缺（Osterman, 1986; Withington, 1969）。Willis 和 Willis（1993）也指出，雖然使用電腦組版，能達到省時、省力、省錢等有效率

的功能，但同時也失去許多工作機會，所以組織也必須解決失業問題。因此，如何訓練人員或讓資深員工提早退休，就成為組織棘手的課題。

　　針對第一個難題，由潘國正（1993）對記者採用電腦打稿的初期研究顯示，記者利用電腦打稿後，對寫稿時思考的連貫性影響頗為明顯；對文稿內容與品質的影響尚不十分明顯，對使用者的生理上則有明顯影響，諸如視力、腰痠背痛等反應；而記者的寫稿速度較手寫速度為慢，平均減緩了三十八分鐘。由於此為電腦化初期的研究，結果可能肇因於對軟體的不熟悉與打字不熟練所致。由於使用習慣改變，初期不適應在所難免，但是一旦習慣改變，反而更能適應電腦打稿所帶來的整潔、清晰、修改容易等好處。現今之編採人員已視電腦輸入為基本工作技能。隨著報社電腦化的發展，此一自動化難題已獲解決。

　　而第二個編輯組版的難題將產生於編務自動化過程；至於第三個員工抗拒變革的難題與第四個剩餘人力的問題，則是隨著電腦化的發展即不可避免的必然會存在的問題。

（三）使用科技的影響

　　除了明顯可見的上述難題之外，許多論述也指出報社電腦化後可以預見的影響與改變：

　　Smith（1980）指出，各報在科技演變的過程中，對報業所帶來的影響有以下幾點：

1. 新科技的產生，必定帶來新的工作人員，並引起原有員工的嫉妒。

2.舊技術的淘汰，勢必會淘汰一批原來的工作人員。

3.新科技運用於報業，將提供讀者更多的資訊需求，但基本上資訊的選擇權仍在資訊供給者手中。

4.新技術的引進，將連帶影響組織的變動，或是增加新部門、新的員工，並淘汰勞力密集的部門。

（四）作業流程改變的影響

報業電腦化不但反映了環境壓力，其組織結構、工作內容、控制、決策及權力分配也會改變（Whisler, 1970）；易行（1993）認為，自動化帶來許多改變，會衍生如工作方式、工作環境、工作流程、組織結構、管理方式、經營策略等的改變；葉綠君（1990）的研究指出，員工的工作機會、決策過程、工作流程、控制、工作角色等，亦會因應組織電腦化而改變。

葉綠君（1990）以作業流程轉變、權力移轉程度及決策系統的變化三方面探討中文報業電腦化情形，結果有以下結論：

第一，在作業流程方面，以作業流程、作業時間產生變化、是否進行在職訓練等三個角度，對報社中文報業電腦化的研究指出，國內報社實施檢排電腦化產生以下變革：

1.作業流程的轉變：作業流程與傳統作業流程的差異有以下三點：(1)製作文稿的方式改變；(2)員工工作內容的改變；(3)員工工作環境轉變。

2.檢排產能提升，作業時間無明顯變化：各報的檢排作業量大幅提高，但人事並未相對增加，檢排時間則無明顯變化。不過另有受訪對象認為，因電腦化初期不習慣新科技的作業型態，以及電腦化雖節省了檢排時間，但卻拉長如

校對等作業時間，所以作業時間不減反增。

3. 在職訓練情形：受訪的報社在電腦化前置作業初期，皆展開員工職能轉換適應的訓練，實施對象包括印務部、編輯部所屬人員，所接受的訓練按不同工作性質包括文字輸入、電腦組版、電腦概論、線上校對等訓練。

葉綠君（1990）認為，在日後走向電腦化後，組版員必將式微，逐漸由編輯取代組版員工作，屆時組版員將面臨另一次職能轉換的瓶頸，而編輯、記者的權力將越來越大。

第二，在權力移轉程度方面，於電腦化引進報社之後，確實有全新的部門設立，也有舊部門因功能萎縮而被裁撤：

1. 新部門的成立：新成立的部門主要是負責電腦化的相關作業，例如劃為一級或二級單位的電腦部門。新部門的成立產生許多新職銜，顯示電腦化後，組織結構的複雜度增加。

2. 舊部門被裁撤：印務部下的檢排部門被裁撤，原有工作由新成立的電腦部門接手。

3. 舊部門中成立新單位：檢排單位雖被裁撤，但由於電腦化的引進，也產生了隨時掌握電腦運作狀況的技術小組，以及向外承接打字或其他報刊打字、印刷業務的業務單位。

第三，決策系統方面，於新聞決策系統、生產決策系統二方面產生轉變。新聞決策系統將因編輯部電腦化，而使新聞決策權（新聞重要性、版面大小等）掌握在編輯手中的趨勢更為明顯。而於生產決策系統方面，電腦化後印務部門的作業決策權限將更為清楚。

組織電腦化後，對權力的轉移產生了分權（decentralization）與集權（centralization）兩種論點，分權論者認為電腦化使低階管理人員獲得適當的訊息，而形成更有效的組織分權化型態（Applegate et al., 1988; Withington, 1969）；而集權論者主張，電腦化的結果使電腦部門的重要性日增，因此中間階層的管理角色會逐漸萎縮，由電腦取代其成為承上啟下的中間管理人，使得高階管理者的決策權大增（Bariff and Galbraith, 1978; Argyris, 1971; Whisler, 1970; Leavitt and Whisler, 1958），且電腦化之後增加最多的是資訊部門（Whisler, 1970）。

（五）成員在組織變革中居重要位置

李雅倫（1995）研究發現報業組織會因為電腦化而有趨於行政簡化、集權的現象；至於勞工面臨組織與職業角色的變更，則發現勞心者較容易與資方妥協，接受新制度、新工作的安排，並承擔外加的職業責任，同時勞心者也容易在電腦化時期，從組織變動中獲得晉升的管道。而勞力者通常是處於弱勢地位，不但職業權利受到威脅，也缺乏強而有力的後援機構。另外，在觀察勞資雙方溝通協商的過程中，研究者也發現資方推動電腦化、組織評估計畫、勞工撫恤的周詳度與推行時間的長短有很大的關係。

如上所述，組織成員於組織變革中扮演重要因素，洪鶴群（1994）的研究也指出，組織結構應隨環境的變遷及負荷量加以調整，在自動化的引進過程中，應重視人員因素的考量。鄭志貞（1995）建議透過各種管道積極推動電腦化之教育訓練，使組織人員對電腦化有基本的認知，以順利進行電腦化。此外，於企業自動化過程中，組織結構改變及工作流程的調整也是不可忽略的重要因素（Fink，1996；李雅倫，1994；徐正一，1995；關志

銘，1996）。

　　由上述討論可知，電腦化對組織的影響是整體的，組織的電腦化變革將導致以下變化：

1.技術變革：因電腦化而使技術創新。
2.組織結構的改變：
　(1)新部門成立。
　(2)舊部門被裁撤。
3.作業環境的改變。
4.權力的轉移：分權論或集權論。
5.作業流程的改變。
6.勞工角色的變化。

第三節　中文報紙電腦化效益研究

　　八〇年代以來，報紙及雜誌運用新科技在編輯部上的進展，遠較本世紀初的前八十年來得快。在八〇年代末期，編輯部進入了個人電腦的時代。目前遍布全球的大多數報社編輯部均採用電腦作業，透過檔案編排，可以減少打字員、排版員等人力上的重複浪費；精美的文書處理技術也是深受編輯及記者青睞的原因之一，例如無須重複打字、可以減少排版錯誤及僱用打字員的費用等（Willis & Willis, 1993）。

一、科技增加競爭優勢

　　Smith（1980）也指出，電腦帶給報業的影響，可見的變化是編輯部的運作決策功能不斷增強，編輯部的記者與編輯的工作內容、工作流程、作業時間會產生變化。編輯從原來的刪稿、潤飾記者文稿的角色，轉而成為可以利用電腦來重新修改文體結構、增加內容的角色。記者可以利用電腦存取、查閱資料，可做更深入的報導分析；而電腦的運用，也使記者可以克服空間限制，在不同區域訪問受訪者。Fink（1996）也指出，科技的突破，使報紙的編採流程產生三項重大變化：

1. 稿件透過影像顯示終端機將記者與編輯的工作整合起來，可以減少編採流程中稿件重複鍵入電腦的問題，因此可減少成本、提高效率。
2. 平版印刷的優勢在於它比原有的熱鉛字印刷，來得快速且成本也較便宜。
3. 電子化的排版系統的出現，使分頁組版與排版流程簡化，而節省人力成本。

　　新聞事業乃是分秒必爭的行業，一分一秒的差距不僅關係報業之間的競爭，更會對大眾的作息產生深遠的影響。因此，如何掌握迅速而正確的新聞，乃是新聞傳播機構責無旁貸的天職。《中國時報》於編務系統規劃初期即指出，電腦化正是促使新聞迅速、正確向前邁進一大步的動力。中時報系因深切體認電腦化的重要性，因此陸續完成了檢排電腦化、分類廣告全頁組版、印刷自動化等作業，並進行數據資料庫、文字資料庫、影像資料庫

等構建、規劃工作。而編務電腦化則是下一個不得不為的階段。時任《中央日報》副社長魏瀚（1990）即表示，未來報紙的發展趨勢，將是記者、編輯都需懂得使用電腦寫稿、組版，以擴展到連線作業。

那福忠（1993）指出，報紙作業的自動化偏重在生產性的工作，藉由資訊電腦的科技，使文字的輸入、圖畫的創作、稿件的傳遞、版面的組成等原來人力密集的工作，不但作業速度加快，品質也能提高，所以成功的編採自動化確實能使報紙達到截稿時間延後、內容品質提升和營運成本降低。因此，報業進行電腦化最主要的原因是追求「延後截稿，提前出報」，利用爭取出來的時間讓記者和編輯有更多的時間思考，使新聞的品質更佳。Osterman（1986）指出，引進資訊技術通常能有效降低報社的人力成本。Perrow（1967）也指出，採用新科技最能提供組織的競爭優勢。

二、經營與編採的效益

我們從以上的分析中，也可歸納出編務自動化在中文報業的經營與編採上均有著極其重要的影響，而相關效益可分為以下數項：

（一）節約成本

電腦可取代大量人工作業、提高員工生產力、節約高額生產成本，例如檢排人力、貼版人力、行政人力之節約，同時增加生產效能、減少機會成本等。

（二）提升新聞品質

記者寫作電腦化，可以減輕校對的困擾，減少專業術語的錯誤，降低打稿誤判的機率，減低報面錯字、錯誤率。而資料查詢服務的提供，可強化採訪的能力，增加新聞的可讀性，提升新聞品質。

（三）強化編採管理

編務系統與管理資訊系統的整合，可提供充足資訊，以供管理人員參考，對記者、編輯的作業較能掌握、考核，間接提升新聞品質。

（四）提高員工的工作興趣

員工因電腦化的協助，自較低層次人工作業的勞動中解放，而參與更多高層次的工作，增加員工對工作的興趣與士氣。

（五）加速作業程序

因電腦化的動作可有效節省工作時間，記者有較多時間採訪，出報作業也可縮短、提前，而作業品質也可較人工作業更為確實無誤。

（六）改善編採群的機動性

編輯部因採訪需求，必須採取機動調撥、採訪，以及彈性上、下班方式，電腦化可增加編採群的機動性。

（七）各報編採一體整合發展

透過即時資訊的發布與機動新聞網的強化，平面媒體與電子媒體的配合得以加強，平面媒體間的交互支援也可實現，甚至記者分班採訪亦可執行，達成各報一體，二十四小時機動採訪（如社會組、地方組）的理想，增添報社內部整體採訪戰力。

綜合以上討論可知，報業實施編務自動化均帶來正面的效應。編務自動化有大幅提升組織效益、改善內部作業、降低營運成本、提升版面品質與內容品質、提升新聞時效、節省人力等諸多優點，是報業於長遠發展上必須走的一條路。

第四節　報紙編採一體的整合發展

透過網路即時資訊之發布與機動新聞網之強化，平面媒體與電子媒體之配合得以加強，而平面媒體間交互支援亦可實現，甚至記者分班採訪，在電腦化作業的模式下也可執行，達成報系各報一體，二十四小時機動採訪之理想（如社會新聞），藉此增添報系各報整體之採訪戰力。

然而，以往諸多企業電腦化失敗的案例證明，電腦化的優點並不會自動發生，而電腦化本身亦絕非資訊系統與應用軟體架設完成即可。編務自動化必須整合資訊系統、制度變革與管理文化三者，詳細進行完整之整體與細部規劃，再依規劃徹底執行，電腦化方能奏功收效。

一、落實有效的資訊系統

在品管學上，有所謂1：10：1000定律，即若產品規劃階段發現問題，加以改善，要投入一倍的成本；此一問題若等到架構、生產階段才發現，並加以改善，則須投入原先十倍的成本才能解決；若是同一問題一直拖到運作階段或產品已商品化之後才謀求改正，則不論改與不改，都至少要損失一千倍以上的成本。這也就是所謂「第一次就做對」（Do it right the first time）品管哲學的由來。

因此，將此一品管哲學應用在編務自動化系統的發展上尤屬重要，因為新聞事業乃是一每天不可中斷的行業，不可能有歲修，不可能有暫休，因此，如何在正常編務進行中進行改革，主要之關鍵乃在於事先完整而詳細的規劃。

資訊系統之規劃雖應落實於實際狀況，不應一味空談理想，但所謂務實也應著眼於長程的發展為要，而不應只重於短期的現實。（見圖15-2）

有人說：「用電腦好比吃嗎啡」，一旦用了，再改就難了。因此，資訊系統的規劃一旦未考慮完整而長期的發展，則未來更動系統、向上發展的成本，恐怕就是企業體一筆難以承受的負擔。

（一）縝密的規劃

編務自動化的推動，首先就是需要「凡事豫則立，不豫則廢」，任何事都是這樣，更何況耗資數億，牽動人員工作習慣、工作場域極大的編務自動化？此類專案已非編輯部所能獨立為

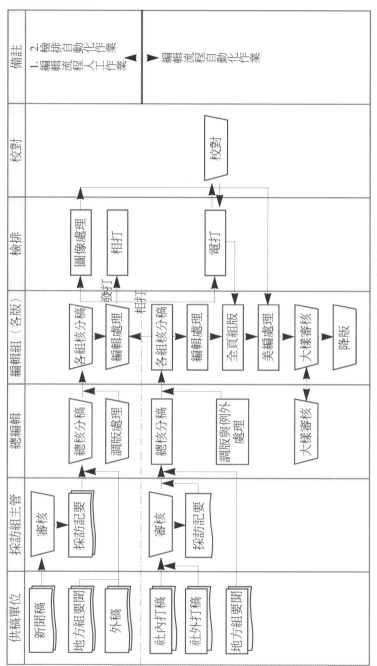

圖15-2　編務自動化之規劃

之，必須有資訊部門、印務部門、生產部門，甚至經理部門、發行體系的全力配合才能竟全力。由於編務自動化的最大變化雖在編輯部發生，但若無前端（資訊部門）的協助、後端（印務、生產）部門的配合，自動化恐怕只是一句空言。

首先要提起的就是規劃。前面提及，此一重大的編務生產升級工程，必須由編輯部門提出需求，讓資訊部門依照編輯部所開出的條件，尋找適合的軟、硬體，來滿足編輯部的工作需要。其次就是編輯部內部人員的組訓工作，如何分組、分梯次、分階段，使所有人員都能有計畫的學習，乃至熟悉報社提供的軟體與硬體，甚至網路，都必須上下一心克服困難，此其中，除了記者的文稿輸入，如何透過網路修稿，甚至在報社外藉助其他通訊器材傳稿，都是記者必須花功夫去學習的；在文字編輯部分，如何在電腦上組版，則是另一項嚴苛的挑戰，少了手的觸感，整個版面必須在電腦螢幕上呈現，同時，編輯也要同時應付發稿的壓力；在美術編輯部分亦復如此，在過去學習的手工技巧，在現代的報業編輯部已派不上什麼用場了，現在的美編必須學會使用電腦繪圖軟體，所有的圖像、配色也都必須在電腦完成，因此，如何妥適的安排訓練過程，然後將所有人的工作流程做一妥善的合流，的確需要精確的規劃。（圖15-3）

在報紙編輯部門推行自動化的初期，免不了的會產生一些陣痛，此一陣痛來自於兩個方面，其一是，由於把編輯部由「傳統式」導入自動化的經驗並不多，因此，如何實行教育訓練或實施步驟，都是令人棘手與頭大的問題，其二是，鑑於以往數十年之傳統，如何將編輯部所有人員，包括記者、編輯、分核稿等等的作業習慣導入，也是一項困難重重的難題。

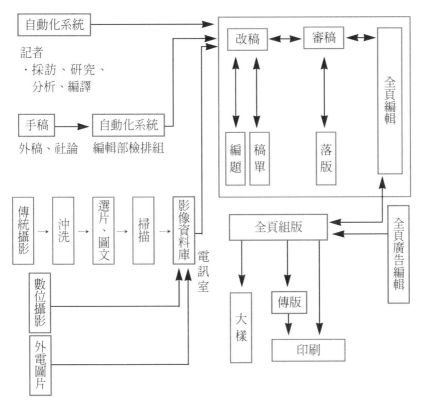

圖15-3　編務系統自動化編輯流程範例

（二）教育訓練的實施

　　先從教育訓練來說，因爲編輯部人員大多數均沒有受過正統的電腦訓練，我們甚至可以這麼說，在八、九年前，80%以上的人，都可以稱得上是「電腦文盲」，因此，如何要將這群人從完全不懂什麼是電腦，從中文輸入開始一步一步導入，由生手而熟手，由對電腦一竅不通的人到打開電腦就能駕輕就熟的輸入文稿，實非易事。

　　針對此點，應該設計電腦基本概論（BCC）的課程，使同仁

們能由最基本的電腦硬體開關開始認識起，告訴他們鍵盤怎麼打，文稿怎麼輸出，說來也許有點可笑，每一位身經百戰的記者與運筆如飛的編輯坐在電腦前，用「一指神功」和電腦上的五十幾個鍵在大戰，是一番何等的光景。但畢竟，新聞從業人員那股肯學、肯拼的勁是我們最驕傲的資產。

另一點較難突破的難題，是如何改變記者的寫作方式，眾所皆知，截稿的時間叫死線（dead line），而每一篇新聞稿從採訪到撰稿都是疾如星火，從每晚編輯部採訪中心「沙沙」的寫字聲便可看出端倪，那麼，怎麼樣才能讓記者的鍵盤取代筆，以螢幕取代紙？

我們曾多次假設：

1.改用電腦寫稿會不會造成思路阻塞？
2.改用電腦寫稿會不會耽誤時間？
3.改用電腦寫稿會不會影響視力？

會不會？會不會？太多的問題必須要我們去設想，太多問題有待解決，筆者曾為推動編務自動化之事走訪香港、新加坡等已推動編務自動化的報社。就拿新加坡的《聯合早報》來說，該報總編輯也明確的指出，推動初期也的確遭遇到這樣的煩惱，尤其是在訓練籌備期間，由於編輯部門乃為生產單位，不可能停下來待全員組訓好了再發動，它是必須以平行的方式一邊維持例行的出報作業，一邊進行員工關於電腦概念與操作的職能，因此，員工在此一階段除了正常上班時間外，勢必須另外付出時間來上課及訓練，於是員工的心理、生理負擔便逐次出現，同時工作壓力也相對升高，我想這是每一位主持編務的主管最擔心的一個問題。

二、國外媒體的借鏡

經由新加坡《聯合早報》、《晚報》推動的經驗，我們可以有一個比較令人安心的結論，那就是：

1. 透過循序漸進的組訓方式，可以使員工在受訓期間所承受的心理、生理壓力減到最低。

2. 有效而得宜的宣導，可以促使員工在心理建設上得以適時的調適，甚而配合。

3. 具有效率及展現確實成果的硬體設備：此一部分至為重要，當硬體的使用不能發揮應有之效果與產能，那麼前端所有的訓練及後續的動作勢將面臨停頓，因此，如何評估或發展一套有效的系統，確為各報業主管在推動自動化之始所應密切注意的課題。

4. 合乎人性及專業的流程設計：此一編採流程設計，可以說是人的神經中樞，而不可諱言的，這許許多多應用的系統或硬體，都是由專業電腦工程師所研發完成，但關鍵在於：他們並非編採人員，這其中有相當多的細微末節是很難令局外人能夠看到的，但這些細微末節卻是有如茱餚中的調味料，缺一不可，因此，唯有編採專業人員與電腦程式設計人員共同研發，才能將自動化之功能充分的發揮出來。

5. 上下貫徹的決心、誠懇：推動自動化是一耗資甚鉅的工作，但從前面所述亦可察知，報業編務自動化乃一時代潮流所趨，因此，編務自動化已不需要討論要不要做，而是

要討論如何把它做好！因此，如果目標一致，再加上有序務實的做法，軟硬體相配合，各節環環相扣，推動編務自動化的許多阻力必可迎刃而解。

談到生產自動化，在精神上，這需要管理階層、執行者和工會三者合一，共同努力，把自動化的任務當作是全事業同仁的事，而非哪一單位或少部分人的事，我們應面對問題，解決問題。在規劃上，要考慮周延，舉凡人事、技術、財務、採購、總務、品管、法律、制度修改、執行控管等，均需面面顧到，追求規劃的完整性，同時，在執行上，每一過程所牽涉的單位及人員都要溝通（尤其是主管更應負起主動溝通的責任），使上下觀念一致，同時，在推動時，每一步驟都應求穩、求踏實、不趕工、不虛浮，任何發生的問題都應坐下來解決，使可能的影響減至最小。

報業面臨的第三波革命已經來到，如何面對並藉科技之力，使媒體之功能發揮到更大，相信是所有媒體從業人員，需要好好構思的課題了。

習題：

1.請試述傳統報業應如何因應科技潮流的發展？

2.編輯人員在面臨電腦時代的來臨，應該有什麼樣的心理準備？

3.報紙的編務流程因電腦化的實施，在哪些部分有較大的變革？

4.請試分析編務自動化對報紙的產製作業，帶來了什麼影響？

5.請試說明什麼是編採合一？並分析編採合一對編輯部作業的利弊得失。

※ 第十六章 新聞編輯未來的角色與展望 ※

組版傳統新聞編輯的主要職責是新聞剪輯、製作標題、版面規劃……，這一系列的作業流程早已行之有年，所以編輯的職業生涯、工作角色相當明確，作為一名新聞編輯，只要謹守新聞媒體所賦予的編輯本分，即算扮演好自己的角色，所以編輯看起來是一份相當單純的工作，僅是與新聞為伍，善用編輯技巧，尤其資深的編輯更對版面編輯駕輕就熟。在傳統的報業體系中，編輯很容易成為報社內的「新聞公務員」，在規模龐大的報系內，編輯可以看出自己在報系編輯部內五年、十年的未來發展，這彷彿是日本終身僱用制的翻版。

但是媒體市場的競爭、網路媒體的興起、廣電媒體的蓬勃發展、讀者口味的轉變，皆使傳統的編輯角色不得不因應環境的變化而為之改變。這些改變可能是工作內容的融合或分化、職業角色的演變、編輯作業流程的調整等，而促使現代的新聞編輯必須適應新環境、學習新技能、改變既有的工作價值觀、學習新科技的應用，並且可能必須將工作的觸角，延伸至有別於新聞的新領域。

第一節　新聞編輯環境的轉變

較之於傳統的新聞媒體與編輯角色，新聞從業人員面臨比以前更大的挑戰。因應時代的變遷，現代的新聞編輯必須重塑編輯新角色、學習新職能、新觀念，才能在快速變遷的新聞洪流中，不但能謹守新聞專業，適應環境發展，不致在快速變化的媒體環境中遭到淘汰，並成功的扮演出色的新聞從業人員。

一、跨媒體界線的模糊

報業的發展歷史長久，所注重的編輯原理原則也成為新聞編輯的基礎。報紙編輯的基礎訓練也成為各種媒體編輯的人才養成庫。自民國77年報禁解除以來，有線電視媒體的興起和網路媒體的發展，以及傳播新科技的變革，皆使得整個傳播媒體形成跨媒體的融合，這些融合也包括傳播人才的流動。

傳統報業的編輯和採訪人員橫向流動於各媒體之間，尤其《中時》、《聯合》、《自由》等大報訓練有素的編採人員，也多流向新興的網路媒體、有線電視頻道或蓬勃的雜誌媒體，這些流動也將傳統報業編採人員的工作特性，傳承到新興媒體的作業流程與新聞製作中。例如報紙有新聞標題，而電視媒體也出現新聞提要式的標題，而新聞的深度和廣度也產生一些變化。

有些媒體集團基於市場競爭、資源共享或成本、戰力等因素考量，而會有集團內部的整合的情形，編輯可能因此必須適應不同媒體的特性與工作習慣。例如《TVBS週刊》和TVBS電視頻道之間雜誌與電視媒體的結合；中時報系的《中國時報》、《中時晚報》、《工商時報》、「中時電子報」、《時報周刊》等報紙與雜誌、網路的整合；聯合報系的《聯合報》、《民生報》、《聯合晚報》、《經濟日報》、《星報》、「聯合新聞網」等報紙和網路的整合。一位新聞編輯面對編報紙、雜誌、網路新聞、電視新聞、廣播新聞時，必須因應不同的媒體特性而有與報紙有所差異的編輯專業。因此一位編輯對同一則新聞的處理，可能必須衍生出適合報紙、網路，甚至是電視新聞或雜誌使用的新聞內容、新聞標題。

因為新聞編輯可能會在不同的媒體間調任或轉職，或者面臨職業生涯的轉換、跨媒體之間的合作，所以編輯除了編務專業的強化之外，了解不同媒體間的特性非常重要，不同媒體間諸如工作流程、受眾對象、編輯方針可能有所不同。只有知道媒體的特性，才能編出適合媒體性質的新聞。

二、工作內容的改變

　　傳統的編輯僅是一位工作內容單純的編輯，接觸的範圍以新聞版面與新聞稿為主。但是在傳播媒體的市場競爭之下，所有的媒體都必須重視閱聽人的興趣與口味，不論是相同或不同的傳播媒體，都競相追逐閱聽人的目光。且在媒體環境的日趨複雜與環境生存艱難下，編務工作更需靈活面對，培養機動彈性的戰力，未來編輯的工作範疇可能不僅限於新聞稿，編輯關注的範圍也不僅止於新聞本身，眼界必須跨出編輯台是現代編輯不得不正視的事實。因為未來的編輯工作內容可能產生一些水平的改變與垂直的調整：

（一）水平的改變

◆編輯與企劃的結合

　　新聞內容僅是消息的報導，著重於告知；如果新聞內容經過編輯的規劃與整合，將片斷、破碎的各種新聞資訊整合成完整的新聞內容，將有助於新聞的加值。一般報紙也常製作新聞專題，而軟性版面如休閒旅遊更是常見的專題企劃。透過編輯與企劃的整合，報社內部必須有跨部門的合作，例如編輯部與企劃部門的結合，輔以新聞報導可帶動活動企劃的能見度，而規劃完整的系

列報導與企劃的結合，能帶動宣傳效果，或結合更多資源，不但能提供給閱聽眾多元資訊，延伸編輯視野，甚至能帶來媒體的商機。例如中時報系所舉辦的黃金印象展、聯合報系的兵馬俑展覽活動、《自由時報》的普普藝術大師安迪‧沃和展，透過編輯部的系列報導與專題企劃，不但讓民眾獲得相關資訊，也達到社會教育的目的，而經過整體企劃的新聞內容，更使新聞版面達到加值的效果。

◆編輯與行銷業務的整合

　　媒體環境的競爭，使編輯部未來可能無法自外於媒體的盈虧責任，如何透過媒體內部的資源整合，利用各種行銷組合，將媒體的生產內容、活動企劃轉變成營業利潤，是編輯部未來除新聞本業之外，亦必須參與或配合的部分。以媒體集團內的行銷合作為例，《中國時報》會在《時報周刊》出刊前，以新聞內容配合報導讓雜誌內容先行曝光；TVBS頻道也會在《TVBS週刊》出刊前，以節目、廣告宣傳的方式，先透露該期週刊的部分內幕，事先引起大眾注目與討論，以在雜誌出刊時，創造銷售量。

　　有時媒體老闆亦會要求編輯部對媒體行銷活動或廣告業務的配合，尤其是公關新聞或人情罐頭稿充斥時，編輯的取捨標準即面臨挑戰。所以編輯必須充分了解整體報紙的版面性質、透過版面報導對行銷活動作包裝規劃，但又必須謹守新聞報導的分際，不得流於宣傳色彩，所以其間尺度的拿捏、版面的考量規劃，也考驗編輯的經驗與能力。

（二）垂直的調整

　　除了編輯本身會有媒體內部的橫向聯繫與整合之外，編輯工作的重直整合也益趨成形，使編輯與美編、記者的角色工作關係

產生一些調整。

　　新科技的發展，使編輯的運用工具更為多元，傳統的組版流程亦有些許的變化。所以傳統的文字編輯、美術編輯、組版工人已經簡化為文編與美編兩種角色。而文編與美編之間的工作界線也漸漸模糊起來。例如在目前電腦組版的環境下，編輯可以自己作文字長度的裁修、字型大小的轉換、文字的修正、圖表大小、版面設計的調整等，反而美術編輯的角色著重在插圖的繪製、特殊標題的設計製作等，使傳統文字編輯指揮美術編輯組版的現象逐漸少見。也因此反而使文字編輯從傳統指揮者與搖筆桿的角色，轉變成DIY與拿滑鼠的角色了。

　　傳統的編輯台作業流程中，記者與編輯是屬於作業流程中的上下游關係，記者採訪新聞與供應稿件，編輯處理新聞與規劃版面。但是因應新聞環境的改變，記者仍然扮演採集新聞的角色，但是編輯已不純然僅有處理新聞的角色了，編輯對新聞的採集、改寫的比重比以前增加，主要的轉變因素來自於網路媒體的發達，使新聞來源的管道更多。例如《中國時報》，就在組織架構中增加「網路新聞供稿部」的單位，更重視網路新聞的來源。而各大新聞媒體的採訪記者、文字編輯，以及聯合新聞網、中時電子報等網路媒體的新聞編輯也均不可避免的增加在網路上搜尋新聞的機會。原本蒐集新聞的任務已經從記者擴大到編輯，而中時「網路新聞供稿部」的新聞編輯，更是記者與編輯的角色疊合的例子。

　　同樣的，台灣報業傳統「編採分立」的體制中，編輯與記者是上下游的工作關係，也將在未來面臨挑戰，尤其是網路新聞的

搜尋、改寫、查證等作業程序，使得類似國外「編採合一」制度，似乎使編輯指揮記者採訪主題的工作關係隱約成形。

三、編輯工具的轉變

傳統報業的編輯桌面上只有資料、文具用品與新聞稿件，負責組版面的美編與組版人員的桌面則不外是尺、刀片、噴膠這些工作器具。如今，報社的編輯部舉目所見皆是一台台的電腦，因為報業電腦化早於數年前即已展開。報業的數位革命從啟動以來即不曾停止，因為科技的腳步從未曾暫歇。編輯除了熟悉報社內部的新聞組版系統之外，編輯部的新聞資料庫、無紙化的作業流程、各式應用軟體的運用等，身在新聞作業前線的編輯都必須知悉。

以現代的編輯為例，利用網際網路的資料搜尋能力是最基本的技能，而熟練地操作文書軟體處理稿件、熟稔組版系統的各項功用，甚至是利用影像軟體編修圖片、製作簡單的圖表。編輯必須能善加利用資訊工具，才能在有限的新聞流程中爭取時效。而一名網路媒體的新聞編輯，對於網頁製作軟體與圖像軟體的運用能力更是不可或缺。

編輯除了必須廣泛涉獵科技新知，對科技工具的學習也不可偏廢，所謂「工欲善其事，必先利其器」，時時吸收新資訊與練習，才能具備新時代的編輯知能。不過，因為媒體的新聞出版沒有假期，編輯是不太可能暫離編輯台，如要使編輯在繁忙的編務之餘，還要隨時吸收資訊科技運用的訓練，對編輯部而言實有困難，所以媒體編輯的在職訓練，也考驗管理者的智慧。

四、編輯新聞來源的改變

傳統的編輯台流程中，新聞稿件的來源主要是採訪記者所寫的新聞稿，其次是通訊社的稿件、社外投書等，而新時代的編輯將面臨更多元的新聞來源。其間最大的改變來自網路媒體的蓬勃發展，以及新聞資料庫的數位化。

(一) 網路成為新聞取材來源

網際網路媒體的興起，使各種網路消息也成為記者和編輯取材的來源之一；加上新聞資料庫和各種文獻資料的數位化，更使得網路形成龐大且方便取得的資料庫，這些數位內容非常方便記者或編輯搜尋資料，輔助新聞內容深度，作新聞背景說明，或專有名詞解釋等。透過龐大的網路資料，編輯可以主動搜尋資料，不必只是等待記者來稿。透過資料搜尋、補充，編輯的工作角色將更具主動性。

(二) 「編輯平台」的出現

中央廚房式的編輯工作供稿平台在媒體集團中可能成為一個新趨勢，此種高效能的運用人力配置與新聞器材的彙整與統合，編輯從編輯平台取稿，而不是直接從記者來稿，這種方式使媒體的人力物力等資源發揮最大的新聞效能。例如東森媒體將所有的新聞彙整到編輯平台，使東森綜合台、幼幼台、電影台、洋片台、新聞S台等五個電視頻道，加上東森寬頻影音網站、ET Today東森新聞報網站的所有新聞資源都統整在一起，再透過中央廚房式的新聞供應模式，讓所有的資源為同一傳播集團的各單

位共用，使同一則新聞能夠被不同的媒體充分運用，新聞本身更具有能見度，對媒體本身也更降低新聞成本。

第二節　編輯角色的轉變

　　未來的編輯將不只是編輯而已。因為傳播環境的改變，使媒體界線模糊化，編輯將不僅止於單一新聞編輯的角色；而工作內容的改變，所產生的水平與垂直的工作調整，使編輯必須結合組織中的企劃與行銷部門，並或多或少地融合美編與記者的角色；而科技的發展，也使編輯工具更為日新月異；此外，新聞來源的轉變與編輯平台的出現，也直接挑戰編輯的傳統工作流程。

　　從民國77年報禁開放、接著有線電視興起、報業的實施電腦化、網路媒體的快速發展，不過十幾年間，編輯的傳統角色不斷面臨各種變化。由以上這些變化，使編輯工作產生「質變」，因為編輯不再只是傳統的文字編輯角色了，除了文字編輯之外，也因為編輯工作與其他工作的融合，使工作性質與傳統編輯有所區隔，而衍生出企劃編輯、研究編輯等角色；而視覺化的強調，也讓圖片編輯的角色更加重要。許多名詞的出現，使編輯這一項職業不再只是簡單的統稱「文字編輯」了。

一、研究編輯的出現

　　現代編輯被傳播媒體賦予更多責任，編輯似乎必須十八般武藝樣樣精通，看起來編輯的分工似乎越來越模糊。分工的模糊通常也代表工作內容的範圍加大，廣度增加不可避免的變成深度不

足，很容易使編輯的工作看起來雜亂而半調子似的不夠專業。而在編輯工作角色的轉變中，研究編輯的角色被凸顯出來，這種因應新聞深度的需求而出現的角色，尤其在雜誌市場中最為明顯。由於報紙受限於篇幅與時效，無法像雜誌能作深度的專題報導；而許多的資料分析、數字統計或專題策劃，也以雜誌的媒體特性、人員編制與作業方式較為適合。因此，雜誌的編輯部出現了有別於文字編輯、採訪記者的研究編輯的設置。

除了雜誌媒體的研究編輯之外，傳統報業編輯部也有類似研究編輯的角色，但比較傾向於研究與發展的角色。這些研究編輯通常由資深的編輯擔任，可能負責新聞專題的規劃與統籌，也有編務的研發色彩，例如版面的設計與改版、新版面的規劃、新聞趨勢與閱聽人市場的分析研究等。編輯部藉助資深編輯的經驗，作為改善編輯部各項事務的主導或參考角色。

二、企劃編輯的誕生

企劃編輯的誕生主要是「整合行銷」模式的興起，這種企劃編輯不只是著重於新聞本身，還把觸角向外延伸，小至加強內部戰力資源的整合，大至外部的策略聯盟，此種新聞特性的機制加上行銷運作的整合，將媒體資源轉變成利多，更能創造媒體的利潤。企劃編輯在第三產業的文化層面往往更能發揮，例如《中國時報》的旅遊版面內容，可以和《時報周刊》的專題報導、中時電子報的網站內容、中時旅行社的行銷、時報之友的卡友服務等各項業務相結合，讓組織的資源更能彈性運用。或者是《聯合報》的美索不達米亞展可以結合航空公司、咖啡連鎖業者、報系的基金會與報系的周邊資源作結合。企劃編輯善於廣伸觸角，能把新

聞與娛樂、廣告、發行等各項因素融合，創造出更多元與加值的企劃，此模式運作的最為成功者，應屬日本的《讀賣新聞》。

三、圖片編輯更形重要

一張圖片或視覺取勝的畫面最能吸引人，現在的讀者喜愛視覺化的出版品，所以報紙、雜誌、書籍的彩色印刷越來越多，網站、電視媒體像是打翻調色盤般，色彩更豐富，影像更突出。但這些呈現的元素不僅只是攝影、美術設計、文字編輯的個別表現，而是融合三者的結果。通常涉及領域的融合，也顯示融合是有難度的。因為攝影作品也不能忽略文字的輔助說明，圖片與文字的素材也需要美術的設計才能搶眼，而圖片編輯可以說就是結合美術、攝影與文字此三元素的新角色。所以圖片編輯必須有文字素養，對影像有敏銳的觀察力，對美學的認知也需具備，才能將圖與文作最佳設計。

傳統的報社編輯部並無所謂「圖片編輯」的稱謂，《自由時報》是較早重視攝影圖片在報紙中的比重，在異軍突起初期，即大量起用攝影記者。而如今視覺設計逐漸受到重視，不論是傳統平面媒體或廣電、網站媒體，圖片編輯的角色都日趨重要，因為視覺化的處理是最能吸引閱聽人注意。

四、編輯的挑戰

編輯的角色已漸漸脫離傳統走向現代。雖然環境的變化如此之快，讓編輯的轉型不曾暫歇，但在此轉型的過渡中，編輯也面臨了許多的挑戰，這些挑戰不但考驗編輯的專業能力，也考驗編

輯的地位、工作性質，甚至是生存空間的挑戰。

（一）訊息大量化

自從有線電視頻道加入媒體戰場，以及網路媒體的興起之後，「資訊爆炸」已不足以形容目前的資訊氾濫程度。編輯必須在資訊洪流中揀選有用的資訊給予讀者，所以篩選資訊、處理消息成新聞，及查證新聞已經成為重要課題。如何過濾無用的垃圾消息，去蕪存菁之後，給讀者最精華的資訊，是未來編輯的挑戰之一。

（二）消息來源多元化

傳統的編輯主要是從報社內部獲得所需處理的新聞，但是現在的多方新聞來源，已使編輯的工作較諸以往更形複雜了。在各種新聞來源中，編輯如何以其專業判斷消息的真假，並從複雜多元的各式消息中，擷取對讀者最真實可靠而有用的資訊將更為重要。

（三）專業地位的挑戰

自從網路媒體興起，人人可以架設網站或發表消息，通道也可以由非傳統媒體所掌握；再加上攝影機等原本為傳播人所使用的專業工具普及化之後，「受眾」不再只是被動的接收者角色，尤其大量網路留言的發表和轉貼，也使一般大眾從被動的接收者角色，轉變成主動積極的訊息傳達者角色，原本新聞來自於專業的記者與編輯，現在一般人也很容易成為記者與編輯，也能便利地操作工具，這些均使傳統新聞專業人員的地位受到挑戰。

（四）閱聽眾口味的多變

閱聽人的口味在訊息發達與國際化之下，口味一變再變，以連續劇的流行口味而言，從「哈日」到「韓流」，因為受眾口味的多變，媒體似乎只能不斷地創造流行的新名詞；而在閱聽人的喜好時時轉變、媒體市場漸趨羶色腥味道之際，現代編輯如何精確的嗅出閱聽人的口味，調整閱聽人資訊營養的均衡，也是新聞從業人員必須共同努力的。

（五）媒體生存市場的擠壓

報業電腦化的革命經過數波的大調整，不論是記者寫稿的電腦化、組版電腦化、編務自動化、新聞網路化等，每一次的調整，編輯部都必然釋放一些人力出來，電腦化使報社人力面臨重整，電腦化的過程使人力遞減，而媒體市場的競爭，更加速編務人力的重整。各報編輯部均曾面臨幾度的人員裁減，所以媒體的生存競爭也是編輯部人力的生存競爭。各種媒體競逐大眾的注目，激烈的媒體競爭之下，唯有勝出的媒體，編輯部才有更多的新聞空間可以發揮。

（六）編輯生存空間的縮小

越來越多不必具有新聞專業者進入新聞媒體擔任編輯的相關工作，擅長資訊工具運用的多媒體人才、視覺設計人才，這些人能讓媒體的外在更為豐富，因此讓媒體老闆更為重視，而傳統的文字編輯就相形失色。而媒體本身的光鮮外表以及多元文化的特性，更讓許多不同領域的人競相投入，加以近年來教育單位及各大專院校廣設傳播相關科系的結果，又有更多的畢業生搶攻新聞

編輯的工作，所以未來編輯這項職業的競爭壓力會越來越大。

　　但是，學校教育出來的人才仍僅是量的提升，而質的方面卻明顯不足，使得傳播媒體在轉型的過程中，看來只是更為光鮮。更由於新聞業的求新求快，那些會幫媒體老闆賺錢的編輯地位似乎更為穩固。因此此種速食式的文化工業目前看來仍然是熱鬧有餘而實質內涵不足。

（七）應用工具的改變

　　工具的改變不是暫時的現象，而是一條無止境的道路。編輯隨時學習了解新事物是一種常態。新聞編輯雖仍然很難擺脫所謂的「外行中的內行，內行中的外行」，但對各項領域的深度和廣度也都應呈等比級數的增加，善用應用工具才能增加學習速度，提升效率。

（八）多工的處理能力

　　電腦的多工處理能力使電腦的重要性與人類的依賴性提升許多，而編輯角色與上下游角色的融合，又必須擴展領域，並增加許多責任，如此看來，數位時代的編輯也必須具備「多工」的作業處理能力，傳統的編輯角色已然淡化許多。未來強調「多功能化」的編輯，所以傳統編輯的單一編輯技能已不足以成為未來新聞媒體的稱職員工了。

（九）工作質量的增加

　　編輯的工作步調雖然緊湊，但與現代編輯工作比較起來，以前的編輯在現在看起來是略嫌悠閒了，現代看似「舞文弄墨」的編輯人已不復見，在編輯技能的增加、工具的便利與媒體組織的

成本考量等因素，使現代編輯的工作量與工作時間都增加，以前的新聞編輯可能一個晚上只編一個版面，現在可能需要負責兩個版面，甚至下午還要兼編半個軟性版面；而編輯作業速度也一樣必須受到檢視，速度太慢的編輯，影響到新聞出版速度是非常嚴重的事情，所以編輯如何在有限的時間內達到越來越多的要求，是現代編輯的一大挑戰。

第三節　新資訊時代的編輯

現代編輯有別於傳統編輯，必須具備新職能、新價值觀，而傳統的觀念與作法都必須因應時代的變遷而調整。從舊有的編輯專業中提升，擷取傳統的編輯專業技能與新聞專業倫理等專業觀念之外，還必須加上現代編輯的觀念，並且將觸角向外延伸。

現代編輯的觀念並不是揚棄舊有的編輯觀念，而是專業的延續與領域的提升。現代編輯必須延續既有的編輯專業知能，再加上新的現代觀念與技能，才能適應新數位時代的需求。

現代新的編輯觀念有以下幾點：

一、視覺化

閱聽人對影音視覺的消費習慣已成為無法抵擋的潮流，傳統的文字媒體也無法自外於視覺化的潮流。資訊的視覺化（infographic）強調整體的版面設計，具有視覺震撼中心，圖表、照片、插圖的運用比純粹文字的陳述更為重要，而單一的內容主題不如完整的資訊呈現。例如目前平面媒體如報紙、雜誌大量運用

圖表設計、電視媒體的分割畫面、子母畫面等，都為新聞消費者提供更易理解與更多的資訊。《今日美國報》就是早期強調平面媒體視覺化而成功的例子。

二、創意化

在以往媒體中，平鋪直敘的內容足以應付需求，如今卻似嫌單調。未來編輯必須有豐富的創造性，使新聞內容與版面設計不斷地推陳出新，以創意的版面、結構、新聞編排方式，創造出適合大眾需求的新模式，要吸引大眾的注意，獨特的新聞創意是致勝的關鍵之一。編輯必須擁有無止境的創意，才能呈現媒體活力，吸引大眾的興趣與注意。

三、新文化

一個時代時常能創造出不同的流行、語言等文化，尤其媒體也扮演創造與推動的角色。在網路化之後，產生許多新文字、新用法等語言，例如「就醬子」等E世代的網路語言，面對這些文化衝擊，使舊文化時代的用語、版面設計不再適用，編輯必須有身處新文化的認知。

四、行銷化

生產必須與消費者的動向呼應，媒體也必須更關心社會脈動與時代演進。尤其整合行銷時代的來臨，編輯必須有行銷的概念，因為媒體不但傳達資訊，也能傳達媒體的企業形象，透過編

務與行銷的結合，媒體將大量而多元的資訊傳達給大眾，也讓大眾回饋給媒體生存的空間。行銷才能把新聞資訊轉換成媒體的利潤，也唯有實質的利潤才能維持媒體的生存。

五、求變化

現代編輯必須有新的學習觀，即使傳統編輯是博學之士，但是所知仍舊有限，所以必須時時進取。網際網路使天涯若比鄰，編輯應外求新知、新技術，才足以應付現代編輯的專業知能與工作所需，尤其是新科技的學習，科技新知的發展日新月異，現代編輯必須先求了解，才能傳達新資訊給閱聽眾。

六、多元化

技能與專長領域的多元化，不再只具備單一技能就可以勝任新聞編輯的工作，編輯的新聞專業與編輯技能只是最基本的技能而已，所以編輯必須在新聞專業之外，再尋求本身的第二專長，同時廣泛學習科際整合的概念，讓個人的專業領域更為廣泛。

七、現代化

善用科技工具，科技只是工具，必須能夠熟稔與善用。許多過去的知能已經無法負荷現代編輯的需求，所以編輯必須有作為「現代編輯」的認知，具備新的編輯概念，學習新的編輯知能、新的工作價值觀，能整合資源，與閱聽眾零距離，還能兼顧分眾、小眾到大眾等各層次的需求，培養更多的知能與訓練，有現

代化編輯的認知才能敞開心胸，接納與傳統編輯不一樣的地方。

　　面對大環境的轉變，無論從事哪一個作業流程，所有的從業人員均必須體認環境的變遷，也唯有保持己身的彈性，抱持學習的心態，統整所學，重視專業，適合現代觀念，固守社會責任，更貼近閱聽大眾的需求，以開放的心態接受與調整，廣泛涉獵各個領域，更關心社會脈動，快速跟上資訊化的腳步，但不必盲從於數位科技，要駕馭科技，而非為科技所役使，作為新時代的新聞人，了解自己的需求與角色才是重點。

　　無論媒體環境變化多麼快速，編輯的工作性質如何轉變，立志從事新聞編輯的工作者，都必須抱持用心、虛心、企圖心，以及意志與意思的「三心二意」的態度，隨時做好準備，因為「機會永遠是留給準備好的人」！

習題：

1. 回想以前你所看過的電視新聞，試著和現在的電視新聞比較，是否發現電視新聞的製作方式和以前有不同的地方？

2. 你發現電視新聞或網路新聞的編輯有沿襲報紙編輯的製作方式嗎？舉例說明之。

3. 試著比較各種媒體的特性，並分析各種媒體的編輯工作不一樣的地方。

4. 編輯必須具備哪些專業職能與價值觀，才堪稱為新時代的編輯？

5. 未來新聞編輯將面臨哪些挑戰？請從編輯的工作本身、組織內部與外部環境分析之。

※附　錄※

附錄A　中華民國報業道德規範

　　自由報業為自由社會之重要支柱，其主要責任在提高國民文化水準，服務民主政治，保障人民權利，增進公共利益與維護世界和平。

　　新聞自由為自由報業之靈魂，亦為自由報業之特權；其涵義計有出版自由、採訪自由、通訪自由、報導自由與批評自由。此項自由為民主政治所必需，應予保障，惟報紙新聞和意見之傳播速度太快，影響太廣，故應慎重運用此項權利。

　　本會為使我國報業善盡於社會責任與確保新聞自由起見，特彙舉道德規範七項，以資共同信守遵行。

一、新聞探訪

1. 新聞探訪應以正當手段為之，不得以恐嚇、誘騙或收買方式蒐集新聞。並拒絕任何餽贈。
2. 新聞探訪應以公正及莊重態度為之，不得假道採訪，企圖達成個人阿諛、倖進或其他不當之目的。
3. 探訪重大犯罪案件，不得妨礙刑事偵訊工作。
4. 採訪醫院新聞，須得許可，不得妨害重病或緊急救難之治療。
5. 採訪慶典、婚喪、會議、工廠或社會團體新聞，應守秩序。

二、新聞報導

1. 新聞報導應以確實、客觀、公正為第一要義。在未明真相

前，暫緩報導。不誇大渲染、不歪曲、扣壓新聞。新聞中不加入個人意見。

2.新聞報導不得違反善良風俗，危害社會秩序，誹謗個人名譽，傷害私人權益。

3.除非與公共利益有關，不得報導個人私生活。

4.檢舉、揭發或攻訐私人或團體之新聞應先查證屬實，且與公共利益有關始得報導；並應遵守平衡報導之原則。

5.新聞報導錯誤，應即更正，如誹謗名譽，則應提供同等地位及充分篇幅，給予對方申述及答辯之機會。

6.拒絕接受賄賂或企圖影響新聞報導之任何報酬。

7.新聞報導應守誠信、莊重之原則，不輕浮刻薄。

8.標題必須與內容一致，不得誇大或失真。

9.新聞來源應守秘密，為記者之權利。「請勿發表」或「暫緩發表」之新聞，應守協議。

10.報導國際新聞應遵守平衡與善意之原則，藉以加強文化交流、國際了解與維護世界和平。

11.對於友邦元首，應抱尊重之態度。

三、犯罪新聞

1.報導犯罪新聞，不得寫出犯罪方法，報導色情新聞不得描述細節，以免誘導犯罪。

2.犯罪案件在法院未判決有罪前，應假定被告為無罪。

3.少年犯罪，不刊登姓名、住址，亦不刊布照片。

4.一般強暴婦女案件，不予報導，如嚴重影響社會安全或與重大刑案有關時，亦不報導被害人姓名、住址。

5.自殺、企圖自殺與自殺之方法均不得報導，除非與重大刑

案有關而必須說明者。

6.綁架新聞應以被害人之生命安全為首要考慮，通常在被害人未脫險前不報導。

四、新聞評論

1.新聞評論係基於報社或作者個人對公共事務之忠實信念與認識，並應儘量代表社會大多數人之利益發言。

2.新聞評論應力求公正，並具建設性，儘量避免偏見、武斷。

3.對於審訊中之案件，不得評論。

4.與公共利益無關之個人私生活不得評論。

五、讀者投書

1.報紙應儘量刊登讀者投書，藉以反映公意，健全輿論。

2.報紙應提供篇幅，刊登與自己立場不同或相反之意見，藉使報紙真正成為大眾意見之論壇。

六、新聞照片

1.新聞照片僅代表所攝景物之實況，不得暗示或影射其他意義。

2.報導兇殺或災禍新聞，不得刊登恐怖照片。

3.新聞或廣告不得刊登裸體或猥褻照片。

4.不得偽造或篡改照片。

七、廣告

1.廣告必須真實，以免社會受害。

2.廣告不得以偽裝新聞的方式刊登，亦不得以偽裝的介紹產品、座談會記錄、銘謝啓事或讀者來信之方式刊登。

3.報紙應拒絕刊登偽藥、密醫、詐欺、勒索、誇大不實、妨害家庭、有傷風化、迷信、違反科學與醫治絕症及其他危害社會道德之廣告。

4.刊登醫藥與醫療廣告，應經主管署審查合格。

5.徵婚廣告應先查證屬實始得刊出，以免讀者受騙。

6.新聞編採與評論人員不得延攬或推銷廣告。

八、附則

本規範如有疑義，由中華民國新聞評議委員會解釋。

附錄B　中華民國電視道德規範

一、前言

　　電視為二十世紀五〇年代新興之大眾傳播媒介，對於提高民族文化水準、推廣社會教育、服務民主政治、增進公共利益與提供娛樂均有其應盡之責任。

　　電視利用電子傳播，深入裝有接收機之每一家庭，其與社會風氣、道德標準以及國家興衰均有密切關係，本會為使我國電視事業善盡社會責任，本著自律精神，特訂定道德規範，以資共同信守。

二、從業人員應有之認識

1. 電視從業人員應認清事業本身之發展，必須以國家民族及社會公眾之利益為前提。
2. 確立之基本觀念，應知電視負有宣揚文化任務，與一般營利事業有別。由於電視節目深入家庭，男女老幼均為觀眾，對社會風氣影響至鉅，故製作節目必須力求富有教育意義，採取高雅風格。
3. 任何大眾傳播事業不能脫離時代背景，電視從業人員應毋忘國家今日之處境，貢獻智慧，透過節目，以鼓勵士氣、團結民心，為反攻復國大業盡其力量。
4. 我國傳統的文化及立國的基本精神為國家命脈所繫，電視從業人員於設計節目之時，應依據固有的倫理道德標準，作嚴謹之考慮。

5.電視為現代傳播之工具，有關知識日新月異，電視從業人員應力學勤修，求知求新，俾得跟隨時代，不斷進步。

6.電視演藝人員之表現與社會一般觀感有關，故儀容必須整潔，態度務求端莊，尤應敦品勵行，奉公守法，予人以良好印象。

三、處理節目通則

1.電視節目應用之語言，除外國輸入之節目及地方性節目外，概以純正國語為準。

2.新聞節目、教育節目、文藝娛樂節目及公益節目之播出比率應力求合理平衡。

3.電視節目之編排應儘量配合不同觀眾之作息時間。

四、新聞節目

1.電視新聞除以新、速、實、簡為編播原則外，更須注意就客觀立場作公正報導。

2.國內新聞、地方新聞及國際新聞之編排應力求兼顧，俾觀眾對國內外情況均有所了解。

3.拍攝電視新聞不可歪曲真相，造成偏差，使觀眾發生錯覺。

4.有關犯罪及風化案件之新聞，在處理技術上應特別審慎，不可以語言圖片描述犯罪方法，並避免暴力與色情鏡頭。

5.國內外重大新聞應予分析與評議，並擇收視率較高之時間播出。

6.新聞分析及評論應與新聞報導嚴格劃分，因前者含主觀成分，後者為純客觀之事實。

7.新聞報導與新聞評論節目中不得插報廣告，以免分散觀眾

注意力。

8.政府部長級以上官員因政策或業務需要向全國說明時，電視台應提供時間，但電視台如為民營性質，可請政府酌付時間費。

9.遇有觀眾關心之重要問題發生，電視台宜邀請專家學者座談，以反映廣泛的意見。

10.對於正在法院審理中之案件不得評論，以免影響審判。

11.新聞報導及評論，如發現錯誤，應儘速更正。倘涉及名譽，則應儘速在相同時段，給對方申述或答辯之機會。

12.新聞內容不得直接為某一廠商或其產品作宣傳，以謀取廣告利益。

13.氣象報告必須配合適當之圖表。採用通俗容易明瞭之術語，並說明資料來源。

五、教育節目

1.教育節目之內容應注重發揚民主精神，倡導倫理觀念，尤應加強科學新知之灌輸，使國民跟上時代，國家富強康樂。

2.兒童教育節目應特別注重啟發兒童之心智，培養良好之生活習慣，以促進兒童身心之健全發展。

3.青年教育節目應加強民族精神教育，並以生活教育使其建立正確的人生觀。

4.婦女教育節目應以促進家庭幸福為目標，尤須儘量配合婦女日常生活中之需要。

5.教育節目應聘請富有視聽教育經驗之人士設計製作，並針對教學之對象，分別施教，以期達成實際效果。

6.專科職業教育節目應注重現代工藝技術，聘請專家主持。

7.儘量提倡體育運動及各種球類比賽，以鍛鍊體能，促進全民體育。

六、娛樂節目

1.娛樂節目旨在陶冶身心、增進情趣，其內容應符合我國社會道德準繩，並富有教育意義。

2.娛樂節目應以本國藝術為主，尤應提倡民族舞蹈、國樂、國劇及其他民間技藝，創造豐富的人生。

3.娛樂節目不得提倡迷信，或違反科學。

4.娛樂節目不得歧視種族、地區、宗教、性別。

5.愛護動物，不得有虐待或殘殺之鏡頭。

6.歌唱節目應保持高雅格調。

7.猜謎節目重在益智，獎品價值應有適當之限制，以免激起觀眾之僥倖心理。

8.電視劇之主題必須正確，劇情應力求表揚善良人性，而非誇張醜惡。

9.電視劇之故事應儘量避免夫妻離婚、兒童出走以及使用暴力為解決問題之手段，尤不得描述亂倫、性犯罪及性變態之心理與行為。

10.電視劇應儘量避免殘暴、吸毒、淫亂等行為。倘為劇情所必需時，亦宜運用輕淡手法處理。

七、公益節目

1.國家慶典及重要節日之慶祝或紀念會電視台即應儘量作實況轉播。

2.配合時令所作之衛生及醫理節目應由專家設計指導。

3.農業推廣及農產改良等節目應由專家設計指導，其播出應配合農民作息時間。

4.工商服務旨在介紹企業管理方法與現代產銷技術，不得為某一廠商宣傳，以致變質成為廣告。

5.宗教信仰為精神食糧之一，氣氛嚴肅，不得在宗教節目中插入廣告。

八、廣告處理準則

1.節目與廣告嚴格劃分，故廣告絕對不得以節目方式播出，亦不得利用公共服務或工商服務名義播報。

2.廣告內容必須真實，不得誇張。

3.醫藥廣告不得有「包治斷根」等類似之誇大詞句。

4.廣告之聲音與畫面應力求優美，以免觀眾生厭，更不得大喊怪叫，妨礙收看之家庭安寧。

5.廣告不得排斥或中傷其他同類之商品或服務。

6.藥品廣告必須有衛生機關之查驗合格證明，不得表演病人之痛苦，致引起憂慮恐懼心理。

7.廣告不得有色情或暴露鏡頭，以免傷風敗俗。

8.星相巫卜涉及迷信之廣告，不予播報。

9.死亡、祭弔、殯儀之廣告，不得播報。

10.凡具有賭博性之廣告，不予播報。

11.有損青年兒童心理健康之廣告，不予播報。

12.外國廣告應符合我國傳統文化及我國道德標準。

九、附則

本道德規範如有疑義，由中華民國新聞評議委員會解釋。

附錄C　中華民國無線電廣播道德規範

值茲大眾傳播事業日新月異，不斷在自求發展及擴大對社會公眾影響之際，無線電廣播事業不僅面臨尖銳之挑戰，須與其他傳播同業齊頭並進，而且需要發揮自身的長處，對聽眾作更佳之服務。故除方法與技巧的研究更新之外，尤待以高度服務熱誠與卓越之智慧才能改善其內容，「而此一項理想之達成，又必有規範以資遵循。今列舉道德規範信條七項，俾共同勉勵與信守」。

一、一般準則

1. 無線電廣播不僅宜以經營一般企業之精神從事，而且亦應視之爲社會之公器，故當以公共利益爲前提，不把少數個人或團體之利害當作優先考慮之根據，尤不得以種族、宗教、性別及殘廢者之特殊情形爲譏刺嘲笑之對象。
2. 廣播從業員之知識程度及談吐修養宜不斷提高，並鼓勵其繼續研究與進修，俾得眞正爲聽眾之表率。
3. 廣播內容應在報導、評論、教育及娛樂等方面力求平衡。
4. 凡節目內容涉及法律、衛藥及科技等專門性知識者，應力求謹愼及正確。
5. 節目之主題應以符合中國倫理道德及鼓勵聽眾奮發上進爲鵠的，舉凡悖逆倫常、僥倖投機、反常心理及違背科學精神之意識均應儘量避免。

二、新聞節目

1. 廣播新聞之報導應力求正確、迅速與詳實，俾充分發揮廣

播媒判之特性。

2.廣播新聞除定時播報之外，並應每日至少以二段較長時間對國內大事作背景之分析與完整之報導。

3.未經證實之消息或危害治安、有傷風化之一切言論及新聞不得播出。

4.新聞節目係廣播電台對聽眾無條件之服務，不得受廣告客戶之影響，以保持其獨立性。

5.廣播新聞應避免侵犯個人隱私權及誹謗名譽。

6.廣播之新聞遇有爭議與正反不同之意見，應作完整與平衡之陳述。

7.新聞來源應守秘密，為記者之權利。「請勿發表」或「暫緩發表」之新聞應守協議。

三、教育節目

1.教育節目為廣播事業對社會最富有意義的貢獻之一，無論正規課程之講解、進德修業、技能傳授、語文學習、新知介紹及兒童教育節目等，均應發揮促進個人及社會進步之功能。

2.教育節目之設計、製作及主持應遴選專家或學識經驗豐富之人員為之。

3.兒童教育節目應著重健康身心之培養，並應儘量避免描述成人社會中卑鄙、兇惡、殘暴、陰險及違反常理的心理與行為。

4.教育節目之內容須以符合聽眾一般或某一特定之需要為準，時間之編排應便利聽眾之收聽。

5.任何良好節目均含有相當之教育意義，教育節目更為顯

著，故尤應著重質的提高。

四、音樂及戲劇

1. 禮義教育為我國文化之精神，廣播媒介應充分運用其音樂戲劇節目，以達寓教育於娛樂之理想。

2. 純正之中外音樂節目可以陶冶性情、充實心靈及美化生活，故為廣播節目中極重要之一項。

3. 純正音樂節目與普通流行音樂節目之編排應有適當程度之平衡，不可優於後者而僅將前者聊備一格或竟付之闕如。淫穢頹喪及為法令所禁止之音響、音樂及歌曲不得播出。

4. 戲劇節目向為公眾所喜愛，非僅兼具教育與娛樂之功能，且反映社會百態，發抒聽者之情感，故應有健全之主體。

5. 廣播劇不以貪婪、淫穢、兇暴、頹廢反常之人類心理或行為為主要之描述，而應著重闡揚人類善性與互助合作之精神。

五、一般娛樂節目

1. 一般娛樂節目之主要目的在散發歡愉、增進幽默情趣以及調劑生活及工作中感染的緊張氣氛，但不應流於輕薄及低俗。

2. 娛樂節目中如有老年及幼年或殘廢與有疾病者於現場出現時，應顧慮其健康情況及作息時間，不可令人有違反人道之感。

3. 娛樂節目之主持人和表演者不得同時兼報廣告，以免節目與廣告混淆難分。

六、廣告

1. 廣告必求眞實，如有懷疑，應即查證。誇大虛僞之廣告，尤其是屬於醫藥類廣告者更應拒絕播出。
2. 廣告宜力求聲音及意境之優美，不粗俗、不吵叫，也不違背善良風俗。
3. 廣告播出時間應作合理之安排，節目在半小時以下者不得插播廣告。

七、公共服務

1. 廣播電台因有迅速及播音時間較長之便，對於服務公眾一事具有優厚之條件，故應特別注重善爲運用。
2. 應經常從事報時、天氣預報、報告特殊交通狀況、尋人、尋物及衣物穿著之建議等服務事項。
3. 緊急政令需要傳報、救援事件需要聯繫、個人或團體突然發生嚴重事故需要向親友或外界聯絡，皆爲廣播電台獨有專長服務之項目，宜作充分發揮。
4. 解答聽眾疑難、協助政府詮釋法令規章、播出求才求職之消息等，均爲具體服務事項，應努力以赴。
5. 倡導人情溫暖與敦厚風俗運動，藉以增進社會慈孝友愛和諧互助的風氣。
6. 不得假借公共服務節目，而實際爲廣告客戶推銷產品。

八、附則

本規範如有疑義，由中華民國新聞評議委員會解釋。

附錄D 新聞倫理公約

1996.3.29 記協第二屆會員大會通過～

台灣新聞記者協會執委會版「新聞倫理公約」

1. 新聞工作者應抗拒來自採訪對象和媒體內部扭曲新聞的各種壓力和檢查。

2. 新聞工作者不應在新聞中,傳播對種族、宗教、性別、性取向、身心殘障等弱勢者的歧視。

3. 新聞工作者不應利用新聞處理技巧,扭曲或掩蓋新聞事實,也不得以片斷取材、煽情、誇大、討好等失衡手段,呈現新聞資訊或進行評論。

4. 新聞工作者應拒絕採訪對象的收買或威脅。

5. 新聞工作者不得利用職務牟取不當利益或脅迫他人。

6. 新聞工作者不得兼任與本職相衝突的職務或從事此類事業,並應該迴避和本身利益相關的編採任務。

7. 除非涉及公共利益,新聞工作者應該尊重新聞當事人的隱私權;即使基於公共利益,仍應避免侵擾遭遇不幸的當事人。

8. 新聞工作者應以正當方式取得新聞資訊,如以秘密方式取得新聞,也應以社會公益為前提。

9. 新聞工作者不得擔任任何政黨黨職或公職,也不得從事助選活動,如參與公職人員選舉,應立即停止新聞工作。

10. 新聞工作者應拒絕接受政府及政黨頒給的新聞獎勵和補助。

11. 新聞工作者應該詳實查證新聞事實。

12. 新聞工作者應保護秘密消息來源。

參考資料

中文部分

AC Nielsen（1999），《Netwatch 1998網路觀察報告》，AC Nielsen。

中時報系編輯部（1991），《中時報系社刊》，第76期，頁5-6。

王家英（1991），《在轉捩點上：台灣企業轉型列車》，台北：中國生產力中心。

成燿祥（1993），〈從印前作業流程觀點來看目前報業印前作業自動化狀況〉，《華岡印刷傳播學報》，第24期，頁158-165。

李清田（1992），〈中央社這個電腦化最徹底的媒體〉，《報學》，第6卷第8期，頁102-106。

李雅倫（1994），〈報業電腦化的影響：一個報紙的個案研究〉，台北：政治大學新聞研究所碩士論文。

那福忠（1993），《編採自動化研習會：編採自動化的流程管制》，政大新聞研究所新聞發展暨研究中心，民國82年4月24日。

易行（1993），《編採自動化研習會：編採自動化的流程管制》，政大新聞研究所新聞發展暨研究中心，民國82年4月24日。

林義男（譯）（1985），《社會學》，台北：巨流出版。

法務部保護司（民85），《第二生命何價？名譽權的保護與救濟》，台北：法務部名譽權保障研究小組。

洪鶴群（1994），〈組織引進自動化系統所需之調整分析：以台電為例〉，新竹：交通大學管理學研究所碩士論文。

洪懿妍（1997），〈網路使用者對電子報的認知圖像──以交大資科BBS站為例〉，國立政治大學新聞研究所碩士論文。

徐木蘭（1985），《辦公室的革命》，台北：經濟與生活出版社。

徐木蘭（1987），《追求共識的圓點》，台北：書評書目社。

徐正一（1995），〈自動化部門發展歷程之研究：以多國籍企業海外生產力中心為例〉，高雄：中山大學企業管理研究所碩士論文。

郭崑謨（主編）（1985），《中國管理科學大辭典》，台北：大中國圖書公司。

陳萬達（1992），〈媒體電腦化：報業革命的第三波〉，《報學》，第6卷第8期，中華民國新聞編輯人協會。

陳萬達（1993），《編採自動化研習會：編採自動化的流程管制》，政大新聞研究所新聞發展暨研究中心，民國82年4月24日。

彭家發、馮建三、蘇蘅、金溥聰（編著）（1997），《新聞學》，台北：空中大學。

馮建三（1994），〈從報業自動化與勞務關係反省傳播教育〉，《新聞學研究》，第49期，頁1-29。

黃明堅（譯）（1981），《第三波》，台北：經濟日報社。

黃俊英（1994），《行銷研究》，台北：華泰書局。

黃勝暉（1995），〈選擇自動化技術之決策分析模式〉，台南：國立成功大學工業管理研究所碩士論文。

黃肇松（1994），〈台灣報業的難題與新貌〉，唐盼盼（編），《傳播媒體面臨的新挑戰》，台北：台北市新聞公會。

黃肇松（1996），〈台灣報業發展歷程及現況〉，《中華民國八十五年出版年鑑》，第六篇。

蕃薯藤（1999），〈蕃薯藤第四次台灣網路使用調查〉，蕃薯藤網站。

葉綠君（1990），〈中文報業電腦化之研究：電腦化對組織結構變遷之影響〉，私立文化大學新聞研究所碩士論文。

劉玉珍（1991），〈以自動化提高生產效率，開拓未來更大的發展空間〉，中時報系。

潘國正（1993），〈中文報業電腦化使用者之研究：以《中國時報》地方新聞中心記者採用電腦打稿為例〉，台北：私立文化大學造紙印刷研究所碩士論文。

鄭志貞（1995），〈影響診所電腦化情形之因素探討〉，台北：國立台灣大學公共衛生學研究所碩士論文。

謝靜瑋（1996），〈報業的資訊革命〉，《印象市場》，四月號，頁4-8。

闕志銘（1996），〈企業電腦化與合理化孰先孰後的主張：從組織程序模式來推論解釋〉，桃園：國立中央大學資訊管理研究所碩士論文。

魏瀚（1990），〈電腦全頁組版不是一件可怕的事〉，《聯合報系月刊》，三月號。

英文部分

Ansoff, H. I., E. McDonnell, L. Lindsey, & S. Beach (1984). *Implanting Strategic Management.* N.J.: Prentice Hall.

Argyris, C. (1971). "Management Information Systems: The

challenge to rationality and emotionality," *Management Science, 17(6)*, pp.275-292.

Bagdikian, B. (1981). "The Future of Newspaper," *Design*. Society of Newspaper Design, June 1981, pp.26-27.

Belden Associates (1983). *Trends in Newspaper Graphics and Edition,* Belden Associates Research White Paper, 2900 Turtle Creek Plaza, Dallas, TX 75219.

Bariff, M. L. & J. R. Galbraith (1978). "Intraorganizational Power Considerations for Designing Information Systems," *Accounting, Organizations and Society, 3(1)*, pp.15-27.

Cafasso, R. (1993). "Rethinking Reengineering," *Computerworld*. March, pp.102-105.

Curley, K. F. (1984). "Are There any Benefits from Office Automation?" *Business Horizons, 27(4)*, pp.37-42.

Davenport, T. H. & D. B. Stoddard (1990). "Reengineering Business Change of Mythic Proportions?" *MIS Quarterly*, June, pp.121-137.

Davenport, T. H. (1993). *Process Innovation.* Boston: Harvard Business School Press.

Dickson, G. W. & J. K. Simmons (1970). "The Behavioral Side of the MIS," *Business Horizons, 13(1)*, pp.59-71.

Engwall, L. (1978). *Newspapers as Organizations.* England: Teakfield Ltd.

Fink, C. C. (1996). *Strategic Newspaper Management.* Boston: Allyn and Bacon.

Garcia, M. R. (1987). *Contemporary Newspaper Design.* 2nd ed. NJ:

Prentice Hall.

Hammer, M. (1993). *Reengineering the Corporation*. Harper Business.

Jolkovski, A. & L. Burkhardt (1994). "Newspapers and Electronic Publishing: An overview," in Blunden & Blunden (Ed.) *The Electronic Publishing Business and Its Market*, IEPRC/Pira, 1994, pp.159-168.

Kotter, J. P. & L. A. Schlesinger (1979). "Choosing Strategies for Changes," *Harvard Business Review,* March/April, pp.106-114.

Leavitt, H. J. (1975). "Applied Organization Change in Industry: Structure, technical and human approaches," in W. W. Coopers, et al. (Ed.) *New Perspective in Organization Research*, University of Chicago Press.

McQuail, D. (1986). *Mass Communication Theories*. 3rd ed. C.A.: Sage.

Neuhrth, A. (2000). "Why Internet Won't Wipe out Newspapers?" *USA Today,* 2000, 5,5, p.17.

Nutt, C. P. (1986). "Tactics of Implementation," *Academy of Management Journal*, June, pp.230-261.

Osterman, P. (1986). "The Impact of Computers on the Employment of Clerks and Managers," *Industrial and Labor Relations Review, 39(2)*, pp.175-186.

Peng, F. Y., N. I. Tham, & H. Xiaoming (1999). "Trends in Online Newspapers: A look at the US web," *Newspaper Research Journal, v.20*, No.2, Spring 1999.

Perse, E. M. & D. G. Dunc (1998). "The Utility of Home Computers

and Media Use: Implications of multimedia and connectivity,"
Journal of Broadcasting and Electronic Media, v42 (4), 1998.

Potter, M. E. (1985). *Competitive Advantage*, NY: Macmillan Inc.

Robbins, S. P. (1990). *Organization Theory: Structure designs and applications.* 3rd ed. NJ: Prentice-Hall Inc.

Robbins, S. P. (1993). *Organizations Behavior: Concepts, controversies and applications.* 6th ed. NJ: Prentice-Hall Inc.

Rogers, E. M. (1973). *Communication of Innovation.* Glencoe: Free Press.

Rogers, E. M. (1985). "The Diffusion of Home Computers among Households in Silicon Valley," *Marriage and Family Review, v8*, 1985, pp.89-100.

Sherman, B. L. (1995). *Telecommunications Management: Broadcasting/cable and the new technologies.* 2nd ed. NY: McGraw-Hill, Inc.

Smith, A. (1980). *Goodbye Gutenberg: The newspaper revolution of the 1980's.* Oxford: Oxford University Press.

Vitalari, N. P., A. Venkatesh, & K. Gronhaug (1985). "Computing in the Home: Shifts in the time allocation patterns of households," *Communication of the ACM, v28, 1985, pp.512-522.*

Weick, K. E. (1979). *The Social Psychology of Organizing.* 2nd ed. NY: Free Press.

Whisler, T. L. (1970). *The Impact of Computer oOn Organizations.* NY: Praeger Publishers.

Willis, J. & D. B. Willis (1993). *New Directions in Media Management.* Mass: Allyn and Bacon.

Withington, F. (1969). *The Real Computer: It influences users and effects*. Mass: Addison-Wesley

現代新聞編輯學

傳播網 02

著　　者／陳萬達

出 版 者／揚智文化事業股份有限公司

發 行 人／葉忠賢

總 編 輯／林新倫

執行編輯／晏華璞

美術編輯／黃威翔

登 記 證／局版北市業字第 1117 號

地　　址／台北縣深坑鄉北深路 3 段 260 號 8 樓

電　　話／(02)2664-7780

傳　　真／(02)2664-7633

E - m a i l ／service@ycrc.com.tw

網　　址／http://www.ycrc.com.tw

印　　刷／鼎易印刷事業股份有限公司

法律顧問／北辰著作權事務所　蕭雄淋律師

初版一刷／2001 年 12 月

初版三刷／2007 年 9 月

定　　價／新台幣 450 元

Ｉ Ｓ Ｂ Ｎ／957-818-334-8

國家圖書館出版品預行編目資料

現代新聞編輯學 / 陳萬達著. -- 初版. -- 台北市：
揚智文化, 2001[民90]
　　面；　公分. -- （傳播網：2）

ISBN 957-818-334-8（平裝）

1. 編輯（新聞）

893　　　　　　　　　　　　　　　　90016750